クリスティー文庫
23

満潮に乗って

アガサ・クリスティー

恩地三保子訳

日本語版翻訳権独占
早　川　書　房

TAKEN AT THE FLOOD

by

Agatha Christie



Translated by
Mihoko Onchi
Published 2021 in Japan by
HAYAKAWA PUBLISHING, INC.
This book is published in Japan by
arrangement with
AGATHA CHRISTIE LIMITED
through TIMO ASSOCIATES, INC.

およそ人の行ないには潮時というものがある、
うまく満潮に乗りさえすれば運はひらけるが、
いっぽうそれに乗りそこなったら、
人の世の船旅は災厄つづき、
浅瀬に乗り上げて身うごきがとれぬ。
いま、われわれはあたかも、
満潮の海に浮かんでいる、
せっかくの潮時に、流れに乗らねば、
賭荷も何も失うばかりだ。

シェイクスピア
『ジュリアス・シーザー』（四幕三場）

# 満潮に乗って

登場人物

ゴードン・クロード……………………百万長者。故人
ロザリーン・クロード……………………ゴードンの若い未亡人
デイヴィッド・ハンター…………………ロザリーンの兄
ロバート・アンダーヘイ…………………ロザリーンの前夫。故人
アデラ・マーチモント……………………ゴードンの姉
リン・マーチモント………………………アデラの娘
ローリイ・クロード………………………ゴードンの甥
ジャーミイ・クロード……………………ゴードンの兄。弁護士
フランセス・クロード……………………ジャーミイの妻
ライオネル・クロード……………………ゴードンの弟。医師
ケイシイ・クロード………………………ライオネルの妻
ポーター少佐………………………………アンダーヘイの友人
ビアトリス・リピンコット………………旅館〈スタグ〉の主人
スペンス警視………………………………オーストシャー警察捜査主任
エルキュール・ポアロ……………………私立探偵

# プロローグ

# 1

どのクラブにも、一人はもてあましものの会員がいるものだ。〈コロネーション・クラブ〉もそのれいに洩れなかった。そして、空襲下といえども、その点ではいっこうにつねとかわりなく、その一人のために他の会員は悩まされていた。

前インド軍陸軍少佐ポーターは、手にした新聞を置くとかるく咳ばらいをした。みんなあわてて目をそらしたが、それも何の効果もあげなかった。

「《タイムズ》に、ゴードン・クロードの死亡記事が出ていますな。れいによって、簡単なものですが。〝十月五日、敵襲のため〟ですよ。住所も出ていない。じつは、これは私の住居からじきの所でしてね。町角をまわればすぐ見えてます。キャムデン・ヒルの上に並んでいるれいの大邸宅の一つでしてね。いや、相当びっくりさせられました。

私は防空監視員をつとめていますので。クロードは、アメリカから帰ったばかりなんです。資材購入のために政府から派遣されましてね。あちらに滞在中に結婚して——それも、娘くらいの年齢のミセス・アンダーヘイという、若い未亡人とですよ。じつを言いますと、その夫人の最初の夫とは、ナイジェリアにいたころ、私、近づきがありましてね」

ポーター少佐は息をついた。だれひとり興味を持った様子もなく、先をうながすこともしなかった。みんな新聞を高々とかかげ、顔をかくしていたが、そんなことでひるんだりするポーター少佐ではないのだ。彼は話しだしたら最後、とめどなくしゃべりつづける癖があり、その場のだれも知らない人物を登場させて、えんえんとその話を展開させることに喜びを感じているのだ。

「おかしなものですな」平然と先をつづけながら、ポーター少佐は、なんということもなく、視線に入ってくる極端に先の細いエナメル靴を気にしていた——彼が世にも嫌いな種類の履物なのだ。「いま言いましたように、私は防空監視員でしてね。その、爆撃ってやつはじつにおかしなもので。まったく予測のつかない結果になるもんですよ。爆風で地下室は埋まり、屋根がすっとんだのに、二階はほとんど無疵《きず》で残りましたよ。家の中に六人、人がいましたがね。使用人が三人——夫婦ものと小間使いです——ゴードン・クロード、その細君、細君の兄と。その細君の兄以外は、みんな地下室に避難していたんです。彼は前コマンド部隊の隊員でね――二階の私室のベッドでのびのび寝てたんですな。あきれたことに、この男だけがほんのかすり傷でたすかったんですよ。三人の使用人は爆風で死に、ゴードン・クロードは埋まってしまいましてね。掘りだしたんですが、病院にはこぶ途中で息をひきとりました。細君のほうも爆風にやられて、なんと、すっ裸にされてしまったんです。でも生きてましたよ。何とか持ちなおすそうです。たいした大金持ちの未亡人ができるわけです――ゴードン・クロードは百万以上も財産があったんですからな」

ここでポーター少佐はまた息をいれた。彼の目は、エナメル靴から、縞のズボン、黒いコート、とたどっていき、卵型の頭と、仰々しいひげに辿りついた。外国人だな、きまっている！　それであの靴も説明がつくというものだ。まったく、クラブはいったいどうなるんだ？　こんな所にまで外国人が顔を出してるとは。なんてていたらくだ。少佐はしゃべるのとは無関係に、これだけのことを次々と考えたわけだった。

その問題の外国人がじつに熱心に彼の言葉に耳をかたむけているなどということは、ポーター少佐の偏見を少しもやわらげるものではなかった。

「あの細君はまだ二十五かそこらですよ。その年齢《とし》で未亡人になるのが、これで二度目なんですからね。いや、つまり、あの細君はそう思っているということですがね——」

これならみんな気をひかれるだろう、何とか言うだろうと思わせぶりに黙ってみたが、だれからも反応がなかった。だといってあとへもひけないと言わんばかりに少佐はぼそぼそと話しつづけた。

「じつは、これにかんしては、私は私なりの解釈をくだしてるんでね。妙な話なんですよ。さっきも言いましたが、私ははじめの夫を知ってたんですよ。アンダーヘイって名でね。いい男でした。じつに仕事熱心で、まず第一級の人物でしたな。一時、ナイジェリアの行政官をしてましたんですよ。女のほうは、旅まわりの劇団か何かと一緒に来ていたようでしたね。てんで芽が出ず、すっかり弱りきっていて頼りになるものもないということだったんですな。アンダーヘイが、自分の治めてる土地だの、広大な未開の原野だのの話を得々としゃべりまくるのをだまって聴いたあげく、『まあ、なんてすてきでしょう』などと溜め息まじりに言ってのけ、『何もかもから逃れたい』とかなんとか訴えたんでしょうな。というわけで、彼と結婚して。思うつぼだったんですな。あの男は本気で愛していたんですよ。かわいそうに——だが、はじめからすべてちぐはぐになりましてね。あの女はジャングルの奥地が大嫌いだったし、原住民は怖がるし、おまけに死ぬほど退屈してしまったんです。

彼女にしてみれば、人生というのは、あっちこっちの土地を歩きまわって、芝居見物の連中にとりまかれて賑やかにしゃべりちらすことでしかなかったんですから。ジャングルの中でぽつねんと暮らすことなんかおよそ向かないわけですよ。申しあげておきますが、私はあの女に逢ったわけではないんです——すべてあの気の毒なアンダーヘイから聞いたことでしてね。あの男はだいぶまいっていました。それでも立派にあと始末をしましたよ。女を国へ送りかえして、離婚を承認するつもりでしたからね。そのすぐあとです、私がアンダーヘイに逢ったのは。すっかり神経をいためて心の悩みをうちあけないではいられないという気分になっていたようです。ひどく旧式なタイプの男でしてね。ローマ・カトリック教徒ですよ——で教義の上から離婚はしたくなかったんですね。『ほかの方法で妻に自由を与えることもできるよ』と、私に言いましたので、『おいちょっとまてよ、ばかなことをするんじゃないぞ。きみの頭をピストルで打ちぬくに価する女なんか世の中にいやしないぜ』と言ってやったんです。

彼は、そんなことは考えていないと言うんですよ。『だが、私は天涯孤独の身だからね。だれの迷惑にもならない。私が死んだという通知がいけば、ロザリーンは未亡人になれるんだ、彼女はそう望んでるんだからね』『だが、どうする気なんだ?』と私が言うと、『うん、たぶん千キロかそこら遠くの土地にイノック・アーデンとでも名のる男があらわれ、ぜんぜん新しい生活をはじめるかもしれないさ』『だが、将来、妙なことにならないかね、彼女の立場が』私は警告しましたよ。『だいじょうぶだ。うまくやるよ。ロバート・アンダーヘイは完全にこの世から消えうせるよ』と彼は言ったんですよ。

私はそれきり忘れていたんですが、半年ばかりあとに、アンダーヘイがジャングルの奥地で熱病にかかって死んだということを聞きましてね。彼が使っていた原住民はみんなじつに口がかたくてうまく辻褄のあう話をきかせ、その上、アンダーヘイの字で、彼らがあらゆることをしてくれたが、もうだめだろう、酋長にはふかい感謝をささげるという、ほんの二言三言の書き置きを持ってきてましたよ。その酋長ってやつが、すっかりアンダーヘイに傾倒していて、したがってあとの連中も彼にならっていたわけですよ。アンダーヘイが誓わせたことなら、たとえどんなことでも彼らは口をわったりはしないんですな。という次第ですよ。アンダーヘイは、アフリカの赤道近くの奥地に埋葬されているのかもしれませんが、あるいはそうでないかもしれない――とすれば、ゴードン・クロード未亡人は、そのうちにちょっとしたショックを味わうわけですな。いや、それが当然のむくいですよ。逢ったことはありませんが、どうも金蔓をつかむのがうますぎるようですからね。あの女はアンダーヘイの財産は一文のこさず手に入れたんですよ、ともかく。たいした話です」

ポーター少佐はこう結論をくだして得意そうに同座の人々をみまわした。が、だれひとりあいづちを打ってはくれず、迷惑そうな疑わしげな視線と、メロン青年のなかば避けるような目つきと、あとはムッシュー・エルキュール・ポアロの行儀よく耳を傾けている姿を目にしただけだった。

と、新聞をたたむ音がして、白髪のひどく無表情な男が、炉のそばのアームチェアーから静かに立つと部屋を出ていった。

ポーター少佐はがっくり肩をおとし、メロン青年はヒューとひくく口笛をならした。

「さて、えらいことになりましたね。あの男、だれだか知ってますか？」

「なんということだ」ポーター少佐はすっかりとり乱した。「知ってますとも。そう親しい仲じゃあないが、近づきはあるんですから。ジャーミイ・クロードでしょ、ゴードン・クロードの兄の？　まったく、なんとまずいことになったんだろう！　もし知ってたら――」

「彼、弁護士ですよ」メロン青年はあおりたてた。「名誉毀損かなんかで告訴しかねないですね」

メロン青年は、国防条令などに煩わされないですむこうした場所で、人を脅かしたりしょげさせたりするのがおもしろくてたまらないのだ。

ポーター少佐はすっかりどぎまぎして、「なんというまずいことになったんだ！」と繰りかえし繰りかえし言うばかりだった。

「今日の夕方までには、ウォームズリイ・ヒースじゅうにこの話がひろまりますよ。クロード一族がたむろしてるところですよ。きっと徹夜で親族会議でしょうね。どう事をはこぶかってことで」

ちょうどそのとき、警報解除のサイレンが鳴ったので、メロン青年も弱いものいじめはやめて、友人のエルキュール・ポアロをやさしくうながして町へ出ていった。

「いやな雰囲気ですね、ああいうクラブは」と彼は話しかけた。「愚にもつかない年寄り連中のよりあつまりですよ。ポーターはなかでも始末におえない方です。彼がインド人の空中ロープ術の話をはじめたら最後、かるく一時間かかりますよ。あの男はプーナ(インドの市)を通ったことのある連中は親の代から知っていると称するんですからね」

これは一九四四年の秋の話だった。エルキュール・ポアロが一人の訪問客を引見したのは、一九四六年の春もおそいころだった。

## 2

あるさわやかな五月の朝、エルキュール・ポアロがきちんと片づいた机に向かっていると、召使いのジョージが歩みより、うやうやしく静かに言った。「ご婦人がお見えでございますが、お目にかかりたいそうです」

「どういうご婦人かね？」ポアロは慎重だ。

それに、ジョージのおそるべき的確な描写はいつも彼が楽しみにしているものだった。

「そうでございますね、お年ごろは四十から五十のあいだ、身じまいのよくない、多少芸術家じみた格好です。靴は上等の散歩靴。アイルランド訛りがあります。ツイードのコートとスカート——ただしブラウスがレースという組みあわせで、たぶんまがいもののエジプト玉のくびかざりに、ブルーのシフォンのスカーフです」

ポアロは身ぶるいをしてみせる。

「どうも逢ってみたい相手じゃないね」

「いま、お手がはなせないと申しあげましょうか？」

「たぶん、おまえ、私が重要な用事にかかりきりで、面会はできないとすでに言ってくれたことと思うがね？」

ポアロにみつめられ、ジョージは咳ばらいをした。

「田舎からわざわざ出てきたのだから、いくらでもお待ちするとおっしゃいますので」

ポアロは溜め息をついた。

「避け得ないものはそのまま受けとるよりほかあるまいね。にせのエジプト玉を首にまいた中年の女が、有名なるエルキュール・ポアロに逢う決心で、わざわざ田舎から出てきたとなると絶対におとなしくひきさがりはしまい。初志をつらぬくまではホールを動かないだろう。お通ししてくれ、ジョージ」

ジョージはいったん部屋を出ると、すぐに戻ってきて、「クロード夫人でいらっしゃいます」と正式に報《し》らせた。

着古したツイードに、スカーフをひらひらさせた人物が、満面に笑みをたたえて入ってきた。長いくびかざりをちゃらちゃらならしながら、片手をさしのべてポアロの前に進む。

「ムッシュー・ポアロ、わたし、霊のおみちびきによってあなたの所にまいりました」

ポアロは目をパチパチした。

「さようですか、マダム。まあおかけになって、それから――」

あとは言わせず、彼女はまくしたてた。

「ウィジャ・ボードとお告げ書きと両方なんですよ、ムッシュー・ポアロ。一昨日の晩でした。マダム・エルヴァリイ、ええとてもすばらしい方です。その方と、二人でやったんです。何度も何度も同じイニシャルが出ましてね。H・P、H・Pという（アルファベットと数字が書いてある文字盤に、三本脚の小板を二人が軽くふれながら置くと、その小板が自然に動いて字を綴る）。もちろん、すぐには意味がわかりませんでした。ちょっと暇がかかるんですよ。この俗世界では、はっきりものを判断するというのはなかなかできにくいことですから。わたしはこういうイニシャルの名の人がいるだろうかと記憶をたどってみました。このあいだしたばかりの降霊術となにか関係があるだろうということは判っていたんですよ。とてもはっきりしたお告げがあったんですから。でも、つきとめるのにはちょっと時間がかかりました。《ピクチャー・ポスト》を買って――これも霊のおみちびきです、いつもなら《ニュー・ステイツマン》を買うんですから――それではじめて判ったんです。ね、あなたのお写真があったんですよ、あなたのなさったお仕事の記事も。不思議だとお思いになりません？　ムッシュー・ポアロ、何もかも霊の思し召しです。たしかに、あなたこそ、この問題に解決を与えるために霊によって指名された方なんですわ」

ポアロはこの女性をしげしげと観察していた。おかしなことに、彼がとくに注意をひかれたのは、その並みはずれて鋭くさかしげな明るいブルーの瞳なのだ。このまわりくどい滑稽なまえおきが、じつは計算の上でのものとポアロは読みとった。

「で、ミセス――クロード――でしたね？」ポアロは眉をよせ、「はて、なにか前に聞いたお名のような気がしますが――」

相手は大きくうなずいた。

「亡くなった義理の兄のゴードンですわ。たいした財産を持っていましたし、新聞にもよく出ました。爆撃で亡くなりましてね、もう一年以上にもなります――わたしたちにとってはたいへんな打撃でした。うちの主人の兄にあたりますの。医者ですわ、主人は。ドクター・ライオネル・クロードと申します。もちろん」と声を落し、「主人は、わたしがあなたのところへご相談にあがったことなど存じません。反対するにきまってますから。医者というものは、唯物的にしかものをみません。霊界とのつながりがぜんぜん持てないようですの。すべて科学的にわりきってしまうんですね――わたしにしてみれば、科学がなんだ――いったい科学にどれだけのことができる？　と言いたいところなんですの」

この質問に答えるには、パスツール、リスターをはじめハンフリー・デイヴィの安全ランプから、家庭生活における電気の効用、その他何百という数に及ぶもろもろの科学の成果を根気よく説明する必要がありそうだとエルキュール・ポアロは思った。けれど、ライオネル・クロード夫人が望んでいるのはそんな返答ではないのがあきらかだった。彼女の質問は、じつのところは、返答を予期しないで言われる疑問型同様、ただ言葉の綾でしかないのだ。

エルキュール・ポアロはこれに応ずるに、手近な問題をとりあげて話をすすめた。

「ミセス・クロード、どういう点で、私がお役に立つとお思いなので？」

「霊界の存在を信じていらっしゃいますか、ムッシュー・ポアロ？」

「私はカトリックを信奉しております」ポアロは用心した。

クロード夫人は、あわれみの微笑をうかべ、カトリックの信仰を一蹴した。

「それは、いけませんわ！　教会などというものは――偏見のかたまりで、おろかきわまるもんです――この世の中の彼方にある霊界の美しさも実在も認めようとしないんですから」

「十二時には、重要な約束がありますので」

この発言はじつに時を得ていた。クロード夫人は体をのりだしてきた。

「では、すぐ用件を申しあげなくては。ムッシュー・ポアロ、行方不明の人をさがしだすこと、おできになります？」

ポアロは眉をあげた。

「できないこともありませんが」と、慎重にかまえ、「しかしミセス・クロード、警察のほうがその点にかけてはずっと楽に仕事をしてくれますがね。捜査組織はひろく綿密ですから」

クロード夫人はカトリック教会同様、警察をも一蹴した。

「いいえ。ムッシュー・ポアロ、ベールの向うの世界のおみちびきは、わたしをあなたのもとにお連れくださったんですよ。ここが大事なところなんですが、義兄のゴードンは亡くなるほんの一カ月ほど前に若い未亡人と結婚しました。アンダーヘイ夫人といっていた人と。最初の夫は、アフリカで亡くなったということになってますの——あの人、本当に不幸なひとですわ。アフリカなんて——神秘の国ですものね」

「神秘の大陸ですな」ポアロは訂正した。「ありそうなことです。どの辺で——」

夫人はポアロの言葉をひったくった。

「中央アフリカです。ブードゥー教の本場ですし、ゾンビとか——」

「ゾンビは西インド諸島の方でしたな」

クロード夫人はかまわずまくしたてる。

「――黒魔術の――奇妙な妖しいまじないの盛んな、失踪した人のゆくえがそれきりわからなくなる国です」

「たしかにさよう。しかし、同じことが、ピカデリー広場《サーカス》についても言えますな」

クロード夫人はピカデリー・サーカスも一蹴した。

「ここのところ、たてつづけに二度、ロバートと名のる霊からのお告げがありましてね。いつも同じ言葉なんですの。〈死んではいない〉という。わたしたち狐につままれたようでした。ロバートなんて人、知らないんですから。もっとお告げの言葉をおねがいしますと、〈R・U、R・U、R・U〉というのがつづき、次に〈Rに告げよ、Rに告げよ〉と出たんです。『ロバートに告げるのですか？』とわたしたちがききました、〈いいや、ロバートからだ。R・Uだ〉と言うんです。『そのUというのは何の頭文字でしょう？』と重ねてきいてみますとムッシュー・ポアロ、すばらしく暗示的なお答えがありましたんですよ。〈リトル・ボーイ・ブルー。リトル・ボーイ・ブルー。ハ、ハ、ハ！〉って。おわかりでしょう？」

「さあ、いっこうに」

夫人はあわれむようにポアロをみやった。

「童謡ですわ。〈リトル・ボーイ・ブルー〉っていう。〝アンダー・ザ・ヘイ（わらの下で）ぐっすりねむってる〟——ほら、アンダーヘイになりますでしょ？」

ポアロはしかたなくうなずいてみせた。ロバートという名が綴りだせるのなら、アンダーヘイの方も同じような方法で告げられそうなものなのに、なぜ、わざわざ下手くそな諜報用語めいたからくりを労するのか、と訊きたいのをやっと我慢した。

「そしてわたしの義理の姉の名がロザリーンなんです」夫人は得意げに結びをつけた。「おわかりでしょ？　だから、むやみやたらと〈R〉が出てきたんですわ。お告げはじつに明瞭なものだったんですの。〈ロザリーンに、ロバート・アンダーヘイが死んではいないということを告げよ〉ということだったんですわ」

「ははあ、で、話しておあげでしたかな？」

クロード夫人はちょっとたじろいだ。

「あのう、まだです。つまり、そのう、ほら、なかなかこういうことを信じませんでしょ、人って。ロザリーンもその一人だろうと思います。それに、かわいそうに、こんなことを耳にすれば、それはびっくりしますでしょうし——ねえ、いったいそれならどこにいるのだろうかとか、どうしているのだろうとか？」

「おまけに霊媒を通じて、エーテルに乗った夫の声を聞かされたりしては。それはそうでしょうとも。その方はご無事だということを報らせるのに、まことに奇妙な方法をとられたものですな」

「ムッシュー・ポアロ、あなたはよそごとにお思いだからそんなことがおっしゃれるんです。どんな事情があるかもわかりませんでしょ。気の毒に、アンダーヘイ大尉は、あら、少佐でしたかしら——アフリカの秘境に囚われの身になっているかもしれませんわ。けれど、居場所をつきとめることさえできましたらねえ。愛する若妻のロザリーンのもとに帰れましたら、ロザリーンはどんなに幸福になれますでしょう。ムッシュー・ポアロ、わたしはおみちびきによってあなたのもとに遣わされたんです——よもや、霊界の命令をしりぞけたりはなさいませんでしょうね」

ポアロは相手をまじまじとみつめた。

「私の要求いたします報酬はやすくありませんのでね。法外とおっしゃられる額になりかねません。それに、いまうかがったところでは、なまやさしい仕事ではなさそうですし」

「まあどうしましょう——困りましたわ、それは。わたしどもは、手もとがすっかりつまってますので——ぜんぜんだめなんですの。じつは、主人が考えております以上にわたしの内輪は火の車でして。株を少しばかり買いましたら——これも霊のおみちびきなんですが――いままでそれがさがる一方でしたので、もうどうにもならないところまで来てしまいましたわ。いまさら手放したくても買い手もないありさまなんですの」

夫人はおどおどとポアロをみつめた。

「主人にはとても言えないでおりましたのですよ。ただ、わたしの内輪を知っていただきたいばかりに、こうしてお話しするんですの。ムッシュー・ポアロ、でも、若い夫妻を再会させるなんて、まったく美しい使命だとお思いになりません――」

「が、マダム、美しいからといって、船賃や汽車賃や空の旅の料金がただになるわけではありませんのでね。外国電報を打ったり、証人を訪ねあるく費用も出るわけではないでしょうし」

「けれど、もし見つかりさえしたら、アンダーヘイ大尉が生きて発見されさえしたら――あのう――つまり、これだけは申しあげられるんですが。うまく事がはこびましたら、あのう費用のほうは、つまり、そのう、まちがいなくお立て替えぶんをお返しできるんです」

「と、財産家でいらっしゃるんですな、そのアンダーヘイ大尉は？」

「そうじゃあないんですが、ただ、あの、わたし、責任を持ちます、誓って申しあげますわ、お金の問題ではけっしてごめいわくはおかけしません」

ポアロはゆっくり頭をふった。

「お気の毒ですがマダム。おひきうけはいたしかねますな」

夫人はなかなかこの返事に納得しなかった。

やっとのことで相手が出ていくと、ポアロは眉をよせて考えこんでいた。いまになって、なぜクロードという名におぼえがあるのかを思い出したのだ。空襲さわぎにあけくれていたころ、あのクラブで聞いた話が心によみがえってきた。だれも耳を貸したがらない話をいつ終るともなくみんなの神経をじりつかせながらつづけていたポーター少佐の胴間《どうま》声が耳にかえってきたのだ。

新聞がガサガサいったこと、ポーター少佐ががっくり肩をおとしたこと、そして世にもみじめな顔になったことを次々と思い出した。

けれど、それよりも、たったいま出ていったねばりづよい中年婦人をどう解釈すべきかということで彼は頭をなやましていた。早口にまくしたてる霊界ばなし、奥歯にものはさまったような口ぶり、ひらひらするスカーフ、首のまわりにちゃらつかせたくびかざりに護符――それに加うるに、すべてこれらとはうらはらな、淡いブルーの瞳にきらっとうかんだ抜け目のない色。

「いったい本当はなんのためにここへやってきたのだろう?」ポアロは思う、「そして、いったい何がはじまっているんだろう――」机の上の名刺に目をやり、「このウォームズリイ・ヴェイルでは」

それからちょうど五日目に、彼は夕刊で一つの小さな記事を見たのだ。それは、イノック・アーデンと名のる男が死んだことを報じていた。場所はウォームズリイ・ヴェイル。有名なウォームズリイ・ヒース・ゴルフコースから五キロほどの昔風な小村だった。

エルキュール・ポアロはふたたび同じ問いを頭にうかべた。

「さて、ウォームズリイ・ヴェイルでは、いったい何がはじまっているんだろう」

# 第一篇

# 1

ウォームズリイ・ヒースは、ゴルフコースと、ホテルが二つ、ゴルフコースぞいに並ぶモダンなつくりの豪奢な別荘、戦前は高級品を扱っていた一連の商店、そして鉄道の駅とからなりたっていた。

駅を出ると、右手に、ロンドンへ向うひろいメイン・ロードが延々とのび、左手には、「ウォームズリイ・ヴェイルに至る」と記された立札が、原を横ぎる小道を示している。

木立ちのふかい丘にいだかれたウォームズリイ・ヴェイルは、ウォームズリイ・ヒースとはがらりと趣きの変った土地だった。かつては小ぢんまりした昔風な町で市《いち》などもたったのが、時の移りとともに村に変貌したものだった。ジョージア風の家並みのつづくメイン・ストリートと、居酒屋が二、三軒、時代おくれの店が幾軒かというこの村は、ロンドンから四十五キロしか離れていないのに、四百キロも離れた辺境の土地の様相を備えていた。

この村の住人は、ウォームズリイ・ヒースに雨後の竹の子のように家が増えていくのを軽蔑の目で見さげる点では一人もれなく意見の一致をみていた。

村を出はずれたあたりには、一時代前の心たのしい庭園をそなえたなつかしい家が何軒かあった。WRNS（海軍婦人従軍部隊）の職をとかれたリン・マーチモントが、一九四六年の早春、帰宅したのは、こうした家の一つ〈ホワイト・ハウス〉だった。

三日目の朝、寝室の窓から、手入れのとどかぬ芝生から、その先の牧場のニレの木立ちに目をやりながら、リンは胸をふくらませて息を吸いこんだ。うすぐもった朝の空気には、やわらかに湿った土の匂いがこもっている。ここ二年半ものあいだ、恋いこがれていた匂いなのだ。

わが家へ戻り、自分ひとりの寝室にいるということはなんとすばらしいことか。遠く故郷を離れた地で、なつかしくいつも思いおこしていたこの部屋。制服を脱ぎ、ツイードのスカートとジャンパーを着られるということもなんという楽しさだろう——たとえ、戦争中に虫がだいぶくいあらしたとはいえ。

WRNSを出て、ふたたび個人としての自由を味わえるのはなんといってもよかった。

外地勤務はじつに楽しいものだったことは事実にしても。仕事もけっこう興味がもてたし、パーティも開かれ、いろいろなおもしろいおもいもした。けれど、毎日毎日同じことの繰りかえしは、やりきれなくなる思いだったし、朝から晩まで人と顔をつきあわせていなければならない団体生活の重圧感から何としてでも逃れたくなりもした。

インドのやけつくような長い夏のあいだ、リンは堪えられぬほどウォームズリイ・ヴェイルを恋い、古ぼけた、けれど涼しく住み心地のいい家を、そして愛する母をなつかしんだものだった。

リンは母を愛してはいたが、母にいらいらさせられることが始終だった。家を遠く離れてみると、母への愛情はふかまる一方で、悪いことは忘れてしまっていた。たとえ思い出しても、かえってそのためにホームシックが強まるばかりだった。愛するママ、おかしなかわいいママ！　ママがあのやさしい声で、とりとめもない愚痴をこぼすのが聞けたら、たった一言でも。ああ、家へ帰れたら、そして二度と家を離れないでいいようになれたら！　何度こう思ったことだろう。

そしていま、こうして除隊になり、自由の身で〈ホワイト・ハウス〉にいるのだ。まだ帰って三日にしかなっていなかった。それなのに、奇妙なものたりない思いが、じわじわと育ちはじめ、リンは妙におちつかなくなっていた。何もかもが変らなさすぎるのだ。――家もママもローリイも農場も親類の人たちも、あまりにも前のままでありすぎる。変ったのはリン自身であり、咎めなければならないのは自分なのかもしれない。「お食事、ベッドにもっていってあげましょうか？」

「おまえ《マイ・ガール》」母のかんだかい声が階段をのぼってきた。「お食事、ベッドにもっていってあげましょうか？」

「けっこうよ。わたし、すぐ下へ行くわ」リンはきつく言いかえした。

――いったいママはなぜ〝おまえ《マイ・ガール》〟なんていうのかしら。ばかげてるわ。

リンは階段をかけおり、食堂に入っていった。朝食のテーブルは貧しかった。もうリンも、食糧あさりにたいへんな手間がかかり、みんな鵜の目鷹の目になっていることも判りはじめていた。一週間に四度、頼りにならない手伝い女が午前中だけやってくるこのごろでは、母のマーチモント夫人は料理と掃除だけでくたくたになり、食糧をさがしまわる暇はなかった。リンが生れたとき、もう四十に近かった夫人は、年齢《とし》も年齢《とし》だったし、めっきり健康もおとろえていた。それに加えて、リンは家の財政状態がだいぶひどくなっているのにも気がついた。戦前なら楽に暮らせた、そうたいした金高ではないにしても決まった収入が、今では半分税金にとられてしまうのだ。地方税も家のかかりも雇人の給料もあがる一方だった。

リンは新聞の求職欄にふと目をとめる。新しい勇敢な世代――リンは憂鬱なおもいだった。
〈職を求む。前WAAF（空軍婦人従軍部隊）。企画力あり。特技、運転〉〈職を求む。前WRNS。組織力および指導力あり〉

売りこもうと並べたてられたものは、あるいは創業精神であり企画力であり指導性ばかりだ。だが求人側の求めるものは、料理や掃除ができることか、速記の技術なのだ。たたきあげた腕をもつ、仕事なれた第一級の働き手なのだ。

だが、リンは思いわずらう必要はない。先のことが、はっきりしているのだ。従兄のローリイ・クロードと結婚するのだ。戦争のはじまる寸前に婚約してから、もう七年になる。ものごころついたころから、リンはローリイと結婚するのが当然だと思いこまされていた。彼が農場経営の仕事に入ったときも、リンは当然のこととしてうけいれた。たいしておもしろくもないし、骨の折れる仕事にはちがいないにしても、農場生活はいいものだし、二人とも戸外ではたらくのも、動物の世話も好きだったのだ。

将来の見通しは前ほどたしかではないにしても――ゴードン叔父が生きていれば彼の約束も――。

このとき、マーチモント夫人が悲しげに話しはじめ、リンの思考を破った。

「手紙にも書いたように、わたしたちみんなにとっては怖しい打撃だったのよ、リン。ゴードンが英国に帰って二日目だったんだから。わたしたち顔をみる暇もなかったんだわ。ロンドンの家へ寄ったりしないで、まっすぐここへ来てさえいたらねえ」

「そうね、ほんとに――」

外地で叔父の死を知ったとき、リンはびっくりして悲しみはしたが、叔父の死の本当の意味がいまになってはじめてはっきり判ってきたのだ。

ゴードン・クロードは、リンの記憶のたどり得るかぎり昔から、彼女の、そしてみんなの生活の中心だったのだ。金持ちで子供もないゴードンは、彼の一族をすべてその翼の下にかかえこんでいた。

ローリイもその一人だった。ローリイと彼の友人のジョニー・ヴァヴァサーは共同経営でその農場をはじめたのだが、資本はわずかだったのに、希望にみち活気にあふれていた。ゴードン・クロードがその二人を励ましていたからだった。

リンには、二人には言わないことまで話してくれさえした。「資本がなければ農場経営はなりたちはしないよ。だが私はまず、あの二人が本当にその気があって、何とか仕事を軌道にのせるだけのがんばりがあるかどうかを見たいんだ。いま、二人に資本をやってしまうと、たぶんだいぶ先まで見ていないとその判断がつかないだろうからね。二人が骨のある人間だってことが判り、この仕事をなんとかものにできそうだと思えるようになったら、心配することはないよ、リン、いるだけのものは、私がみんな出してあげる。だから、将来のことは私に任して安心しておいで。おまえはローリイの細君にはうってつけだ。だが、私の言ったことは内緒にしといておくれ」

そして、リンはその約束を守っていたが、ローリイは、叔父が自分の仕事にいつかは出資してくれるのをちゃんとかぎつけていた。この老人、彼とジョニーが投資に価することを証明できさえすれば、すべて上々だとローリイは思っていたのだ。

たしかに、だれもかれもがゴードン・クロードに頼りきっていた。それはクロード一族が、働きのない怠け者だということではなかった。ジャーミイ・クロードは、法律事務所の主席弁護士だったし、ライオネル・クロードは開業医だった。

だが、そうして暮らしをたててはいたものの、その背後にはつねに気楽な生活の保証があった。けちけちしたりお金を貯めたりということはけっしてしないですんでいたのだ。将来の保証は安定していた。子供のない、やもめのゴードン・クロードがちゃんと考えてくれていたのだから。彼自身の口から、何度かそう誓言されてもいたのだ。

未亡人である彼の姉のアデラ・マーチモントは、小ぢんまりした手のかからない家へ引越すのが当然なのに、〈ホワイト・ハウス〉に住みつづけた。リンも一流の学校に通った。戦争にならなかったら、費用のかかる専門の勉強を意のままにさせてもらえたはずだった。ゴードン叔父からの小切手は、ちょっとした贅沢にはことかかない程度に、始終送られていた。

何もかもが安定していたし、保証されていたのだった。ところが、思いがけないことにゴードン・クロードが結婚したのだ。

「そりゃあ、もちろん、わたしたちみんなびっくりしたのよ」夫人は話をつづけた。

「ゴードンが再婚するなんてことは、夢にも考えていなかったんだからね。まるでおおぜいの親族なんかのことは何も考えていないような仕打ちじゃないの」

ほんとに、おおぜいだわ。きっと、時にはうるさくてたまらないほどだったんじゃないかしら？　リンはひそかに思った。

「いつもよくしてくれたわ。でも、たまにはそれは、少しばかり横暴だったけれど。いまはやりのつやだししたテーブルで食事をするのが嫌いでね。いつも、昔風なテーブル・クロスをかけさせられたものよ。イタリアにいたころ、すばらしいヴェネチアン・レースのを送ってくれたりもしたわねえ」

「叔父さまのお望みにそうのには何よりの品だったわ」冷淡にあしらうと、ふと好奇心にかられたように、「どういうことでお知り合いになったの、その二度目の奥さんと？

お手紙には何も書いてなかったけど」

「船か飛行機かなんかでしょうよ。南アメリカからニューヨークへ行く途中だったと思うけど。ああして何年も一人でいたのにねえ。秘書だの、タイピストだの、家事をみた人だのもおおぜいあったのに、無事で通ってきたのに」

リンは苦笑した。知るかぎりでは、ゴードン・クロードの秘書や家政婦や事務所の連中は、始終みんなの槍玉にあがり、あれこれ取沙汰されていたのだった。

「美人なんでしょう？」

「そうねえ。わたしは、少したりないような顔だと思うけれど」

「ママは女の目でみるからでしょ」

「そりゃあ、かわいそうにあの人は空襲されて、爆撃でひどいショックをうけて、命もあぶないほどだったんだし、わたしが考えるには、まだ完全になおりきってはいないようなんだから。神経衰弱みたいでね。それに、ときどき、まるで頭がたりないように見えることがあるのよ、本当に。もしゴードンが生きていても、あの人ではあんまりいい奥さんにはなれなかっただろうと思うわね」

リンは苦笑した。叔父が、頭がいいからという理由で若い細君をもらったわけではないだろうと思ったからだ。

「それに、ねえ」夫人は声をおとして、「こんなことを言いたくはないけれど、なんといっても、あの人は淑女《レディ》じゃないわね」

「ママったら、なんてことでしょう。いまどき、そんなことだれが問題にして？」

「でも、田舎ではまだまだ問題にするのよ。わたし、あの人は、わたしたち一族とはちがった種類の人だって言いたいのよ」

「気の毒ね、あの人」

「まあ、リン、なぜそんなことを言うの。わたしたち、ゴードンのことを思って、あの人には親切にしてるし、失礼なこともしないように、みんな快く迎えているつもりよ、これでも」

「では、いま、〈ファロウ・バンク〉に来てるの？」

「そりゃあそうよ。療養所から出てきたばかりで、ほかに行くところはないでしょう。お医者さんも、ロンドンにいてはいけないって言ったそうよ。いま、彼女の兄さんと一緒に〈ファロウ・バンク〉にいるのよ」

「どんな人？」

「いやな青年よ」ちょっと間をおいて、力をいれて言った。「無作法な」

リンの心にふっと母への同情のおもいがわいた。いいわ、わたしもおかえしに、うんと無礼に振舞ってやるから、と思う。

「なんという名前?」

「ハンターよ。デイヴィッド・ハンターよ。アイルランド人らしいわね。もちろん家柄のいいうちじゃないわ。あの人は未亡人だったのよ——アンダーヘイ夫人とかいったわ。むごいことは言いたくないけれども、でもどうしたってだれでもおかしいと思うでしょう——戦時中に、南アメリカなんかから旅に出てきた未亡人なんて。まるで、お金持ちの男をさがしてたとしか思えないでしょう?」

「だったとしたら、むだはしなかったわけね」

マーチモント夫人は嘆息した。

「まったくなんていうことでしょう。ゴードンは、いつでもそれは利口だったのに。女たちがほっといたわけではないんだわ。あの一番あとにいた秘書だってそうよ、たとえば。ずいぶんうるさくつきまとったらしいわ。なかなか仕事のできる人だったのに、そのせいでくびにされたのよ」

「ワーテルローってだれにでもあるものらしいわ(ナポレオンでさえ敗れた地名。したがって思わぬ惨敗の意)」

「六十二でねえ。危険な年齢よ。それに、戦争っていうものは人の気持をおかしくするんだろうと思うわね。でも、ニューヨークから手紙が来たときは、ひどいショックを受けたものよ、みんな」

「何と書いてあったの？」

「手紙はフランセスあてだったのよ——おかしな話だけれど。あの人の育ちが育ちだから、一番同情があると思ったんでしょうね。結婚したことを聞いたらさぞみんなびっくりするだろう。あまり突然なことではあったけれど、みんなもロザリーンをかならず好いてくれるだろうって書いてあったのよ。ロザリーンなんて、芝居みたいな名前じゃないの、ねえ、そう思うでしょ？　どうせ本当の名ではないとわたしは思うけれど。非常に不幸な人で、まだ若いのにいろいろと苦労した、とゴードンは書いてきたわ。まったく、ずいぶん大胆な世渡りだわね」

「べつに目新しいてでもないわ、でも」リンはつぶやく。

「そうだわね。そのとおりよ。始終そういう話は聞くわ。でもねえ、ゴードンみたいな人が。これがはじめてってわけでもないのに——この始末よ。びっくりするほど大きな目をしてるわ、あの子、ふかいブルーで、妙に色っぽい」

「魅力があって？」

「ええ、それは。とてもきれいよ。わたしはあんなきれいさは好きではないけれども」

「そうでしょうとも」リンは苦笑する。

「ほんとに、男って――男なんて、まったくわけがわからない。ずいぶんしっかりした人でも、信じられないようなばかげたことをするんだからねえ。ゴードンの手紙には、今度のことで、いままでのつながりがなくなるなんてことはぜんぜん考えないようにって書いてあったのよ。わたしたちのことを前と変らず責任を持つ気でいてくれたんだわ」

「でも、結婚のあと、遺言書をお書きにならなかったんでしょう？」

「ええ。一九四〇年に作ったのが最後だったのよ。詳しくは知らないけれど、そのとき、ゴードンは、もしものことがあっても、その遺言書があるから、わたしたちは何も心配しないでいいって言ってくれたのよ。でも、もちろん、その遺言書は、結婚したことで取消しになったのよ。こちらに帰ったら、あらためて別に作るつもりでいたんでしょうが、ね、その暇もなかったってことね。英国に着いたその翌日に亡くなったんですもの」

「で、あの人、ええと、ロザリーンが全部もらったわけね？」

「そうよ。前の遺言はこの結婚で無効になったわけよ」

リンは何も言わない。ほかの連中ほどは欲に目がくらんでいるわけではないにしても、人間であるからには、この新しい事態に強い反感をおぼえるのは当然のことだった。彼女は思う、叔父さまはこんなことになるつもりではいらっしゃらなかったはずだ。大部分の財産を若い妻に遺したかもしれないにしても、いままであとは引きうけるからと約束していた親族にも相当額の遺産を贈ったにちがいないのだ。貯金をしたり、将来に備えたりすることは何もいらないと、彼は再三みんなに言っていたのだ。ジャーミイ叔父に、私が死ぬと兄さんは金持ちになりますよと言っているのを聞いたこともあるし、母には始終、「心配しないでいいですよ、姉さん。リンのことは私が責任を持つから。だからこの家にずっと住んでいてくださいよ――ここがあなたのホームなんだから。修繕費の勘定は、みんな私にまかせておきなさい」と言いもした。ローリイには、農場経営の仕事に入ることをすすめ、ジャーミイ叔父の息子のアントニイには、ぜひ近衛師団に入るようにと士官学校に送り、たっぷり小遣いも送っていた。ライオネル叔父は、彼のすすめで、すぐにはお金にならない医学研究を続け、そのせいで患者も減っていたのだ。

マーチモント夫人が唇をふるわせながら、仰々しい身ぶりで請求書の束を出したので、リンの思考は破られた。

「まあ、これをみてちょうだい。いったい、どうしたらいいの？　ほんとに、ねえリン。今朝、銀行の頭取から手紙がきて、もう預金がぜんぜんないんですって。これからどうすればいいの。わたし、ずいぶん気をつけてたつもりなのに。前のように株の利まわりがよくないらしいのね。税金が重くなったって書いてあったけれど。それに、この黄色い紙の書類、戦災保険なんかでしょうけど——払わないわけにはいかないらしいのよ」

リンは請求書を取り、ざっと目を通した。べつに余分なものは何もなかった。屋根のスレートの葺きなおし、垣根の修繕、台所のボイラーのとりかえ、配水管を新しくしたことなどだった。が、総計すると相当な額になるのだ。

夫人は情けないことを言いだした。「この家に住んでいるのがいけないのかもしれないのよ。でも、引っ越すにしても、引っ越し先がないんですものね。小さな家なんて、どこにもありはしないわ。手頃な値段のなんて。こんなことで心配させたくはないけれど。帰ってきたばっかりだっていうのに。でも、どうしていいかわからないのよ、わたし。ほんとに困ってしまう」

リンはあらためて母親をみつめた。六十はとっくに越している母。昔からけっして丈夫なほうではなかった。戦争中には、ロンドンからの疎開者を引き受け、その人たちのために料理もしたし掃除もしたのだ。愛国婦人会の仕事もし、ジャムつくりや、学校給食の手伝いもしたのだ。いまでは一日十四時間もはたらきつづけている。戦前は何もしないでのんびりしていられた人が。リンには、母が倒れる寸前までいっているのがわかるのだ。疲れはて、そのうえ真っ暗なゆくさきに怯えきっている母。

リンの胸に、じりじりと激しい怒りがこみあげてきた。

「どうにかしてもらえないかしら——ロザリーンに？」思いつめたようにリンは言う。

夫人は顔をそめた。

「でも、わたしたち、なんの権利もないのよ」

リンは抗議した。「法律上はそうでしょうけど。あの人はそのくらいのことはする義務があるわ。ゴードン叔父さまはいつだって面倒をみてくださったんですもの」

夫人は頭をふった。「ねえ、リン、人に同情を乞うなんてはずかしいことよ——それも好意を持てない相手に。それにあの兄さんは一文だって出させるもんですか」

そして、「だいたい、本当の兄妹かどうか判りはしない」と、ついさっきの悲壮ぶりとはうらはらに、女らしい憎まれ口をそえた。

## 2

フランセス・クロードは心配そうに食卓ごしに夫をみつめている。

フランセスは四十八だった。ツイードのスーツがよく似合う、グレイハウンドめいた痩せ型の女だった。いいかげんに塗った口紅のほかはぜんぜん化粧をしていないその顔は、一種尊大な、凋落の美をもっていた。ジャーミイ・クロードは、無表情なかたい顔つきで頭は白く、痩せた男で、六十五だった。

今夜は、その無表情な顔がことさらに動かないのだ。

彼の妻はほんの一瞥でそのことを見てとっていた。

十五歳になるメイドが、食卓をまわり歩き、給仕をしている。その真剣な目はフランセスの顔を一刻も離れない。フランセスが眉をしかめでもしようものなら、手にした皿を落しかねないし、ちょっとでも機嫌のいい表情をみせれば、いかにも嬉しそうな顔をするのだった。

フランセス・クロードだけはメイドに不自由しないということは、ウォームズリイ・ヴェイルでは羨望の的だった。べつに途方もない給金を出しているわけではないし、行儀にもやかましいのだ。だが、彼女は奉公人がつとめる気さえあれば、あたたかい目で認めてやるし、それに人を使いこなすのが上手なので、奉公人のほうでもよくなつき、家事をきりまわしてゆくことに喜びをさえ感じるようにしむけられるのだった。フランセスは物心つくころから、つねに人にかしずかれる生活をつづけてきていたので、そうされることが当然なものと思いこんでいたし、一級のコックや小間使いは、一流のピアニストなみに嘆賞するのだった。

フランセス・クロードは、エドワード・トレントン卿の一人娘だった。ウォームズリイ・ヒース近くに調教場を持っていたが、卿がついに破産の憂目をみたときに、事情通のあいだでは、かえってそのほうが彼の身のためだったと取沙汰された。その前から、彼のところに預けた馬がかんじんのときに姿を消しているとか、〈ジョッキイ・クラブ〉の役員の査問会にかけられたとかいう噂がもっぱらだった。結局、トレントン卿はその名にたいして傷もつかぬうちに急場を逃れ、債権者との示談のすえ、南フランスの地でしごく気楽に暮せることになったのだった。この彼の破格な幸運は、彼の顧問弁護士であったジャーミイ・クロードの辣腕と献身的な努力とにあずかるところがおおかったのだ。クロードのはたらきは、普通、弁護士が依頼人にすることをはるかに上回り、弁護料の請求さえ先にのばしもしたのだった。彼は、早くから、フランセス・トレントンにたいする深甚なる敬慕の情をあきらかにしていたが、やがて、父の問題がすべて円満に解決すると、フランセスはジャーミイ・クロード夫人になったのだった。

フランセスがどういう気持だったかはだれにも判ってはいなかった。ただ一つ言えることは、この取引きにおいてはフランセスはジャーミイにけっして損はさせていないということだった。ジャーミイにたいしては、貞淑なゆきとどいた妻であり、彼の息子にはまめやかな母親であり、ジャーミイの投資株にはよく気もくばっていた。そして、一度ならず、この結婚は、自分の自由意志で進んで取り決めたのだということを、口にもし行為にもあらわしてきていた。

これに応えて、クロード一族は、フランセスに深甚なる敬意と讃嘆をよせていた。彼女を誇りにおもい、その意見をたかくかっていた。だが、なんとなくけむたい存在に考えていたのも事実だった。

ジャーミイ・クロードが自分の結婚をどう考えているかもだれにも判らなかった。だいたい、ジャーミイ・クロードが何を考えどんな気持でいるかが余人には判らないからなのだ。〝朴念仁《ぼくねんじん》〟と人は彼を呼んでいる。彼の、人間として、弁護士としての評判はなかなかたかいものではあった。クロード・ブランスキル・アンド・クロード法律事務所は、けっして怪しげな仕事には手を出さなかった。とくにめだつはでな存在ではないにしても、確固たる信用があった。事務所は順調に繁栄の途上にあり、ジャーミイ・クロードは、市場の先の、大きなジョージア風の家に住み、その壁に囲まれたひろい昔風な庭園には、春には梨の木が白い雲の海とみまがうばかりの花をつけるのだった。

食卓を立った夫妻が入っていったのは、この庭をみおろす裏手の部屋だった。十五歳のエドナが、アデノイドでもありそうな鼻いきをさせながら、コーヒーをはこんできた。フランセスはカップにわずかばかりコーヒーを注ぐ。濃く、湯気がたっている。「上手にはいりましたよ、エドナ」フランセスは、キリッとした調子でほめた。

エドナは嬉しさのあまりまっかになり、さがっていった。いったいあんなコーヒーがなぜお好きなんだろう。うんとおさとうを入れたうすいクリーム色のほうがどんなにおいしいかわからないのに、と思いながら。

庭をみおろす部屋では、クロード夫妻はさとう抜きのブラックのままでそのコーヒーをのんでいた。食事のあいだは、とりとめもなく、知り合いのことや、リンが帰宅したことや、近い将来に大きく変るであろう農業のことなど話していたが、こうして二人きりになると、すっかり黙りこんでしまった。

椅子にもたれたフランセスは、じっと夫を見つめていた。ジャーミイのほうはそれにはぜんぜん気がついていない。右手でなんとなく上唇をなでている。ジャーミイ自身は無意識にやっているのだが、それは、彼が心に動揺を覚えているしるしなのだった。フランセスもごくたまにしかそれを見たことはないのだ。息子のアントニイが、子供のときに重態に陥ったときと、裁判官がジャーミイの勝訴弁論にたいして評決をくだすのを待っていたときと、開戦当時、ラジオが決定的な宣言をつげるのを待つあいだと、令状のもとにアントニイが発っていった夜と、くらいなものだった。

フランセスは口をきる前、しばらく考えこんでいた。結婚生活は幸福だったとはいえ、ふかく心をうちわって話し合うという習慣はなかったのだ。彼女はジャーミイの慎みぶかさを尊敬していたし、彼もフランセスにそういう意味で敬意をはらっていた。アントニイが戦死した通知がとどいたときでさえ、二人ともとりみだしたりはしなかった。

ジャーミイはその電報を開くと、妻をみつめた。「あの、それ——」フランセスは言ったのだ。

彼はこうべを垂れ、十字をきると、差しだされたフランセスの手にそれを渡した。

しばらく黙然と立っていたが、やがてジャーミイは、「つらいだろうが、こればかりは」と言った。フランセスはしっかりした声で涙もみせず、おそろしい虚しさと心の痛みをおぼえながら、「あなたもさぞおつらいでしょう」と言った。彼はやさしく妻の肩をさすり、「そうだよ――」と言ったきり、戸口へと歩みかけた。まだしゃんとしてはいたが少しばかり肩をおとしたそのうしろ姿に、急に老いをみせて、「なんともいたしかたないことだ――」と言いながら。

フランセスは、夫がよく自分の気持をわかってくれることに深い感謝をおぼえながらも、その急に老けこんだ姿を目にすると、心もちぎれるばかりのおもいをした。息子を失ったことによって、フランセスの心に何かかたいしこりができてしまったのだ――それはだれでもが持っているやさしさとでもいうものを干《ひ》あがらしてしまった。前より以上にこまめに働き、てきぱきとした性格が際立ってきていた。ときにはその仮借のない常識主義は人を怯えさせさえするのだった。

ジャーミイ・クロードの指がまた上唇にかかった。思いあぐね、何かをさぐりもとめるように。と、フランセスがキリッとした調子で声をかけた。

「どうかなさったの、ジャーミイ？」

彼はびくっとして、あやうく手にしたコーヒー・カップをとりおとすところだった。すぐ気をとりなおし、しっかりした手つきで盆にそれを置くと、あらためて妻に目をやった。

「何がだね、フランセス？」

「どうかなさったのってうかがってるんですわ」

「どうかって、何が？」

「わたしが当て推量をしてもはじまりませんわ。あなたが話してくださったら」

フランセスは事務的に感情をまじえぬ言いかたをした。

「べつになんでもないんだ」

そんな答えでは納得しないフランセスは、だまってただ待っていた。まるで夫の言葉を無視でもするように。彼は心をきめかねるように妻に目をやった。

瞬間的にその血色のわるい顔の装った平静な表情が破れ、ぞっとするような苦悩の色がうかんだのを目にしてフランセスは思わず声をたてかけた。ほんの一瞬ではあったが、けっして見まちがいではなかった。

冷静に彼女は言った。「わたしには話してくださってもよろしいでしょう」

深い苦しげな溜め息が夫の唇からもれた。

「まあいずれにしても、どうせおまえには知っておいてもらわなければなるまいが」

そして、その言葉についで、まったく思いがけないことを夫は言った。

「フランセス、おまえ、夫の選択を誤ったようだよ」

この言葉の意味をさぐることなどに手間をかけず、フランセスは事の核心をついた。

「お金の問題ですか?」

なぜまっさきに金銭問題が口をついて出たのかは判らなかった。時節がら世間なみに手もとがつまっている以外、ことに財政上の危機が迫っているような気配はべつに何もなかったのだから。事務所では人手が足りないためにあつかう仕事の数も減ってはいたが、先月に入ってからは、召集をとかれた前所員が何人か帰ってきはじめていた。あるいは、それが彼が隠していた病気だと考えられないことはないのだ――最近顔色もすぐれず、ずっと過労もつづいていることだから。だが、フランセスのかんはそれが金銭問題だということをピンと感じ、そしてそれは的をついたらしい。

夫はうなずいてみせたのだ。

「そうですか」フランセスはしばらく黙って考えた。彼女自身は、お金などにはぜんぜん関心がないのだが、夫はそういってもまともに取りあげないだろうということが判っていた。彼にとってはお金がすべてなのだ。お金あってこその安定感であり、人生の恩恵にもあずかれ、世間にたいして恥ずかしくない地位を保っていられると信じている。

フランセスにとっては、お金というものは、はい、これで遊びなさいと言って膝の上に投げだされた玩具と少しもかわらないのだ。幼少のころから、不定な財政状態の中で育ってきたフランセスにいつの間にかしみこんだ観念だった。父の仕事が調子のいいときには、すばらしい生活が続くかと思えば、仲買人が意地悪くでたりでもすると、トレントン卿は、押しかけてくる執達吏をさけるために、あさましい所業におよびもした。あるときは一週間もカチカチのパンだけですごし、奉公人にも全部暇をやったこともあった。一度は、三週間も執達吏が家に泊りこんでいたことさえあった。まだ子供だったフランセスは、そのうちの一人とすっかり仲良しになり、遊んでもらったり、彼の子供の話を喜んで聞いたりもしたのだ。

お金がなくなれば、フランセスの周囲の連中は、人のものを黙って借用したり、外国へ逃げたり、友達や親類の所へころがりこんで一時を逃れたりした。でなければ、首がまわらなくなるまで借金をしたものだ。

が、目の前の夫をみつめたフランセスには、クロードの世界では、そういうことをしろといっても無理なのが判っていた。借金を申しこんだり、人の家にころがりこんだりなどということは絶対にできない相談なのだ（そのかわり、人にも同じことを要求しているのは当然だった）。

フランセスは夫が気の毒でたまらず、自分がびくともしていないことに少しばかり気が咎めもした。で、その埋め合わせでもする気で、現実問題をとりあげてみた。

「何もかも売らなければならないようですか？　事務所のほうが具合が悪くなりましたの？」

夫が顔をしかめたので、自分が少しずけずけ言いすぎたのに気がついた。

「ね、あなた」とやさしい口調になり、「話してくださいません？　いつまでもこうやってもいられませんわ」

クロードはかたくなって話しだした。「二年前に、うちの事務所にちょっとした危機があってね。ウイリアムズっていう青年、おぼえているだろう、あれが金を持ちだして姿をくらましたんだ。何とか急場をつくろうのにだいぶ骨を折った。そのあと、ちょっと面倒なことがまたあってね、マレー方面で、シンガポールが……」

フランセスは口をいれた。

「理由なんかよろしいですわ。そんなことどうでもいいことです。つまり、あなた、窮地に陥っていらして、どう手のくだしようもなくていらっしゃるのね」

「ゴードンをあてにしていたのでね。ゴードンがいたらなんとかしてくれるだろうが」

フランセスは重く嘆息した。

「もちろんですわ。わたし、気の毒なあの人を責めるようなことは言いたくありませんわ。きれいな女の人に心を奪われるっていうのも人間ならあたりまえのことですもの。それにあの人が結婚したかったら、そうするのになんの不思議もありはしませんわ。ただ、まだなんの手続きもしないで、遺言書も作る暇もなく空襲で亡くなったのは、ほんとうに残念でした。だれでも一寸先のことも判りませんのね、いつどんな危難が襲って一命を落すかもわからないんですから。爆弾なんてどこへ落ちてくるか見当もつかないんですから」

「私はあれをとても好きだったし、自慢にも思っていたので打撃はひどかったよ」ゴードン・クロードの兄ジャーミイは言う、「ゴードンの死は、私にとっては大きな破局だった。それにちょうどあのころ――」

彼はふと口をつぐんだ。

「わたしたち、破産しますかしら?」フランセスは冷静につっこんでいった。

ジャーミイ・クロードは、何ともいえぬ思いで妻をみつめた。フランセスのあずかりしらぬこととはいえ、ここで妻が涙にくれ、怯えてでもくれたら、彼はもっと楽になれたかもしれないのだ。この冷静なてきぱきと問いつめてくるフランセスの前に、彼は徹底的に敗北してしまった。

「いや、そんなことではすまないだろう」彼の声は弱くかすれた。

その言葉をききながらも平然としている妻にジャーミイはじっと目をすえた。――もう何もかも話さなければなるまい。フランセスは私が何をしでかしたかを知るのだ、いやでも。たぶん、はじめは信じようとはしないだろう――。

フランセス・クロードは吐息をつくと、大きなアームチェアーにきちんと坐りなおした。

「わかりました。横領ですのね。言葉はちがっているかもしれませんが、そんなようなことですのね。あのウイリアムズみたいな」

「そうだ。だが、この場合は、私は責任者の立場なんだ、ウイリアムズとちがって。私は、私が管理の責任がある信託金を使いこんだんだ。いままでのところは、うまくごまかしてこられたんだが――」

「いまになって、何もかも明るみに出てしまいそうなんですの？」

「必要な金が手に入らなければね――早急に」

彼は生れてはじめて感じる恥辱のおもいにさいなまれた。妻はどう思っているのだろう？

見たところ、彼女は冷静だった。だが、フランセスはけっして取りみだした姿を見せないだろうと彼は思うのだった。非難がましい言葉もけっして口にはしないだろう。

頬に手をあてて彼女は眉をしかめている。

「わたしが自分の名義のお金をぜんぜん持っていないのはこういうときには困りますわね」

「結婚のときの財産契約書があるが――」

「でも、そんなものもいま、なんの役にも立ちませんわね」フランセスはほかのことを考えているらしかった。

ジャーミイは黙っていた。そして、苦しそうに、乾いた声で、「申しわけない、フランセス。口ではとても言えないくらいだ。おまえは結婚の相手を誤ったようだよ」

フランセスはきっと顔をあげた。

「さっきもそうおっしゃったわね。それ、どういう意味ですの？」

「私と結婚してくれたおまえには、私は誠実であり、下劣な心配ごとなどは、夢にもさせないようにしてあげるべきだった」

フランセスは呆然として夫を見つめていた。

「まあ、あなたったら。いったいなぜわたしがあなたと結婚したと思っていらっしゃるの？」

ジャーミイはかすかに微笑をうかべた。

「おまえは、いつでも貞淑な愛情ぶかい妻でいてくれた。だが私は、とても、そのう——ああいう状況でなかったら、おまえは私の申しこみを受けてはくれなかったろうと思うよ。それほどうぬぼれられないね」

フランセスはまじまじと夫をみつめていたが、プッと噴きだした。

「おかしな方！　そんなしかつめらしいお顔をしてらして、まるで小説書きみたいな考えかたをなさるのね。まさか本気で、お父さまを狼たち——あの〈ジョッキイ・クラブ〉の役員なんかの手から救ってくださった代償に、あなたと結婚したなんて思っておいでじゃないんでしょうね？」

「おまえは人一倍お父さんおもいだったね、フランセス」

「ええ、大好きでしたわ。とても魅力のある方だったし、一緒に暮らすのにはおもしろかったんですもの。でも、わたし、お父さまは、上等な人間ではないことも知っていました。そのお父さまを、いずれはそうなるに決まっていた事態から救うために、顧問弁護士にわたしが身売りしたとでもお思いだったのなら、わたしのことは何もお判りになってないのだわ。なんにも」

彼女は、じっと夫をみつめた。結婚して二十年にもなるのに、夫がどんなことを考えているのかも知らないでいたのにいまさらあきれはてる思いだった。だが、自分とはぜんぜん異種類の心の持ち主の気持ちがどうして判り得よう。夫は、たいしたロマンチストなのだ。もちろん完璧なカモフラージをほどこしてはいるが、本質的にはロマンチストなのだ。そうだ、だからこそベッドルームにスタンレイ・ワイマン（一八五五～一九二八年。英国の小説家。歴史ロマンスで人気を博した）をたくさん置いているのだ。それからだって察しがつくはずだったのに！　かわいそうに、おかしなひと！

「わたし、もちろん、あなたを愛していたから結婚したんですわ」

「愛していた？　だが、私のどこが気にいったのだね？」

「さあ、そうおっしゃられても、わたしにもはっきりはわからないんです。ただ、あなたはわたしにとっては珍しい方だった、お父さまの仲間とはぜんぜんちがった種類の方だったんですわ。まず、あなたは馬のことをお話しにならなかった。わたしは馬の話だの、〈ニューマーケット・カップ・レース〉ではどんな大穴があるなんてことをきくのにはもう堪えられないほどいやだったんです。ある晩、あなた、お食事にいらしたわね、おぼえていらっしゃる？——わたし、あなたのお隣りに坐って、金銀両貨制って何ですかってお尋ねしたのよ。あなたはいっしょうけんめい説明してくださったわ。お食事のあいだじゅうかかって。コースはアペリチフからはじまって六つもあったのに。あのころ、うちは暮らしむきがよかったんだわ。フランス人のコックがいたんですもの」

「そんな話をして、おまえ、ひどく退屈だったろうに」

「あら、わたし、すっかり感心してうかがってたのよ。あのとき、わたし、はじめて一人前のとりあつかいを受けたんですもの。それに、あなたはとても礼儀正しかったけれど、わたしをきれいだとかいい娘だとかいったふうにはごらんになっていなかったわ。それがしゃくだったので、わたし、なんとかしてあなたのお気持ちをひこうと心に誓ったんです」

「たしかに私は心を奪われたね。あの晩、家へ帰ってから一睡もしなかった。おまえは、ヤグルマギクをちらしたブルーの服を着ていたっけ――」

そのままふっと黙りこんだジャーミイは、かるく咳ばらいをした。

「ずいぶん昔の話だねえ――」

夫がてれくさそうにしているのを見かねてフランセスは助け舟を出した。

「そして今、わたしたち、中年の夫婦者になって、この難しい事態に直面しているわけですわ。なんとか切り抜ける方法はないものかと」

「おまえからいまのようなことを聞いてみると、いままでの何百倍も恥ずかしいよ。この――この不始末が――」

フランセスは夫に多くを言わせなかった。

「もっと事をはっきりさせましょうよ、ね、あなたは法律にもとるようなことをなさったからといってあやまっていらっしゃるのね。あるいは刑を言いわたされ、服役なさるようになるかもしれないんですわね」ジャーミイは顔をしかめる。「でも、わたし、そんなことにはさせたくありません。わたし、そうさせないようにあらゆることをしてみますわ。でも、わたしにたいしては、ご自分の不道徳を恥じたりなさることはぜんぜんいりませんのよ。わたしの実家のものはけっして道徳家ではないんですものね。お父さまは、たしかに魅力のある方でしたけれど、山師めいたところがありました。そして、わたしの従兄のチャールズなんて人は——。みんなで揉み消したので、罪にもならず、インドに逃がしてもらったんですわ。それにまだもう一人の従兄のジェラルドがいます。オックスフォード大学にいるとき、小切手偽造をやったんです。だのに戦争に出て、勇敢なる行為と、兵への深い愛情と、至上の忍耐力のゆえにということで、戦死者の最高の名誉の十字勲章をいただいてます。わたしが言いたいのは、人ってみんなそんなものだっていうことなんです——みんなどっこいどっこいなんです。わたしだって、人にくらべて、とくに正義感がつよいとも思っていません——ただ、いままで悪の道に誘われるような機会がなかったから、道を踏みはずさないでこられただけのことなんです。けれど、わたしが人並みすぐれているところは、勇気があり、大胆だったということでしょうか、それに」と、夫に微笑みかけ、「わたし、貞淑なる妻ですもの」

「ありがとう」ジャーミイは立ちあがり歩み寄ると、妻の髪に唇をあてた。

「ところで」エドワード・トレントン卿の娘は夫に微笑みかけ、「これからどうしますの？　何かの方法でお金を作ります？」

ジャーミイの顔はこわばった。

「だがどうしたら」

「この家を、抵当に入れたら。ああ、もうそれもなさったのね。わたし、ばかですわ。もちろん、うてるては全部うっていらっしゃるわけね。じゃあ、だれかに交渉をするんですわね？　だれかあるでしょうか？　たった一つだけ可能性があると思いますけれど。ゴードンの未亡人、あの黒い髪のロザリーンですわ」

ジャーミイは自信がなさそうに頭をふった。

「だいぶ大きな金額なんでね。それにロザリーンは元金には手がつけられない。遺産は、ロザリーンが一生困らないように信託になっている」

「まあ、知りませんでしたわ。わたし、あの人が全部自由にできるのかと思っていたんです。あの人が死んだら、どうなりますの？」

「ゴードンの近い親族のものになるんだ。つまり、私と、ライオネルとアデラとモリスの息子のローリイとに分けられる」

「わたしたちに――」フランセスは一語一語ゆっくり言った。

一瞬、冷たい風がスーッと部屋をよぎったような気配がした――ある思いの暗い影が。

「それ、はじめてうかがいましたわ。わたし、ロザリーンが自由にできるのかと思っていました――だれでも自分の好きな人に遺せるのだろうと」

「そうじゃあない。一九二五年に定められた、無遺言の財産にかんする法令によると……」

フランセスは夫の説明を聞いている様子はなかった。彼の言葉が終るとすぐに、「でもわたしたちには直接なんの関係もありませんわね。ロザリーンがまだ中年にもならない前に、わたしたちは死んでお墓の下に入っているでしょうから。あの人、いくつでしょう？　二十五か六でしたかしら？　きっと七十までは生きるでしょうし」

ジャーミイは自信なげに言った。「ロザリーンに貸してもらうように頼めないこともないかもしれない――一族のよしみで。あるいは気のいい子かもしれないいんだから――まったく、私たちはあの子のことは何も知らないも同然だね――」

「ともかく、わたしたちはあの人によくしてやっていますわ――アデラ姉さんみたいに見さげたりもしてませんし。あの人も判ってくれるかもしれませんわね」

「だが、そのう、金のいる本当の理由だけは、絶対に言えないね」

フランセスはいらいらして、「もちろんですわ。問題は、わたしたちの交渉の相手は、あの人ではないっていうことですわ。あの兄さんなる人物が、すっかり押えているんですから」

「およそ魅力のない青年だね」

フランセスの顔にぱっと微笑がうかんだ。

「あら、とても魅力がありますよ。たいへんに魅力的ですわ。だいぶむこうみずな男らしいですね。でも、その点にかけては、わたしだって負けないくらいむこうみずですから」

微笑にかたい決心をこめて彼女は夫を見あげた。

「わたしたち、けっして負けてはいけませんわ。なんとしてでも切り抜けなければ――銀行破りでもなんでもする気でかかりますわ」

# 3

「お金ですって！」リンはびっくりした。ローリイ・クロードはうなずく。がっしり肩のはった青年で、鳶色の皮膚、思慮ぶかげな目、そしてごく淡色の髪の色をしている。彼のゆっくりした態度は、生れつきというよりは意識してそうしているようなところがある。機敏であるよりはむしろ悠長を装うことを一種の処世術として選んでいるふうだ。

「そう。何もかもが金の問題と結局は結びついてるようだ。最近は」

「でも、わたし、戦争中は農業をやっている人はとてもよかったと思ってたのよ」

「まあね。だが、その状態がいつまでも続くわけじゃあないよ。一年もすれば、もとの状態さ。賃金はあがるし、労働者はなまけたがるし、だれもかれも不平ばっかり言うし、おまけに先の見通しがつかないときちゃあ。もちろん、うんと大規模で農場をやっていくのなら話はべつさ。ゴードン叔父はそれを見越してたんだ。そのときを待ってこの仕事に手を出すつもりでいたんだから」

「ところが、もう――」

ローリイは皮肉に笑った。

「ところがいまや、ゴードンの夫人はロンドンにおでかけになり、ミンクのコートに二、三千ポンドお使いになってる」

「そんな、そんなこと言うもんじゃないわ」

「いや、べつに――」間をおいて、「ぼくはきみにミンクのコートを買ってあげたいよ、リン――」

「どんな人、彼女？」リンは若い世代の見かたが知りたかったのだ。

「今夜逢えるよ。ライオネル叔父とケイシイ叔母のパーティでね」

「そうね。でも、あなたの意見がききたいの。ママったら、あの人、少したりないみたいだって言ったわ」

「そうだなあ――頭が良いってタイプではないけど。たりないように見えるのは、ものすごく気をつかってるせいじゃないかな」

「気をつかうって。何に気をつかってるの？」

「さあ、べつに何にってこともないけど。おもに、アクセントにかな――ひどいアイルランド訛りだからね――でなけりゃ、どのフォークを使ったら笑われないですむか、ってとこかな。それとも、みんなが気軽に口にする引用句なんかでおどおどさせられてるのかもしれない」

「では、あの人、やっぱり――つまり無教養ってわけ？」

ローリイはまた笑った。

「そう、彼女はレディではないね。そういうことをきみが言ってるのなら。きれいな目をしてるし、顔の肌なんかもなかなか美しい。それに、およそ気どりってものがない、生れたまんまみたいなところがある。まあそんなところにまいったんだね、ゴードン叔父は。わざとやってるとは思えないけど、案外、ってこともあるしね。彼女はただぼーっとしてて、デイヴィッドの指図どおりに動いてるね」

「デイヴィッドって？」

「兄貴さ。あの男、相当なぺてん師らしい。ぼくたち一族を嫌ってるよ」

「だって、あたりまえでしょ？」リンのきつい調子にちょっとびっくりしたようにローリイが目をすえたので、リンは言いついだ。「みんなが彼を嫌ってるんですもの」

「ぼくだってたしかに好きじゃあないね。きみも、そうだと思うよ。あいつはぼくたちとは異種類の人間だもの」

「わたしがどんな人間が好きで、どんなのが嫌いか、あなた、知らないわ。ここ三年ばかりのあいだに、わたし、ずいぶん世の中をみたんですもの。人を見る目だってだいぶ前とはかわったと思うわ」

「きみはぼくよりもひろく世の中をみてきたよ、たしかに」

ローリイの言葉はしずかだった。が、リンははっと顔をあげた。

この平坦な言葉のかげに、何かが隠されている。

ローリイはまともにリンの目を迎えた、表情も動かさず。ローリイが何を考えているかをはっきりつかみとるのはなかなか難しいのを、リンはあらためて思い出した。リンは思うのだ。このあいだまでの生活は、まるであべこべ人生みたいだった。昔は戦争に行くのは男の仕事で、女は銃後を守るのがつとめだったのに。ところが、二人のあいだでは、それが逆になっていたのだ。

ローリイとジョニーのうち、一人は国令で農場に留るべく定められていた。二人は投げ銭でそれをきめ、ジョニー・ヴァヴァサーが戦争に行くことになったのだ。彼は、出征後すぐ、ノルウェイで戦死した。戦争中ずっと、ローリイは自分の土地を一キロとは出たことがなかった。

ところが、リンのほうはといえば、エジプトにも北アフリカにもシシリーにまで行ってきたのだ。敵の砲火の下をくぐったのも一度や二度ではなかった。そして、戦還者リンと、銃後の人ローリイとが向い合う始末になったのだ。

リンは、ローリイがそれを気にしているのではないかとふと思った。

神経質に小さな笑い声をたてた。「物事って、ときどきさかさまになるみたいね？」

「さあ」ローリイはなんということなく遠くの丘へ視線をはずし、「考え方によるね」

「ローリイ」リンはためらう。「あなた、気にしているの――あの、ジョニーが――」

彼のつめたい瞳の色にリンはたじろいだ。

「ジョニーにはなんの関係もない。戦争はすんだんだ――ぼくは幸運だったのさ」

「幸運て？」リンはその言葉が信じられなかった。「戦争に出ないですんだことが？」

「すばらしい幸運さ、そう思わない？」リンは、それをどうとっていいかわからなかった。彼の言葉は静かだったが、何かとげがある。微笑をうかべるとローリイは言いそえた。

「だが、きみたち従軍した連中は、戻ってきても家庭に入るなんて気にはなかなかなれないだろうさ」

「ばかなこと言わないでよ、ローリイ」リンはいらいらした。――だが、なぜいらいらするのだろう――彼の言葉が、本当のところを鋭くついているからではないか。

「では、ぼくたち、結婚のことを考えてもいいってわけかな。きみの気持さえかわっていなければ？」

「かわってなんかいないわ。かわるわけがないでしょ？」

「そうとも言いきれない」

「あなた、わたしが――前とちがったと思っているの？」

「いや、べつに」

「あなたこそ気持がかわったの？」

「いいや、ぼくは前と同じだ。農場なんかにいて、そう気持がかわりっこないだろう」

「そう、では」リンはクライマックスが来たのを意識しながら、「結婚しましょう。あなたの都合のいいときに」

「六月ごろ？」

「ええ」

二人は黙ってしまった。これで決まったのだ。おかしなことに、リンはすっかり気落ちがしてしまった。ローリイは前と同じローリイだというのに。愛情ふかく、冷静で、いらいらさせられるほど控え目な。

二人は愛しあっているのだ、ずっと以前から。だが口に出して言ったことは一度もなかった――だから、いま、ことさらに愛の言葉を口にすることもないのだ。

六月に結婚して〈ロング・ウィロウズ〉(いい名だ、リンはよくそう思ったものだった)に住み、ずっとそこにおちつくことになるのだ、二度と出ていくこともなく。いま、リンの考えているような意味では。船の渡り板が引きあげられ、スクリューがはげしいうなりをあげはじめるときの興奮、輸送飛行機で地上はるかな空をゆくスリル。未知の海岸線が次第にはっきり形を整えるのを見まもる期待。熱っぽい埃《ほこり》とパラフィンとニンニクの匂い。聞きなれない言葉の騒音。奇妙な花々、埃《ほこり》まみれの庭にたけだけしくのびた紅色のポインセチア。荷をといたと思うと、すぐまた荷作りをする日々——次はどこへ行くのだろう?

そういうことは、もうすべて終ったのだ。戦争はすんだのだ。リン・マーチモントは故郷へ戻ったのだ。舟乗りは故郷へ帰った、遠い海から戻ってきた……

けれど、わたしは、出ていったときと同じリンではないわ、と彼女は思う。

目をあげたリンは、ローリイがじっと自分をみつめていたのを知った。

# 4

ケイシイ叔母のパーティはいつもたいしてかわらなかった。なんとなく息のつまるような素人くささがついてまわっている。それはホステスの性格からきていた。ドクター・クロードといえば、始終いらいらしているのをやっとのことで抑えているといった様子をしている。彼はつねに客にたいしてはいんぎんな態度をとってはいたが、それに非常な努力を要しているのがだれにも見てとれるのだった。

ライオネル・クロードは、容貌の点では兄のジャーミイに似ていた。痩せ型で、白髪で。が、彼には弁護士の冷静さがなかった。それに、態度は無作法でおちつきがなく、その始終神経的にいらだっている様子のせいで、患者の感情もそこね、彼のすぐれた技量も本来のやさしさも正当には評価されない状態だった。彼が生命をうちこんでいるのは研究方面で、医学史にあらわれた薬草の使用法を調べるのを楽しみにつづけていた。非常に綿密な頭脳の持主である彼は、気まぐれな妻の奇行に悩まされどおしだった。

リンとローリイは、ジャーミイ・クロード夫人を〝フランセス〟と呼んでいたが、ライオネル・クロード夫人のほうは、いつも〝アント・ケイシイ〟という親しい呼びかたをしていた。二人ともこの叔母を好いてはいたが、変りものだと思ってもいた。このパーティは、いちおうはリンの帰国のお祝いということになってはいたが、つねの一族の集りとかわるところはなかった。

ケイシイ叔母は姪を心から嬉しそうに迎えた。

「まあ、すっかり日にやけて元気そうだこと。エジプトで、でしょ。わたしが送ってあげたあのピラミッドの予言の本読んだ？　おもしろいでしょ。あの本を読めば、何もかもよく判ると思わない？」

ちょうど、ゴードン・クロード夫人とその兄デイヴィッドが入ってきたので、リンは返事をしないですんだ。

「ロザリーン、こちら、姪のリン・マーチモントです」

リンは内心の好奇心をたくみにかくして、ゴードン・クロードの未亡人をみつめた。

たしかにきれいだわ、ゴードン・クロードとお金めあてに結婚したこの娘は。それに、ローリイの言ったとおり、まるで邪気のない様子をしている。黒い髪をゆるくウェーブさせ、色っぽい瞳はアイルランド系特有の澄んだブルー、そして半びらきの唇。

首から下は、贅沢を絵に描いたようなものだった。服も、アクセサリーも、マニキュアをした指も、毛皮のケープも。いい姿をしてはいるのだが、衣裳まけしている。わたしなら、もっとぴったり着こなせるのに、とリンは思う。こんなにお金をかけなくても、もっと見ばえがするだろうに。〝だが、おまえにはそんなチャンスはないよ〟頭の中の声が言った。

「はじめまして」ロザリーン・クロードは言った。

おどおどと背後の男をふりかえり、「あの、兄ですわ」

「はじめてお目にかかります」デイヴィッド・ハンターは言った。

髪も目も黒い痩せた青年だ。暗い、反抗的なそして多少横柄にみえる顔をしている。

リンは、なぜクロード一族が彼をあんなに嫌っているかをたちまち了解した。外地でこういうタイプの男を何人か見ていた。無鉄砲な、ときに危険な、信用のおけない人間。自己流の歩き方で大道をのしあるき、全宇宙を嘲笑している人間。危急の場合には目ざましいはたらきをなしとげ、そしてときには部下の特攻隊員を火線の先にまでひっぱっていき、全滅させた連中。

リンは社交的にロザリーンに話しかけた。「〈ファロウ・バンク〉の住みごこち、いかが?」

「すてきな家ですわ」ロザリーンは答えた。

デイヴィッド・ハンターは小ばかにしたような笑い声をたてた。

「ゴードンはぜいたく好きだった。金に糸目をつけないんだから」

まったくそのとおりだった。ゴードンは、ウォームズリイ・ヴェイルにおちつく気になったとき——というより、多忙な生活のごく一部分をそこですごす気になったときというほうがあたっているが、彼は新しく家を建てることにしたのだった。他人の生活がまつわりついている家を買いとって満足していられるような人間ではなかったからだ。若いモダンな建築家をやとい、勝手気ままな設計をさせて彼はその別荘をつくった。ウォームズリイ・ヴェイルの連中の半数は、その〈ファロウ・バンク〉と名づけられた家をとんでもない建築だと思ったものだった。つまり、白塗りの四角い外まわりや作りつけの家具や、横開き式のドアや、ガラスのテーブルや椅子がおおいに気にさわったのだ。彼らが手もなく感心しきったのは、ただ一つ、バスルームだけだった。

「すてきな家ですわ」という言葉をデイヴィッドが笑うとロザリーンは頬をそめた。

「あなたは、WRNSだったんでしょう?」デイヴィッドは言った。

「ええ」

彼の目は讃嘆をこめてリンの上から下まで走った。と、なんということなくリンは赤くなってしまった。

ケイシイ叔母がれいによってだしぬけに姿を現した。時ならぬときにひょいと飛びだしてくる術でもわきまえているようだった。たぶん、降霊術の実演にたびたび立ちあったことから、その術を身につけでもしたのだろう。

「お夕食の仕度ができましたよ」息がもれでもするように言うと、解説もどきにつけした。「ディナーとはとても言えないものですからね。材料が揃わないんですものね。何かとたいへんですよ、ね？　メアリイ・ルーウィスは、一週間おきに、魚屋に十シリング心づけをやるんだそうですよ。よくありませんよね、そんなのは」

ライオネル・クロードは、神経質な笑い声をたてながら、フランセス・クロードと話しているところだった。「あなたが本当にそう思っているなんて、私には信じられない——さて、食事に行きますかな」

食堂は古びて、見た目にも美しくはなかった。ジャーミイとフランセス、ライオネルとキャサリン、アデラ、リンとローリイというクロード一族に、二人の他所者《よそ》をまじえた会食だった。つまり、ロザリーン・クロードは、クロードの名を名のってはいても、フランセスやキャサリンのように、まだクロード家の一員にはなっていないのだ。

彼女は異邦人だった。始終びくびくして、おちつかなげだ。そしてデイヴィッドのほうはといえば――彼は無法者そのものだ。なかば必然的に、なかば自ら好んで。つまり自他ともにゆるしているのだ。テーブルの自分の席につきながら、リンは次のようなことを考えていた。

一種異様な雰囲気がながれている――電波のように――なんだろう？　憎悪かしら？　だが、本当にこの不可思議な空気は、憎悪からうまれているのかしら？

ともかく、何か破壊的なものにはちがいない。

リンははっと気がついた。――けれど、これは何もこの場にかぎったことじゃあない。国に帰って以来ずっと感じていたことなんだ。これが戦争の落し子なんだ。悪意。呪い。どこにもかしこにもそれがみちみちている。汽車の中にも、バスの中にも、店にも、労働者たち、事務員、農夫たちのあいだにまでも。鉱山や工場ではもっとひどいのだろう。どっちを向いても呪いだらけだ。でも、いま、ここにはそれ以上のものがある。もっと特殊なものだ。これは、あてのない呪いとはちがう。対象がきまっているのだ。

リンははっと思いあたった。わたしたち、それほどこの二人を憎んでいるのかしら？　わたしたちのものだと信じてきたものを横どりしたこの二人の他所者を？

ちがう、まだそれほどではない。いまに、そんな気になるかもしれない――でも、まだそこまでいってはいない。ちがう、あの人たちこそ、わたしたちを憎んでいるんだわ。

思いめぐらし、やっとさとりを得たことにすっかり心を奪われていたリンは、すぐ隣りに坐っているデイヴィッド・ハンターに話しかけるのも忘れてじっと膝に目をすえていた。

「何か考えこんでいますね？」見すかしたようにデイヴィッドは言った。

その口調は、楽しげでもあり明るかったが、リンは気がとがめた。わざと無作法にふるまって彼を無視していたと思われたかもしれないと気がついたのだ。

「失礼いたしました。わたし、このごろの世の中のありかたを考えていましたもので」

「なんとまたありふれたことをお考えですね」デイヴィッドはかるくあしらった。

「ええ、まあそうですけど。みんなまじめにやってるのに、ちっとも世の中はよくなりません」

「わるくしようとかかるほうが実績はあげやすいですよ。ここ二年ばかりは、そうした線でいくつかうまいしかけを考えだしたものですがね——そのメイン・ディッシュ《ピエス・ド・レジスタンス》は、原爆ですがね」

「そのことを考えていたんです——あら、原爆のことではないんです——呪いの気持のほうです。はっきりした、形のある呪いですわ」

「たしかにそうですね。だが、呪いっていう言葉はあまり適切ではないな。その言葉がもっとぴったりするのは中世ですよ」

「どういう意味ですの？」

「呪術一般ですよ。呪い。蠟の人形《ひとがた》。陰月にかけるまじない。隣人の牛を殺し、隣人その人まで殺す、といった」

「呪術なんてものが、本当に効果があったなんて思ってはいらっしゃらないでしょう、まさか？」

「まあそうでしょうね。だが、ともかく、中世の連中は夢中でやってたことはたしかですね。そして、現代では」と肩をゆすり、「世の中のありとあらゆる呪いをかきあつめたって、あなたもあなたの一族も、ロザリーンや私をどうすることもできやしないでしょ？」

リンは顔をあげた。急におかしさがこみあげてきた。

「もうちょっと手おくれですわね」リンは意識して丁重に応答した。

デイヴィッド・ハンターも笑いだした。彼もやはり妙な滑稽味を感じたらしい。

「ぼくたちが分捕品をすっかりせしめてしまったっていう意味ですか？　たしかに、目下ぼくたちはしごく安泰ですな」

「で、あなたはおおいに快哉をさけんでいらっしゃるってわけ？」

「莫大な金を手に入れたってことでですか？　たしかにね」

「わたし、お金のたかを言ってるんじゃありませんわ。本来ならわたしたちのものだったものを取りあげておしまいになったってことを、喜んでいらっしゃるでしょって、うかがってるんですわ」

「あなたたちを出し抜いたってことをですか？　まあね。ともかくみなさん、あのじいさんの金のおかげで、乙に気どっていられたわけでしょ。あの金だって、もう半分ポケットに入ってる気だったわけですね」

「でも、わたしたち、長年そう思うようにしむけられてきていたことも考えていただきたいわ。お金も貯めるな、先のことは考えないでいいから、やりたいことをなんでもどんどん進めたほうがいいっていうように」

ローリイだってそうだわ。ローリイが農場に首をつっこんだのだって、リンは思った。

「ただ、たった一つのことをだれも考えてみなかったわけですね？」デイヴィッドは明るく言った。

「何ですの？」

「何事も安全ではない、ということを」

「リン」端の席からのりだすようにしてケイシイ叔母が声をかけた。「ミセス・レスターの心霊は、四世紀のお坊さまよ。すばらしいことを告げてくださったわ。リン、わたしたち二人でそのことをゆっくり話したいわね。きっと、エジプトの土地はあなたの体に何かをしみこませたにちがいないと思うから」

ドクター・クロードはきつくたしなめた。

「リンは、そんな迷信みたいなばかげたことなんかに時間をつぶす子じゃないよ」

「あなたってすごく偏見を持っていらっしゃるのね、ライオネル」妻は言いかえした。

リンは叔母に笑いかけ、すぐにまたデイヴィッドの今の言葉を頭の中で繰りかえしてみながら思いをめぐらしていた。

「何事も安全ではない」

たしかにそうした世界に生きてきた連中もいるのだ。すべてのことが危険をはらんでいる世界に。デイヴィッド・ハンターはそうした連中の一人なのだ。それはリンが育ってきた世界とはぜんぜん異質のものなのだ。リンがそうした世界につねに魅力を感じていたのも事実だった。

デイヴィッドは、すぐまた前と調子のかわらない、なかば冗談めかしたひくい声で話しかけてきた。

「まだお話をつづけられますか？」

「そりゃあけっこう。で、あなた、まだ、ロザリーンとぼくが富を握るために不法手段をとったと恨んでますか？」

「ええ」リンははっきり言いきった。

「もちろんですわ」

「けっこう。で、どうなさるつもりです？」

「蠟でも買って、まじないでもはじめましょうか？」

デイヴィッドは笑いだした。

「いや、あなたはそんなことはしない。そんな時代おくれの方法なんかにとびつく人じゃあない。あなたは、もっと近代的な効果のあがるやり方を選ぶでしょうよ。が、まず成功の見込みなしですね」

「そんな争いめいたことが起りそうだなんて、どこからお考えなの？　わたしたち、不可抗力としておとなしく受けとってるじゃあありませんか」

「たしかに、みなさん、たいへん立派にふるまっておいでです。なかなかおもしろい見物ですよ」

「なぜ、わたしたちを憎んでおいでなの？」リンの声はひくかった。

デイヴィッドのくらい底しれぬ瞳に、ある種の色がはしった。

「話しても判ってはいただけないでしょう」

「そんなことはないと思いますわ」

デイヴィッドはしばらく黙っていたが、やがてかるいくだけた口調で訊いた。「あなたはなぜローリイ・クロードと結婚するんですか？　あの男はばかですよ」

「あなた、何もごぞんじないはずよ――ローリイのことだって。お話ししたくもないわ」リンの言葉は激しかった。

ぜんぜん調子もかえずに、デイヴィッドは、「ロザリーンをどうお思いです？」

「とてもおきれいだわ」

「それから？」

「あまり嬉しそうなご様子じゃないわね」

「そのとおり。ロザリーンはちょっといかれてるんですよ。おびえてるんですね、まあ前からそうなんですが。ふらふらと事をしでかして、そのあとぼうっとしちまうんですよ。ロザリーンのこと、お話ししましょうか？」

「よろしかったら」リンはあくまで礼儀ただしい。

「もちろんいいですとも。彼女は、まず芝居きちがいになり、ふらふらとステージに出ました。もちろん、ろくな芝居はやれはしませんでした。次に南アフリカに巡業に行く三流の旅芝居の仲間に入ったんですよ。その劇団はケープタウンで食いつめてしまいました。すると、ロザリーンはナイジェリアから来ていた官吏とふらふらっと結婚しました。ところがナイジェリアは気にいらなかった。それにその亭主もたいして好きではなかったらしい。もし彼が出っ腹の男で、酒を飲んではひっぱたくようなやつだったら、案外うまくいったんでしょうが。ところが、ジャングルの中で大きな図書室なんか持って、形而上学なんかを論じたりするちょっとしたインテリだったんですよ。その男はよくできたやつで、けっこう小遣いもくれたようですね。離婚の手続きをする気はあったのが、カトリック信者だったのでそれができなかった。が、ともかく、幸せにも彼は熱病で死に、ロザリーンにはわずかながら年金がついたってわけですよ。やがて戦争がはじまると、彼女はれいによってふらふらっと南アメリカ行きの船に乗ってしまったんです。だが南アメリカはあまり気にいらなかったので、またふらふらと別の船に乗りこみ、その船でゴードン・クロードに逢い、悲しい身の上話をしたんですね。というわけで二人はニューヨークで結婚して、半月ばかり楽しく暮らし、そのすぐあと、彼は爆弾で死に、ロザリーンには大邸宅と高価な宝石と莫大な収入が遺されたってわけですよ」

「すばらしいハッピーエンドですわ」

「さよう。頭はからっぽのくせにロザリーンはいつも良い運をつかんできましたよ、ありがたいことに。ゴードン・クロードは丈夫な老人でしたからね、六十二にしては。あと二十年は楽に生きたでしょうよ。としたら、ロザリーンもあまり楽しいおもいはできなかったわけじゃないですか？　結婚したとき、二十四でしたからね。いまだってたった二十六ですよ」

「もっと若くお見えになるわ」

デイヴィッドはテーブルごしにロザリーンに目をやった。ロザリーンはパンをちぎりくずしている。まるでおどおどした子供のような様子だ。

「たしかに。頭の中がからっぽだからでしょうね」

「かわいそうに」思わずリンは言った。

デイヴィッドは顔をしかめた。

「何がかわいそうです？」彼の語気は鋭かった。「ロザリーンにはぼくがついてる」

「たしかにそうでしょうとも」

「ロザリーンに指一本でもさわりたかったら、まずぼくが相手になってやる。わたりあう術《て》にはことかかない――少しばかり型破りのもひっくるめて」

「今度はあなたの履歴をうかがわせてくださる？」リンはつめたく言った。

「ごくありきたりですよ」とニヤッとして、「戦争がはじまると、ぼくも英国のために戦ってもよかろうと思いましてね。ぼくはアイルランド人です。が、あらゆるアイルランド人のれいにもれず、戦うことが好きでしてね。上官連中は、てもなくぼくの魅力のとりこになりましたよ。だいぶおもしろい目をみましたが、残念にも脚にひどい怪我をして退陣させられてしまいました。それからカナダへ行き、教官の仕事をやりました。ニューヨークから、ロザリーンが結婚したって電報を受けとったときは、職にあぶれてました。電文にべつに役得がありそうだなんてことが書いてあったわけではないんですが、行間の意を読むことにかけてはぼくは一流ですからね。すぐ飛行機でとんでゆき、幸福なカップルにおぶさって、一緒にロンドンに帰ったんです。そして、いまや」とあつかましく笑いかけながら、『舟乗りは故郷に帰った、遠い海から』これはあなたですよ。『そしてかりうどは山から帰った』どうかしましたか？」

「べつに」

リンはほかの人たちと一緒に立ちあがった。客間にもどると、ローリイが話しかけてきた。「きみ、デイヴィッド・ハンターとけっこうつきあってたね。何を話してたの？」

「べつに、何ってこともないわ」とリンは答えた。

# 5

「デイヴィッド、わたしたち、いつロンドンに帰るの？　いつアメリカに行くの？」

朝食のテーブルごしに、デイヴィッド・ハンターはロザリーンをこばかにしたようにちらっと見やった。

「なにも急ぐことはないだろ？　ここで上等じゃないか」彼は、いま朝食を摂っている部屋を満足そうにぐるっと見まわした。〈ファロウ・バンク〉邸は丘の中腹に建っているので、窓からは、眠ったようなイギリスの田舎の風景が一望におさめられるのだった。だらだらとくだる芝生には、いちめんに水仙を植えこんであった。花の盛りはすぎていたが、まだいちめんに金色の布をしきつめたようだった。

皿の上のトーストをちぎりながら、ロザリーンはつぶやく。「すぐアメリカに行くって言ったくせに。手続きがすんだらすぐにって」

「そうさ——だが、その手続きがなかなか厄介なんだよ。優先権てものがあってね。おまえだっておれだって、あっちにとくに用事があるってわけじゃあないんだから、どうしたってあとまわしになるさ。戦争のあとっていうのは、なんでもことが面倒なんだよ」

しゃべりながら彼は少しいらだってきた。もちだした理由はたしかに嘘ではないにしろ、なんとなく弁解じみてきこえるのだ。前にすわっている相手にもそうきこえたかどうかと気になってきた。それに、いったいなぜ、そう急にアメリカに行きたがるのだろう？

ロザリーンはまたつぶやいた。「でも、ここには、ほんのちょっとしかいないって言ったわ。ここに住みつくようになるなんて言わなかった」

「ウォームズリイ・ヴェイルのどこが気にいらないんだ？　そしてこの〈ファロウ・バンク〉の何が？　えっ」

「場所ではないわ。あの人たちだわ――あの人たちみんな」

「クロード一族かい？」

「ええ」

「やつらこそ、おれが鼻をあかしてやった相手なんだぜ。やつらのつんとすました顔が、うらやましいやら憎らしいやらでひんまがるのを見てるのがおもしろくてたまらないんだ。せっかくのおれのたのしみをもっと味わわせてくれよ、ロザリーン」

「そんなふうに思うのよくないわ。いやだわ」ロザリーンのひくい声にはつらそうなひびきがあった。

「元気をだせよ。おれたちはつらい暮らしをしてきたんだぜ。クロードの連中は、のんびりやってきたんだ、大ゴードンの金で。大蚤にたかる小蚤どもさ。ああいう種類の人間は、おれは憎むんだ。昔っから憎みつづけてきたんだ」

「人を憎むなんて、いやだわ。よくないことだもの」ロザリーンはぎょっとして言った。

「だが、やつら、おまえを憎んでると思わないのかい？　おまえにやさしくしてでもくれたかい？」

「べつに意地のわるいことなんかしない。ひどいこともしてないわ」

「だが、その気はあるんだ、やつらおおいにやりたがってるよ」傍若無人に笑いだし、「やつらに体面ってものがなければ、ある晴れた朝、おまえは背中にナイフを突き刺されて死んでるだろうよ」

ロザリーンは身ぶるいした。

「そんなこわいこと言わないで」

「まあ、ナイフは使うまいが。スープの中にストリキニーネでもいれるかな」

ブルブル唇をふるわせながら彼女は目をすえた。

「冗談なんでしょ――」

デイヴィッドはまじめになった。

「心配するな。おれがついてるよ。やつらの相手はおれにまかせとけ」

一語一語つかえながらロザリーンは言った。「もし本当なら――そのみんながわたしを憎んでるってこと――なぜ、ロンドンに行ってしまわないの？　あそこなら大丈夫なのに――みんなから離れてられるもの」

「おまえには田舎のほうがいいんだよ。ロンドンにいると、また病気が出るの、わかってるだろ」

「それは、爆弾が落ちたころのことだわ――ああいやっ」身ぶるいしてかたく目をつぶり、「忘れられない、いつまでたっても」

「忘れられるよ」デイヴィッドはその肩をやさしく抱き、そっとゆすった。「さ、元気をだして、ロザリーン。ひどいショックだった、が、もうなおったんだよ。もう爆弾なんてないんだよ。考えないことだ。忘れるんだ。医者が、できるだけながく田舎の空気を吸って、田舎ぐらしをしろって言ったんだぜ。だから、おれは、おまえをロンドンから遠ざけてるんだ」

「ほんとにそう？　ほんと？　わたし、もしかしたら——」

「なんだって言うんだ？」

「わたし、きっと、あの人のせいでだと思ってたんだわ」

「あの人って？」

「わかってるくせに。このあいだの晩の人よ。WRNSにいた人だわ」

デイヴィッドはさっと顔色をかえ厳しい表情になった。

「リンかい？　リン・マーチモントかい？」

「気をひかれたんでしょう、デイヴィッド？」

「リンにかい？　あの娘はローリイのものだ。善良なる銃後の人ローリイのさ。あののろまのまぬけ野郎の牛みたいな美男のね」

「あの晩、あの人と話してるとき、わたし、見てたわ」

「なにを言ってるんだ、ロザリーン」

「でも、あれからも逢ったんでしょう？」

「このあいだの朝、馬に乗りに出たとき、畑の近くで逢ったよ」

「そして、また逢うんでしょ」

「あたりまえさ。始終逢うだろうさ。こんなちっぽけな土地だもの。三歩といかないうちにクロード一族のだれかと顔を合わすはめになるよ。だが、リン・マーチモントに惚れてるなんて思ったらまちがいだよ。おたかくとまった、コチコチの、愉快でない娘だ、あいつは。まともな言葉は一言だって言いやしない。あの女はローリイにまかせとけばいいんだ。あんな女は絶対におれごのみじゃあないよ、ロザリーン」

「ほんと、デイヴィッド?」

「もちろんさ」

もじもじと彼女は言いだした。「わたしのトランプ占い、気にいらないのわかってるけど。でもよくあたるのよ、ほんとなの。厄介ごとと悲しみとを持ってくる娘が占いに出たわ——海からやってきた娘なの。それから、わたしたちの生活に浅黒い他国人が現れるの、わるいことをもってくる。そして死の札も出たわ、そして——」

「他国人か、やめとけ!」デイヴィッドは笑いとばした。「おまえってやつは、迷信のかたまりみたいだな。浅黒い他国人とは絶対に交渉を持つなよ。それだけは言っとくよ」

笑いつづけながら彼はすたすたと部屋を出ていったが、ふっと顔をくもらせ、「よくないぞ、リン。外国から帰ってきて、リンゴ籠をひっくりかえすなんてのは」とつぶやくと眉をしかめた。

そう荒っぽく呼びかけた当の相手のリンに逢えるかもしれないと思う道を、自分がわざわざえらんで歩きだしているのを認めないわけにはいかなかったからだ。

ロザリーンは、彼が庭を横ぎり、木戸を出て、原を通っている村の歩道へと歩み去るのを見まもっていた。彼の姿が見えなくなると自分の部屋へあがってゆき、衣裳ダンスの服をひとつひとつ見ていった。新しいミンクのコートの手ざわりは何度ふれてみてもすばらしい。こんなコートが自分のものになるなんて。まだロザリーンには信じきれない夢のようなことなのだ。小間使いがマーチモント夫人の来訪を告げに来たとき、まだロザリーンは部屋にいた。

階下の客間では、アデラがきつく口をむすび、胸をどきどきさせて坐っていた。ロザリーンに頼みにこようと、四、五日がかりで決心はしてみたものの、なかなかふんぎりがつかずのばしのばしにしていたのだ。それに、リンがこのことにたいして、なぜかすっかり考えがかわり、母がゴードンの未亡人に借金を頼みに行くことで、目の前の心配ごとからのがれようとすることに絶対反対なのだった。

けれど、その朝、銀行の頭取からの手紙を手にすると、マーチモント夫人は一刻もぐずぐずしてはいられなくなった。リンは朝早く出かけていたし、夫人はデイヴィッド・ハンターが村道を歩いていったのを目にした。いまこそ好機到来なのだ。夫人は願えることならデイヴィッドの留守の時にロザリーンをつかまえたいと思っていた。ロザリーン一人のほうが事がはこびやすいのを承知していたからだ。

だが、こうして日あたりのいい客間に待たされていると、夫人はいたたまれぬおもいにさいなまれはじめた。が、ロザリーンがれいの〝少したりないような〟様子をきょうはひとしお際立たせて入ってくるといくぶん気が楽になってきた。立ちながら夫人は思う。

――爆撃のショックであああなったのかしら、それとも、もともとああなのかしら――。

ロザリーンはどもった。「あら、お、おはようございます。なにか？　どうぞおかけになって」

「いいお天気ですわねえ。うちの早咲きのチューリップがすっかり咲きそろいましたわ。お宅のは？」夫人は明るい声をあげた。

ロザリーンはぽかんとしてみつめる。

「さあ、どうですかしら」

庭だの犬だののことを話さない相手は困るわね。田舎ぐらしの共通の話題にのってこない連中は――夫人は思った。

どうしても針を含めたような調子になりながら言う。「そうそう、庭師がおおぜいいるんですものね。あなたが手をおかけになるわけもないですわ」

「でも、手がたりないようです。ミュラードじいさんはあと二人ほしいって言ってます。でも働き手がとてもすくないようですわ」

その言葉はまるでオウムのくちまねめいた、よどみなさで言われた。大人の言っていることを子供がまねて言っているようでもあった。

――たしかにこの人は子供みたいだ。そこが魅力なのかねえ？　あのがんこなやりての実業家ゴードン・クロードはこれに心を魅かれて、この娘のばかなことだの教育のないことなどには気がつかなかったのかしら？　けっして顔だけではなかったはずだもの。相当な美人があの手この手を使っても、けっしてひっかからなかったんだから。

きっと、六十二の男には、子供っぽいってことは、なかなかの魅力だったのにちがいないわね。けれど、これは本物かしら、それとも一種のポーズなのかしら――使ってみて効果があがったので、始終やっているうちに第二の天性みたいになったポーズかしらねえ――。

ロザリーンが、「デイヴィッドは、あいにく出かけてましして」と言うのを聞くと、夫人ははっとわれにかえった。デイヴィッドはいまにも戻ってくるかもしれないのだ。いまこそチャンスなのだ。一刻をあらそうのだ。声がのどにひっかかるのを押して、やっとのことで夫人は言いだした。

「あのう――あなたにお力添え願いたいのよ」

「お力添えですって?」

ロザリーンはわけがわからぬといわんばかりにびっくりした顔をした。

「あのう、いろいろと困ったことがありましてねえ――ゴードンが亡くなったのでわたしたちみんな前のようにはいかなくなりまして」

――ばか娘。そうやっていつまでじろじろ人の顔をみてる気なの? とぼけるつもり。判ってくれるのがあたりまえじゃないか。おまえだって前は貧乏してたんだろうに――。

夫人の胸に激しい憎悪がこみあげてきた。アデラ・マーチモントともあろうものが、こうしてみじめたらしくお金をねだったりするはめにおとされたことで、ロザリーンを憎んだ。――わたしにはできない。どうしてもできない――夫人は思った。

わずか一瞬のあいだに、長いあいだの思案が、とりとめもない計画が、めまぐるしく彼女の頭を走った。

家を売ろうか(でもどこへ越したらいいのだろう? ちいさな家の売物などはありはしない。手ごろな値段のなどは)、下宿人を置こうか(食糧がでも手に入らない。それに、料理やそのほか手にあまるほどの家の仕事をどうさばいたらいいのだ――どうしても無理だ。できっこない。リンに手伝ってもらったら。だめだ、リンはローリイと結婚するのだから）、ローリイとリンと一緒にくらしたら（リンは賛成しないにきまってる）、仕事をさがそうか？（どんな仕事があるというのだ。疲れきった何も手に職のない老人をだれがやとってくれるだろう）

マーチモント夫人は恥辱にうちのめされ、反射的につっかかるような口調になった。

「お金のことなんです」

「お金ですって？」

まさかお金の問題とは夢にも思っていなかったとみえ、ロザリーンは本当にびっくりしたらしかった。

夫人はつっかえつっかえしどろもどろで先をつづけた。

「わたしは、銀行のほうが借り越しになってますし、お勘定もたまっているんです——家の修繕なんかですわ——それに、まだ税金もはらっていませんので。何もかも半分になってしまったんですもの——わたしに入ってくるものが。たぶん税をとられるからだろうと思うんですけど。あの、ゴードンがいつも力になってくれてました、家のことに。修繕だの、塗りかえだののなんてことに。それに、小遣いのほうも全部みてくれてましたし。四月《よつき》に一度、銀行のほうに払いこんでおいてくれましたの。ゴードンは、いつも、心配しないでいいって言ってくれてましたし、わたしものんきにやってましたのに。生きててくれましたらそれでよかったわけなんですが、でもいまでは――」

夫人は黙ってしまった。恥ずかしさに堪えられなかったが、同時にほっとしていた。もうこれで一番言いにくいことは言ってしまったのだ。これでも断られたら、それまでのことだ。

ロザリーンはいたたまれぬような様子をしていた。

「まあ。ちっとも知りませんで。ほんとに――こんなことは――さっそくデイヴィッドに話しまして――」

椅子をにぎりしめ、体をのりだすように必死になった夫人は、「あなたが小切手を書いてくださるわけにはいかないかしら――いますぐ?」と頼みこんだ。

「そうですねえ。そうしてもよろしいです」どきっとした顔になりながらも、ロザリーンは立ちあがりデスクに歩みよった。整理棚をあちこちさがしまわったあげく、やっと小切手帳を出した。「あの――おいくらでしょう?」

「あのう、五百ポンドばかり――」やっとの思いで夫人は切りだした。

「五百ポンドですね」ロザリーンはだまって書いてくれた。

夫人の肩はすっとかるくなった。なんのことはなかったのだ。あまり楽にいったので、感謝の気持より、いくぶん軽蔑のおもいのほうがつよくきたのにわれながらまごつかされた。ロザリーンていう人は、ほんとに妙な人だ、と。

文机から立つと彼女は夫人の前に歩みよった。小切手をぎごちなく差しだす。まるで、恥ずかしいのはロザリーンの側のような様子だった。

「これでよろしいでしょうか。本当に申しわけありませんでした」

夫人は小切手を受けとった。ピンクの紙面を、下手な子供っぽい字がのたくっている。ミセス・マーチモント。五百ポンド――£500 ロザリーン・クロード、と。

「たすかりましたわ、ロザリーン。ありがとうございました」

「あら、そんな――わたし、何も知りませんでして――」

「本当にたすかりましたわ、あなた」

ハンドバッグに小切手をおさめると、アデラ・マーチモントはすっかり気分がかわってきた。この人は本当にやさしくしてくれた。これ以上の長居は迷惑になるだろう。で、挨拶もそこそこに夫人は帰っていった。車みちでデイヴィッドとすれちがい、愛想よく「おはようございます」と言うと、足を早めた。

## 6

「マーチモントの後家さん、何しに来たんだ？」家へ入るやいなやデイヴィッドは詰問した。

「あの人、お金がなくてとても困ってたのよ。わたし、一度もそんなこと――」

「で、おまえ、やったんだろう」

デイヴィッドは、やれやれといった調子だった。

「ロザリーン、おまえは一人でおいとくとろくなことはしないね」

「でも、デイヴィッド、わたし、断れなかったわ。だって――」

「だって――なんだ？ いくらやった」

小声でロザリーンはつぶやいた。「五百ポンド」

デイヴィッドが笑いだしたので彼女はほっとした。

「蚤がくったくらいだ」

「あら、大金だわ」

「いまのおれたちにとっちゃあ大金じゃないよ。ロザリーン、おまえ、自分がたいした金持ちだってことがどうもよくわかってないらしいな。それはそれとして、五百と切りだしたら、二百五十でけっこう満足して帰ったんだぜ、あの女は。借金用語ってのも何も知っちゃあいないんだね、おまえは」

「ごめんなさい、デイヴィッド」ロザリーンは蚊のなくような声だった。

「いいよ。もともと、おまえの金なんだから」

「ちがうわ。だって――」

「またはじまった。ゴードン・クロードは、遺言書を作る暇がなくて死んだんだ。それが勝負の目が出たっていうものさ。おれたちが勝ったんだよ、おまえとおれが。連中は賭金をすっちまったってことさ」

「でも、なんだか――わるいわ」

「ねえ、ロザリーン、おまえ、この生活が楽しくないのかい、え、かわいい妹よ？　大邸宅に住み、奉公人にかしずかれ、指輪をキラキラさせて？　これこそ夢にみた幸福じゃないのか、え？　神に栄光あれさ。ときどき、おれは目がさめてみたらみんな夢だってことになりはしないかと思うくらいだ」

ロザリーンはつられて笑いだした。その顔を横目でみてデイヴィッドは、これで大丈夫と思う。彼はロザリーンをどうあやつるかをちゃんと承知していた。彼女が良心などというものを持ってるのは何とも困ったものだとは思うものの、これぱかりはどうしようもない。

「ほんとだわ。まるで夢みたい――映画の話みたい。わたし、なにもかも嬉しくてたまらないわ。本当に」

「だが、おれたちの持ってるものは、しっかり握ってなけりゃいけないぜ。クロードの連中にもう絶対に何もやるんじゃないよ。あいつらみんな、おれたちが貧乏してたころにくらべりゃ莫大な金を持ってるんだ」

「そりゃあそうでしょう」

「ところで、今朝、リンがどこに行ったか知ってるかい？」

「きっと〈ロング・ウィロウズ〉だと思うけど」

〈ロング・ウィロウズ〉か――ローリイに逢いにだな。あの阿呆のろくでなしの所へ行ったんだな。いままでの機嫌のよさはどこかへすっとんでしまった。あいつと結婚するのも間近なのか、彼女は？

むしゃくしゃしながらデイヴィッドは家を出ると、ツツジの植えこみのあいだをのぼり、敷地のはずれの小門を出て丘の上に立った。そこから村道が丘をくだりローリイの農場前を通ってつづいているのが見わたせる。

そうして立っていると、リン・マーチモントが農場から出てきたのがデイヴィッドの目に入った。ちょっとためらったが、ぐっとあごを引くと、彼はリンを迎えにゆっくりと坂を降りていった。丘の中途の木戸の所で二人は出合った。

「こんちは。ご結婚はいつですか？」

「前にもおききになったわ」リンはやりかえした。「よくごぞんじのくせに。六月ですわ」

「うまくいくつもりですね？」

「それ、どういう意味ですの？」

「わかってるでしょ」デイヴィッドは軽蔑した笑い声をたてた。「ローリイか。ローリイって、なんです？」

「あなたより立派な人間ですわ。勇気があったら、ローリイに指一本でもふれてごらんなさい」リンはかるく言った。

「彼がぼくより上等な人間だってことはたしかですよ。だが、ぼくは勇気のほうはことかきませんよ。きみのためには、ぼくはどんなことでもする」

リンはしばらく黙りこんでいたが、やがて言った。「わたしがローリイを愛しているのをあなたはお判りにならないのね」

「さあ、そうかな」

「愛してるわ、絶対に愛してるわ」リンはやっきとなった。

デイヴィッドはさぐるように目をすえている。

「われわれは、自分自身の姿を心に描いているもんですよ――われわれがかくありたいと思う姿をね。あなたはローリイを愛し、ローリイと結婚し、ローリイに満足しきってこの土地で暮らし、二度と外の世界に出ていかない自分の姿を描いているんじゃないですか？　だが、それは本当のあなたじゃあない、そうでしょう、リン？」

「あら、では、本当のわたしってなんですの？　そんなふうにおっしゃるのなら、本当のあなたっていったいなんですの？　あなたが望んでいらっしゃるものはなんなの？」

「前にも言ったとおり、ぼくは安穏な生活を望んでる。嵐のあとの静けさ、荒れた海のあとの気楽な舟旅をね。だが、はたしてそのとおりかどうか。ときどきぼくはふっと考えることがあるんだ――リン、あなたもぼくも同じものを求めているんじゃないかと――もめごとをね」彼はくらい顔をした。「ときどき、きみなんか現れてくれなければよかったと思う。きみがこの土地に現れるまでは、ぼくはすばらしく幸福だったんだ」

「いまは不幸だとおっしゃるの？」

デイヴィッドはじっとリンの顔をみつめた。リンの胸はあやしくさわぎだし、息がせつなくなってきた。いまほど激しく、デイヴィッドの一種異様な暗い魅力を感じたことはなかった。あっというまに、彼の片手がのび、リンは激しく肩をつかまれたまま引きよせられ、その胸に倒れこんだ。

と、その手がさっとゆるんだ。彼はリンの肩ごしに丘の上を眺めていた。その視線をたどろうとしてリンも首をまわした。

一人の女がすぐ上の〈ファロウ・バンク〉の木戸を入っていくところだった。「だれだろう？」デイヴィッドの声は鋭かった。

「フランセス叔母さまらしいわ」

「フランセスだって？　いったいなんの用だろう」彼は眉をよせた。

「きっとただロザリーンに逢いに寄ったんでしょう」

「リン、何か目的のある連中だけがロザリーンに逢いにくるんだよ。きみのお母さんも今朝おいでだったっけ」

「母が？」リンは思わず身をひいた。眉をひそめて、「なんの用でかしら？」

「知らないの、お金ですよ」

「お金？」リンは急にかたい表情になった。

「もうちゃんと手に入れましたよ」デイヴィッドはうすく笑っている。その顔にぴったりする冷酷な笑いだった。

ほんの一瞬ほど前、二人の心は近づいていた。いまするどい敵意が二人のあいだをみるみる遠ざけてしまった。

リンは叫びだした。「そんな、嘘だわ、嘘だわ」

デイヴィッドは口まねをした。

「ほんとよ、ほんとよ」

「わたし、信じません。いくらです？」

「五百ポンド」

リンは息をのんだ。

デイヴィッドはおもしろそうに言った。「フランセスはいくらときりだすかな？ロザリーンのやつ、五分とは一人ではあぶなくておいとけないんだ。あのこは、ノーってことが言えないもんでね」

「だれかまだほかに？」

デイヴィッドはばかにしたような笑いをうかべた。「ケイシイおばちゃんがいくらか借金をこさえて――なに、たいした額じゃない。全部で二百五十ポンドくらいのものなんだが――旦那の耳に入るのがこわくてね。その借金というのが霊媒に払うものだったので、旦那が同情してくれないというわけですよ。もちろんおばちゃんは旦那だって借金しに来てることは知らないんでね」

「わたしたちのこと、どう思われてもしかたがないわ――なんて――」とひくくつぶやくと、急に身をひるがえし、リンは転がるように丘をかけおり農場へと走り去った。

そのうしろ姿を見まもるデイヴィッドの顔はゆがんでいた。彼女はローリイの所へいったのだ。まるで巣へかえる鳩のように。その事実は、いまいましいほど彼の心につき刺さってきた。

ふりむいて丘をみあげた彼の眉はきつく寄せられていた。

「だめだよ、フランセス」くいしばった歯のあいだから彼は言う。「日がわるいぜ」そして決然と丘をのぼっていった。

木戸を入り、ツツジの植えこみのあいだをくだり、芝生を横ぎると、客間の表からそっと入っていった。フランセス・クロードがしきりにしゃべっているところだった。

「――はっきりお話ししたほうがいいわねえ。でもね、ロザリーン、とても話しにくいことなんですの――」

「へえ、そうですか？」フランセスは故意にロザリーうしろから急に声がした。

フランセスはふりむいた。マーチモント夫人とちがい、フランセスは故意にロザリーン一人の時をねらってきたわけではなかった。必要な額がそうとう莫大なものだったので、ロザリーンが兄に相談もしないで右から左へ出してくれるとは思えなかったからだ。事実、フランセスとしても、彼の留守をねらってロザリーンから借りだそうとしたとデイヴィッドに思われるよりは、二人揃ったところでその問題を話したいと思っていたくらいなのだ。

もっともらしい口実をうまく話そうと夢中になっていたので、彼が庭から入ってきたのにぜんぜん気がつかなかったのだ。だしぬけに声をかけられてびっくりもしたが、フランセスはデイヴィッド・ハンターがなぜかひどく不機嫌なのを一目でみてとった。

「あら、デイヴィッド。よかったわ、帰っていらして。いま、ロザリーンに話をはじめたところなのよ。ゴードンが亡くなったので、ジャーミイは手も足も出ないんです。で、なんとかロザリーンに助けていただけないものかと思って。こうなんですわ――」

フランセスは立板に水を流すようにしゃべりだした――たいへんなお金だ――ゴードンのあと押しがあったもので――口約束をしてくれていた――政府の緊縮態勢のため――抵当が――等々。

デイヴィッドの心の底に、ある種の敬意がうごいた。この女は天才的な嘘つきだ！何もかも、もっともらしくきこえる。だが嘘っぱちさ。誓ってもいい。まっかな嘘さ。だが、本当はどうなんだろう？ジャーミイは何かとんでもない不始末をやらかしたのかな？いずれにしても、相当なものらしい。あの男が黙ってフランセスをここによこし、一芝居打たそうとかかってるからには。それに、この女は見識ばるたちなのに——。

「一万？」彼は言った。

「たいへんなお金ですわ」と恐ろしげにロザリーンは言った。

フランセスはたたみこむようにつづけた。「ええ、わかってますわ。わたしたちでなんとかなる額でしたら、あなたの所へお願いにはきませんわ。でも、ゴードンのあと押しがなかったら、ジャーミイだってこんなことに足をつっこみはしなかったんです。本当に残念でしたわ、ゴードンがあんな急な死に方をしたのは」

「あんたたちみんなを、冷たい風の中におっぽりだしてですか？」いやみたっぷりにデイヴィッドは言った。「彼の翼の下であったかい夢をむさぼってたあんた方をね」

フランセスの目はキラッと光った。「ずいぶん大袈裟なおっしゃりようね」

「ロザリーンは元金には手がつけられないんですよ、ご承知のとおり。毎年きまっただけ入ってくるだけで。おまけに一万九千六百ポンドの所得税をとられてるんだから」

「わかってますわ。このごろの税金てまったくひどいものですもの。でも、なんとかなりますでしょ？　ねえ？　わたしたち、かならずお返し――」

「なることはなるけど、やめときましょうよ」

フランセスはさっとロザリーンのほうへむきなおった。

「ロザリーン、お願いだから――」

デイヴィッドの声が横からとんできた。

「あんたたちクロード一家はロザリーンを何だと思ってるんです。金のなる木じゃあるまいし。よってたかって、ほのめかしたり頼んだり、ねだってみたり。そのくせ蔭じゃあ何を言ってるかしれたもんじゃない。あざけり、恩に着せ、恨んでみたり憎んだり、そして死んじまえばいいと――」

「そんなことありません」フランセスは声をあげた。

「さようですか。言っとくがね、ぼくはあんたたちを見るのもいやなんだ。ロザリーンだって同じことさ。絶対に金は渡さない。だから無駄足ふんでめそめそ泣きごとをならべるのはやめてくれ。わかったかい？」

彼の顔には狂暴な怒りが燃えたけっていた。

フランセスは立ちあがった。木彫りの面のように無表情に。なめし皮の手袋を、まるでそれがだいじな動作ででもあるように、ゆっくりゆっくりはめ終った。

「よくわかりました。デイヴィッド」

ロザリーンは口の中でつぶやいた。「申しわけありません、ほんとうに――」

フランセスはそれには目もくれなかった。まるでロザリーンなどその場にいないようなふるまいだった。庭のほうへ一歩踏みだしたまま立ちどまるとデイヴィッドに面と向い合った。

「いま、わたしがロザリーンに恨みを持ってると言いましたね。嘘です。わたしは一度だってロザリーンを憎んだことなんかありません。でも、あなたは、あなたのほうはこの上もなく憎んでます」

「どういう意味ですね？」

「女は生きていかなくてはならないんです。ロザリーンは大金持ちの男と結婚しました。親子ほども年齢《とし》のちがう。それでいいんです、女は。けれど、あなたは男ではありませんか。よくもおめおめと、妹に養ってもらって生きていられるものね。ぬくぬくとあまい汁を吸って」

「ところが、おれには、こいつをごうつくばりどもから護ってやる仕事があるんでね」

二人は棒立ちのままにらみあった。フランセスの怒りがデイヴィッドにつたわり、この女は敵にまわしたら危険な人物だという考えがふっと心をかすめた。むこうみずで怖いもの知らずな女だ。

彼女が口をひらくと、彼ははっといやな予感さえおぼえた。言葉じたいはごくあたりまえのものにすぎなかったのに。

「あなたの言ったこと、よくおぼえておきますよ、デイヴィッド」

そして悠々と彼の前を通り、フランセスは庭から出ていった。

デイヴィッドは、なぜ自分がその最後の言葉を脅迫だと感じたのだろうと考えていた。

ロザリーンはさっきから泣きじゃくっている。

「デイヴィッド、あんなことを言うもんじゃないわ。あの人は、わたしには一番よくしてくれていたのに」

彼はどなりつけた。「うるさいっ、ばか。おまえ、あいつらにいいように踏みつけられ、血が出なくなるまで絞りあげられたいのか、え、びた一文残さずまきあげられてもいいのか？」

「でも、あのお金は――本当にわたしのものだとは――」

デイヴィッドににらみつけられロザリーンはひるんだ。

「わたし、こんなこと言うつもりじゃあなかったんだけど」

「ああ、言わないでもらいたいね」

良心なんて、厄介な代物だ、デイヴィッドは思う。

彼はロザリーンの良心までは計算に入れていなかった。この調子ではこれから先が思いやられる。

これから先？　彼はロザリーンを見つめながら思いを将来に走らせていた。ロザリーンの将来を――自分のそれを。彼は自分の欲するものをいつもはっきりつかんでいた――現在もそうだ。だがロザリーンは？　どんな将来がロザリーンを待っているというのだ？

彼の顔がくらくなると、ロザリーンはぶるぶるっと体を震わせ叫び声をあげた。

「あっ！　だれかがわたしのお墓の上を歩いてる！」

「じゃあ、おまえもそれを感づいてるんだな？」ロザリーンをことさらに見ながら彼は言った。

「それをって？」

「五人いや六人いや七人の人間が、まだその時機が来ないうちに、おまえを墓の中にほうりこもうという気を充分持ってるってことをさ」

「まさか、わたしを殺すっていうのでは――」恐怖に顔をひきつらせながら、「あの人たちが人殺しなんかをすると思うの――しないわ、そんなこと。クロード家みたいな立派な家の人たちは」

「クロード家みたいに立派な家の人たちこそ人殺しをするんじゃないかと思うがね。だが、こうしておれがついているからには、おまえに指一本も触らせるものか。やつら、まずおれから先に片づけなければなるまい。だが、万一、おれが片づけられてしまったら――まあ、せいぜい自分の身を護る算段をするんだね」

「デイヴィッドたら。そんなこわいこと言わないで」

「いいか」彼はロザリーンの腕をかたくつかむ。「おれがいないような時には、よく気をつけるんだぞ。忘れるなよ、世の中はけっして安全じゃあないってことを。危いことだらけだ、おそろしく危険なんだ、人生ってやつは。おまえにとっては、ことにそうだとおれは思ってる」

# 7

「ローリイ、おねがいだから五百ポンドくださらない？」かけとおしてきたリンは、はーはー息をきらしながら言った。顔は血の気がひき、目をすえている。

ローリイは、まるで馬をなだめるような口調で言った。「まあ、まあ、おちついた。いったい何がはじまったのかな？」

「わたし、五百ポンドほしいの」

「それはぼくも望むところさ」

「ね、ローリイ、冗談ごとじゃないのよ。五百ポンド貸していただけない？」

「じつは、ぼくも銀行のほうが借り越しになってるんでね。あの新しいトラクターが——」

「ええ、わかってるわ——」リンはローリイのながながとした説明などきいている暇はなかった。「でも、何とかすればお金を作れるでしょ。作ろうと思えば、ねえ？」

「何にその金がいるんだい、リン？　何か困ったことでもできたの？」

「あの男のせいでだわ――」リンは、丘の上の大きな四角な家のほうをあごでしゃくってみせた。

「ハンターのせいだって？　なんだってまた――」

「ママなのよ。ママがあの男からお金を借りたのよ。ひどくお金にこまっていたもので」

「そうだろうと思ってた」ローリイは同情をこめて言った。「ずいぶん何かと苦労しているだろう。ぼくも少しでも力になってあげられたらと思うんだが――自分のことだけで手いっぱいで」

「ママがデイヴィッドからお金を借りるなんて、わたし、我慢できない」

「まあおちつきなよ。小切手をきるのはロザリーンなんだぜ。それに、それが当然じゃないかな？」

「当然ですって？　ローリイ、あなた、〝当然だ〟って言うの？」

「ロザリーンが、ときたま助け舟を出すのは当然だとぼくは思うぜ。ゴードン叔父が遺言を遺してくれなかったおかげで、われわれはにっちもさっちもいかない立場に追いこまれているじゃないか。ロザリーンは、事態をはっきりのみこめば、否応なしにみんなの力になるべきことを悟るはずだ」

「あなたはあの人から借りてはいないでしょうね？」

「いないよ。だが、それはべつだ。ぼくは、ご婦人に金を借りに行くようなことはやりたくないだけのことさ。そんな男はきみだって軽蔑するだろ」

「わたしが、デイヴィッド・ハンターなんかに見くだされるのがいやだっていう気持、判ってくれないの？」

「なにも彼にひけめを感じることはないじゃないか。あの男の金ではないんだから」

「でも、本当はそんなようなものだわ。ロザリーンはあの男にすっかり押えられているんですもの」

「まあそうだろうけど。だが、法律上はあの男のものじゃない」

「で、どうしても貸してはくれないの、どうしても？」

「ねえ、リン――もしきみが本当に困ってるのなら、たとえば脅迫状をつきつけられたとか、借金をしたとかいうのなら、ぼくは、土地や株を売ってでも金を作るよ。だが、それだってうまくいくかどうか。ぼくだって、やっとこさっとこ首だけ水から出してるような始末だから。それに、いったい政府のやつ、何をやりだす気か、まるでお先まっくらなんだから――方針が変るたんびに悩まされるのはこっちなんだ。ときには、夜中までかかってわけのわからない提出用紙に書きこみをしなければ追いつかない。ぼく一人の手ではとても無理なんだ」

リンは意地わるく言った。「わかってるわ。ジョニーが生きてさえいたら――」

「ジョニーには関係のないことだ！　その話はやめてくれ！」ローリイはどなった。

びっくりしてリンはみつめた。激しい怒りに顔をそめた彼はつねのローリイではなかった。

リンは背を向けると、〈ホワイト・ハウス〉を目指してとぼとぼと歩み去った。

「ママ、返すことはできないの？」

「だって、リン。小切手を持ってまっすぐ銀行に行って、それから、アーサーズとボグハムとネブワースの所をまわってお勘定をすませてきたのよ。ネブワースはこのごろやかましく言ってきてたんでね。ほんとにほっとした。毎晩毎晩、夜も眠れなかったのよ。ロザリーンは、ほんとによく判ってくれてねえ、やさしいことを言ってくれたのよ」

「きっとママはこれからも何度も同じことをやるつもりでしょう？」リンの言葉はきつかった。

「そんなことにならないですむといいと思うわ。わたし、せいぜいつましくするつもりではいるけれど。でも、このごろでは何もかもびっくりするほど高くなってしまってるのでねえ。世の中はわるくなる一方だし」

「そうよ。わたしたちの暮らしだって同じことだわ。お金をせびりあるくよりほか仕方ないんでしょ」

夫人はあかくなった。

「そんな言い方をするものではないよ、リン。ロザリーンにも言ったことだけれど、わたしたちはいつもゴードンに頼っていたんだから――」

「それがいけなかったんだわ。それがまちがいのはじまりだわ――あの人がわたしたちを軽蔑するのもあたりまえね」

「あの人って?」

「あの憎らしいデイヴィッド・ハンターよ」

「だって」マーチモント夫人はひらきなおった。「デイヴィッド・ハンターがどう思おうと、かまやしないじゃないの。運よく今朝は〈ファロウ・バンク〉にいなかったけれど。もしいたら、よけいな口を出したにちがいないと思うわね。ロザリーンは、すっかりあの男に押えられているからねえ」

リンは急に話をかえた。

「あれどういう意味だったの、ママ。わたしが帰ってきたばかりのときおっしゃったこと――『本当の兄さんだかどうだか』って？」

「ああ、あれは」夫人はちょっとどぎまぎした。「つまり、いろいろと噂があってねえ」

リンは黙って次の言葉を待っている。夫人はかるく咳ばらいをした。

「ああいうタイプの女は――ああいう賭好みのタイプは――ゴードンはそれにまんまとひっかかったわけだけれど――たいてい蔭に、そのう同じような種類の若い男を持ってるものでしょう。ロザリーンが、兄さんがいるってゴードンに言うとするわね、そしてカナダなりどこなりに電報を打つと、その男が姿を現すわね。それが兄さんかどうか、ゴードンに判るわけはないでしょうが。すっかりまるめこまれていたにきまってるゴードンは、あの娘の言うことならあたまから信じたにきまっているでしょ。そして、その〝兄さん〟なる人物が、一緒にこちらへ帰ってきたというわけね――ゴードンは夢にも疑いはしてなかったでしょう」

「わたし、そんなこと信じられないわ。信じないわ」リンの声は激しかった。

夫人は目を丸くした。

「まあ、おまえ――」

「あの人はそんなふうには見えない。そしてロザリーンだって、ちがうわ。それはばかかもしれないけれど、でも人間はいいわ――そうよ、とてもいい人だわ。みんなが色眼鏡で見るからよ。わたし、絶対に信じません、絶対に」

夫人は威厳をもって言った。「何もそんなに大きな声をだすことはないでしょう」

# 8

五時二十分の汽車がウォームズリイ・ヒースに着き、上背のある日やけした男がナップサックを背に降りたったのは、それから一週間たった日のことだった。

向いのプラットホームでは、ゴルファーの群れが上りの汽車を待っていた。口ひげをたくわえたそのナップサックの男は切符をわたすと駅を出た。一、二分どっちへ行ったものかと見まわしていたが、やがて道標《みちしるべ》に目をとめた。「ウォームズリイ・ヴェイルに至る」と読みとると、すぐさまその方向へ歩みだした。

一方〈ロング・ウィロウズ〉では、ローリイ・クロードが紅茶をいれ終ったところだったが、台所に人影がうつったのでふと目をあげた。戸口に立っているのをリンだとばかり思ってはいたものの、それがロザリーン・クロードと知って彼の失望はたちまち驚きにかわった。

彼女は、民芸品らしいオレンジとグリーンの太い縞の生地で作った服を着ていた。人為的単純さをねらったそのげて趣味の布は、ローリイなどの考え及ばぬほどの価をよんでいる代物だった。

いままで彼はいつも見るからにたかそうな都会風な服を着ているロザリーンしか見ていなかった。それもなんとなく身につかない、いわばファッションモデルがやとわれている店の服を着てみせているといった着かたをしているのを。

いま、こうして明るい色の太縞の田舎風な服をつけたロザリーンは、まるで別人のように見えた。アイルランド系の特徴もはっきり出ていた。黒い髪は波うち、色っぽい青い瞳はなお青さを増している。声までが、いつもの控え目なとりつくろった調子とはことかわり、やわらかいアイルランド風なひびきを持っていた。

「とてもいいお天気でしたので、散歩に来ましたの」

そして彼女は言いそえた。「デイヴィッドはロンドンに出かけてますわ」

悪いことでもしたように、言い終るとぱっと頬をそめ、バッグからシガレットケースをとりだした。ローリイにもすすめたが、彼は断り、ロザリーンのタバコに火をつけようと目でマッチをさがした。が、すでにロザリーンは、高価そうな小さな金のライターをパチパチいわせていた。うまく火がつかないのでローリイはそれを取り、一度つよく押すと火がついた。タバコを吸いつけようとしてロザリーンが顔を寄せると、ローリイは、その頬に影を落しているまつげがびっくりするほど長くぬれぬれとしているのを目にとめ、「ゴードン叔父の目にくるいはなかったな」と内心おもったのだった。

ロザリーンは体をひくと、いかにも感心したように言った。

「上の畑にいるあの若い牝牛はすばらしいですね」

そんなことに興味を持とうとは思いがけないことだったので、ローリイは農場のことをいろいろと話しだした。彼女が興味を持つことに驚きはしたものの、ローリイはそれがけっしてお座なりだけではないのを見てとったし、驚いたことには、彼女は農場のことをじつによく知っていた。バター作りだの乳しぼりだのを、さも知りつくしているように話すのだった。

「まるで百姓の女房だったみたいですね、ロザリーン?」彼は微笑みながら言った。

ロザリーンの顔はさっとかたくなった。

「わたしたち、農場を持ってました――あの、アイルランドで。ここへ来る前に――いいえあのう――」

「舞台に出る前に、ですか?」

何となく、やましいようにきこえる沈んだ声で彼女は言った。「まだ、それほど前のことではないもので――わたし、いろんなことを覚えてるんです」そして、急に勇気が出たように、「いまだってあなたの牛のお乳をしぼれるわ、ローリイ」

これはまったく新しいロザリーンだった。こんなふうに平気で前の農場時代のことを口にするのをデイヴィッド・ハンターはゆるすだろうか？　いや、そんなわけはない。ローリイは思った。デイヴィッドは、自分たちがアイルランドの旧家の出で、大地主だったような話をしている。だが、ロザリーンの言葉のほうが真実に近い、と彼は思った。原始的な農場生活、そして舞台にあこがれ、南アフリカに巡業に行く三文劇団に入り、結婚し、中央アフリカに連れていかれ、逃げだし、ちょっと間があって、最後にニューヨークで百万長者と結婚したということのほうが。

たしかに、ロザリーン・ハンターは、アイルランドの牝牛の乳をしぼるのをやめてから、相当長い旅をしたにちがいない。だが、目の前のロザリーンは、とてもそんな長旅をしたようには見えなかった。れいの邪気のない、少しばかりたりないような顔は、世間を知っている人間のものではなかった。それにひどく若くみえる――二十六という年齢よりはずっと若く。

彼女には人の心に訴えかけるような何かがあった――その朝、屠畜場へひいていった仔牛の持っているような哀れっぽさに似た感じが。ローリイはその仔牛を見たようにロザリーンを見つめた。かわいそうなちっぽけなものたち、殺されに行くとは――ローリイはそう思って仔牛たちを見たのだった。ロザリーンの瞳に怯えたような色がうかんだ。「何を考えていらっしゃるの、ローリイ？」

「農場だの酪農場をご案内しましょうか？」

「ええ、どうぞお願いします」

ロザリーンのしめす興味につられて、彼は農場の端から端まで案内してやった。だが、ローリイが紅茶をいれようと言いだすと、ロザリーンは急に警戒するような目色になった。

「けっこうですわ。わたし、もう帰らなければ」と時計に目を落とし、「まあ、いつの間にかこんな時間になってしまって！　デイヴィッドは五時二十分の汽車で帰るんです。わたしがどこへ出かけたかと思うでしょう。わたし、急いで帰らなければ」そしてはにかんで言いそえた。「とっても楽しかったですわ、ローリイ」

たしかにそのとおりだ、とローリイは思った。彼女は楽しそうだった。自然にふるまい、気どりのない生地のままでいられたのだ。彼女が兄のデイヴィッドを怖れているのは一目瞭然だった。彼は一家を牛耳ってきた人間なのだ。そして、今日はじめて、ロザリーンは半日の暇をもらったのだ——そう、まるでメイドのように半日だけの休みを。

大金持ちのゴードン・クロード夫人ともあろうものが。

門に立って、〈ファロウ・バンク〉へと丘を急ぐロザリーンの姿を見送るローリイの頬にはにがい笑いがうかんでいた。彼女が木戸の手前まで行ったとき、一人の男が向こうからやってきた。ローリイはデイヴィッドかなと思ったが、その男は背もたかくずっとがっしりした体をしていた。ロザリーンは体をひいてその男を先に通らせてから、木戸をピョンピョンと越えると、小走りになって先をいそいだ。

たしかに、彼女は半日の暇を楽しんだ。そしてローリイ自身は一時間以上も貴重な時間を費したのだ。だが、まあ無駄でもあるまい。ロザリーンは、彼が気に入ったようだったから。いつか役に立つことがあるかもしれない。かわいい子だ――そうだ、今朝のあの仔牛たちもかわいかった――かわいそうなちっぽけなものども――。

そこに立ちつくしたまま思いにふけっていたので、人声にびっくりさせられて目をあげた。

つばひろのフェルト帽をかぶり、ナップサックを肩にした男が、向う側の門柱の傍に立っていた。

「ウォームズリイ・ヴェイルに行く道はこれでいいんですか？」

ローリイが黙ってみつめているので、男はもう一度同じことを言った。やっとわれにかえったローリイが口をひらいた。

「ええこの道をまっすぐいらっしゃい。もう一つの原をつっきって。広い道に出たら左へ曲り、三分もすると村に出ますよ」

こうした質問に、彼はまったく同じ言葉で何百回となく答えているのだった。駅を出て徒歩道を辿ってきた人は、〈ファロウ・バンク〉の建っている丘をのぼり、反対側へくだってもいっこうに村らしいものが見えないので急に自信をなくすのだった。目の前のブラックウェル・コープスの林のかげにいだかれている村は、わずかばかり教会堂の塔の尖が見えるだけで、ぜんぜん姿を見せていないからだった。

次の質問はそう始終聞くわけでもなかったが、ローリイはたいして考えもしないで答えた。

「〈スタグ〉か〈ベルズ・アンド・モウトリイ〉ですね。まあ〈スタグ〉のほうがいいでしょう。両方とも似たりよったりですよ。部屋はあると思いますね」

だがここまでくると、ローリイは話の相手にはっきり注目しだした。最近では、どこへ行くにしても、先に部屋を予約するのが常識になっていたからだ。

その男は、上背があり、日やけした顔に口ひげをたて、際立って青い目をしていた。年ごろは四十前後、タフな、無法者めいた顔つきには一種の魅力があった。だが、けっして感じの良い部類の顔ではなかった。

どこか外地から来たんだな、ローリイは思った。そういえば、少しばかり鼻にかかる、植民地訛りがあるようだ。なぜかその顔がどっかで見たことがあるようなのが不思議だった。

この顔を、いやこれによく似た顔を、どこで見たのだろう？

その謎を頭の中で追いまわしていると、ローリイは彼の次の言葉でびっくりさせられた。「このへんに〈ファロウ・バンク〉という名の家がありますか？」

ローリイはゆっくりゆっくり答えた。「ええ、ありますとも。その丘の上のですよ。そのすぐ横を通ったはずですが――もし駅からこの道をずっと来られたのなら」

「ええ、駅から来たんですが」と丘の上をふりかえって、「そうか、あれが――あの白塗りのモダンな大きな家か」

「ええ、あれですよ」

「たいした構えだ。かかりも相当なもんだろう」

たいへんなかかりさ、それもおれたちの金が――ローリイはむらむらとこみあげてきた怒りに一瞬われを忘れた。

が、その男が、妙に詮索するような目つきで丘を見あげているのに目をとめるとハッとしてわれにかえった。

「だれが住んでるんですか？　ミセス・クロードの一人かな？」

「そうですよ。ミセス・ゴードン・クロードです」

他所者《よそもの》は眉をあげた。おもしろがっているようだった。

「ははあ、ミセス・ゴードン・クロードね。なるほど」

そしてかるく頭をさげ、「やあ、ありがとう」と挨拶すると、ナップサックをゆすりあげ、ウォームズリイ・ヴェイルの方向へ歩みさった。

ローリイはゆっくりゆっくり畑のほうへもどっていった。まださっきの謎を追いながら。

いったいどこであの男を見たんだろう？　と。

その晩の九時半ごろ、ローリイは台所のテーブルいっぱいにちらかっていた用紙をひとまとめに積みあげ、隅へ片づけると立ちあがった。マントルピースの上のリンの写真になんとなく目をやると眉をしかめ、家を出ていった。

十分後に、彼は〈スタグ〉のサロン・バーのドアを押した。カウンターのうしろで、ビアトリス・リピンコットがにっこりして彼を迎えた。彼女は思うのだ、ミスター・ローリイ・クロードは様子のいい方だわ、と。一パイントのビター・ビールを手に、ローリイはいあわせた客たちと世間ばなしをかわした。政府のやりくちや、天候や、いろいろな作物の出来などについての不平や愚痴めいたことを。

やがて、ビアトリスに近い席にうつれると、小声で尋ねた。

「見なれない男が泊ってるね？　大きな体の、すごくつばのひろい帽子をかぶった？」

「ええ、そうですわ。六時ごろ見えたんですよ。その方でしょうか？」

ローリイはうなずいた。

「家の前を通ったんだ。道を訊いたんでね」

「そうでしょう。ここはじめてらしいですわ」

「いったい何者だろう、あの男」

彼はビアトリスを見つめ、微笑んでみせた。ビアトリスもそれに応えた。

「ミスター・ローリイ、わけありませんわ。判ってますもの」

カウンター台の下をくぐって出ていくと、彼女は皮表紙の厚い宿帳を手にすぐ戻ってきた。

ごく最近のところのページをあけてみせる。最後に記された記入は左の通りだった。

イノック・アーデン。ケープタウン。英国人。

# 9

晴れた朝だった。鳥はうたい、高価な民芸風な服で食事に降りてきたロザリーンは、幸福なおもいに包まれていた。

ここしばらく重くるしく心にまつわりついていた疑いも怖れもどこかへ消えてしまったように見えた。デイヴィッドは上機嫌で、笑ったり冗談を言ったりしている。前の日のロンドン行きはすべて好都合にはこんだのだった。朝食は調理もゆきとどき、手順にも狂いはなかった。ちょうど食事が終ったころ郵便物がとどいた。

ロザリーンへの手紙が七、八通、請求書だの寄付の依頼だの、土地の人からの招待状だのというべつに変りばえのしないものばかり。

デイヴィッドは自分あてのちょっとした請求書二通ばかりに目を通すと、三番目の封筒を開いた。表書き同様、中身も活字体で書いてあった。

ハンター様

この手紙の内容から、ご令妹〝ミセス・クロード〟にショックとなる場合もありかねませんので、貴下あてにしたためることにいたしました。簡単に申しますが、私はロバート・アンダーヘイ大尉にかんするニュースを持っており、それがご令妹にお喜びいただけるものであると信じております。ただいま、〈スタグ〉に滞在しておりますが、今夜でもお訪ねいただければ、いろいろとお話しいたしたく存じております。

草々

イノック・アーデン

デイヴィッドはひくくうなった。ロザリーンは笑いながら顔をあげたが、急に怯えたような表情になった。

「デイヴィッド――なんなの？」

彼は黙って手紙をつきだした。彼女はそれを取り読みくだす。

「でも――デイヴィッド――これどういうことなのかしら、わからないわ」

「読めばわかるだろう」

ロザリーンはおずおずと目をあげた。

「この手紙——どうしたらいいの、わたしたち？」

デイヴィッドは眉をしかめていた。目先のきく回転の速いあたまでいそがしく計画をたてているのだ。

「だいじょうぶだ、ロザリーン、心配することはない。おれが片づけてやる——」

「でも、もし——」

「心配するなったら。おれにまかせておくんだ。いいか、いまこれから言うとおりにするんだよ。すぐ手まわりのものをまとめて、ロンドンに出るんだ。部屋《フラット》をかりて、おれから便りがあるまでそこにいるんだ。わかったね？」

「ええ、ええ、わかったわ、でも——」

「言ったとおりにしさえすればいいんだよ」彼は笑ってみせ、やさしく励ますように、「さ、早く荷づくりするんだよ、駅まで車で送るから。十時三十二分に間に合うだろう。宿のボーイに、だれにも面会お断りだと言うんだよ。だれかが訪ねてきたら、留守だって言わせるんだ。一ポンド握らせとけ。わかったかい？　おれのほかはだれも通さないようにさせるんだ」

「ああどうしましょう」ロザリーンは頰に手をやり、怯えきった美しい目をあげた。

「だいじょうぶだよ、ロザリーン――だが、この問題はまともな遣り口では片づかないんだ。おまえは手のこんだことは苦手だからな。まあおれにまかせておいてくれ、うまくやるから。おまえは足手まといになるから、この問題には首をつっこまないでもらいたいんだ、それだけのことさ」

「ここにいてはいけない？」

「いけないにきまってるさ。そのくらいの分別はあるだろう。おれは足手まといがあっては動けないんだ、そいつとわたり合うのに。どこのどいつか知らないが――」

「あのう、その人――あのう――」

「そんなことはどうでもいいんだ、いまは。おまえがこの問題から身をひくことが先決問題さ。その上でゆっくり考えるよ、おれが。さあさあ、いい子だから黙って言うとおりにしな」

ロザリーンはすごすごと部屋を出ていった。

デイヴィッドは手にした手紙を眉をしかめて見つめる。

ごくあたりまえな、丁重で簡潔なこの文面はどうにでもとれる。あるいは、やっかいな立場におかれたものの本心から出た心づかいかもしれない。が、この言葉のかげにあるものが脅迫でないとも言いきれない。彼は何度もその言葉を読みかえしてみた。「私はロバート・アンダーヘイ大尉にかんするニュースを持っており……貴下あてにしたためることに……いろいろとお話しいたしたく……〝ミセス・クロード〟」ちくしょう！

この、ことさららしい言い方はなんのつもりだ。デイヴィッドはその括弧が気にいらなかった。

署名に目をやる。〝イノック・アーデン〟何かおぼえがある——詩に出てきたのではないだろうか——この名は。

その晩デイヴィッドが〈スタグ〉のホールに入っていったときは、れいによってだれもその辺には見あたらなかった。左手のドアには〈コーヒー・ルーム〉と、右手のドアには〈ラウンジ〉と記されている。向いのドアは、もっともらしく〈滞在客専用室〉と銘うたれていた。右手の通路の先がバーになっているので、かすかにガヤガヤと人声がしてくる。小さなガラスばりのボックスには〈オフィス〉と記してあり、その窓口に呼鈴がつけてあった。

その一見便利そうな呼鈴も、ときには四、五回押さないとだれも出てはきてくれないのをデイヴィッドはすでに経験ずみだった。食事時の短い時間を除いては、〈スタグ〉のホールは、ロビンソン・クルーソーの島同様人っ子ひとり見えないのがつねだった。

今回は、デイヴィッドが三度目に押したベルの音で、ミス・ビアトリス・リピンコットがバーに続く通路からその姿をあらわした、たかく結った金髪に手をやりながら。ガラスばりのボックスにすべりこむと、丁重な微笑で彼を迎えた。

「いらっしゃいまし、ミスター・ハンター。いまごろにしてはちょっと冷えますわね？」

「まあそうですね。アーデンとかいう男が泊ってますか？」

「ちょっとお待ちください」女主人ははっきりおぼえていないといわんばかりの様子で、いつも〈スタグ〉の印象をもっともらしいものにしたいときに使うてを用い、宿泊人名簿をひっくりかえしてみせた。「ああ、ございました。ミスター・イノック・アーデンですね。五号のお部屋です。二階ですわ。すぐお判りになりますよ、ミスター・ハンター。階段をおのぼりになって、廊下をまっすぐいらっしゃらずに左へお曲りになって段を三つ降りたところです」

この複雑きわまる指示に従い、デイヴィッドは五号室のドアを叩いた。中から「どうぞ」と声がかかった。

彼は部屋に入り、ドアをしめた。

オフィスから出ると、ビアトリス・リピンコットは「リリイ」と呼んだ。アデノイドでもありそうな、ゆでたグースベリイに似た瞳の色をした娘がくすくす笑いをしながら出てきた。「しばらくあちらをみててくれる？　わたし、ちょっとシーツを調べてきたいから」

「どうぞ、ミス・リピンコット」リリイはまたくすくす笑いだし、ふーっと吐息をついてみせ、「ミスター・ハンターってとても美男子ですねえ、そう思いません？」

「そう、戦争中によくああいうタイプの人を見たもんだわ」ビアトリスは世の中なんか見飽きたといった様子を作る。「攻撃隊の基地からやってきた若い戦闘機乗りなんかのタイプよ。小切手をくれたって、とれるかどうか、あてにならない連中だわ。でも、わたしっておかしいのよ、そういうところは。リリイ、わたしが問題にするのは階級なんだから。わたしには階級ってものが一番気になるんだわ。つまり、たとえトラクターを動かしてたって紳士はやっぱり紳士だってことよ」とわけのわからぬ言葉をのべたてると、ぽかんとしているリリイにかまわず、ビアトリスは階段をのぼっていった。

一方、五号室では、デイヴィッド・ハンターがドアの前に立ったまま、イノック・アーデンと署名した男をみつめていた。

四十がらみ、ちょいとばかりつらいめに逢わされていたのが、ひさしぶりで世間に面《つら》だしした気配もある――いずれにしても相手にまわすのには厄介な人間だ。これだけがデイヴィッドの総計だった。それ以上のことはちょっと見当がつかない。ダークホースだ。

アーデンが口を開いた。「ハンターさんかな？　そう。まあ坐りたまえ。何にします？　ウイスキーにしますか？」

すっかりごきげんだな、デイヴィッドはすぐに気がついた。酒瓶も適当に並んでいる。春にしてはまだ寒いので、暖炉にも火が入っている。服は英国仕立てではないにしても、英国人らしい着こなしをしている。年格好にもよく合っている——。

「ありがとう。じゃ、ウイスキーを一杯」

「注ぎましょう、いいだけで止めてください」

「そのくらいで」

おたがいに瀬ぶみをしている二人は、少しばかり犬めいていた。くるくる相手のまわりをかぎまわり、毛をさかだて、腰を落し、尻尾をふるか、それとも唸りをあげて嚙みつくかを一挙に決しようとして身がまえている犬そっくりなのだ。

「チェリオ」アーデンは言う。

「チェリオ」

杯を置くと二人は一息ついた。かぎまわりっこはすんだのだ。

イノック・アーデンと名のる男は言った。

「私の手紙、びっくりしましたか？」

「じつは、さっぱりわけがわからないんでね」

「さあてね、ふん、まあそうかな」

「私の妹の最初の夫をごぞんじだそうですな――ロバート・アンダーヘイを」

「ええ、ロバートはよく知ってますよ」

ゆっくりとタバコの煙を吹きあげ、アーデンはニヤニヤしている。「まあだれよりもよく知ってますね。逢ったことはないんだね、きみは？」

「ああ」

「まあそのほうがいいだろう」

「どういう意味です？」デイヴィッドは鋭くききかえした。

「きみ、そのほうが事が簡単にいくからね――それだけのことさ。わざわざおいでを願って恐縮だったが、そのほうが」と間をおいて、「ロザリーンによけいなことを聞かさないですむと思ったので。なるべく心を痛めないようにしてやりたいのでね」

「本題に入っていただけませんか？」

「ええ、いいですとも。ときに、いままで一度も、そのうなんと言うかな、おかしいと思ったことはなかったですか――つまり、アンダーヘイの死に方に疑問を持ったことは？」

「いったいなんの話です？」

「つまり、アンダーヘイはおもしろい考えを持ってたんですね。まあ騎士道精神によるものだったかもしれないし、あるいはそこに何か理由があったのかもしれない――が、まあそれはそれとして、何年か以前のある特定な時期に、アンダーヘイが死亡したと考えられたほうが事がうまくはこぶという事態があったわけですね。彼は原住民をすっかり手なずけていました。で、適当にもっともらしい話を作りあげ、それを証拠づけるようなものを添えて、原住民を通じてその話をひろめるなどというのはお手の内の芸だったわけですよ。そのあとアンダーヘイは、千キロほど離れた所に現れ、別の名を名のりさえすればよかったということになりますね」

「そんなことはとてもあり得ない。単なる仮定だとしか私は思えないですね」

「そう？　そうですかねえ？」アーデンは笑った。体をのりだすとデイヴィッドの膝をかるく叩き、「だが、もしそれが単なる仮定ではなかったとしたら、ハンター？　え？本当の話だとしたら？」

「はっきりした証拠を要求しますね」

「そう？　もちろん、はっきりしすぎるくらいの証拠がある。アンダーヘイ自身がここに姿を現せば——このウォームズリイ・ヴェイルに。そういう証拠ではどうです？」

「それならば、まあ決定的ではありましょうね」デイヴィッドはそっけなく言った。

「そう、決定的ねえ——だが、そうすると少し事が面倒になりませんかね。ミセス・ゴードン・クロードにとって、ということですよ。つまり、そういう事態が起きれば、彼女はミセス・ゴードン・クロードではあり得ないというわけですから。具合がわるいでしょう。すこしばかり具合がわるいと思うでしょう、きみだって？」

「妹は再婚する際には、何一つやましい点はなかった」

「もちろんそうだよ、きみ。私だってそのことをとやかく言おうなどとは夢にも思っていない。公の場所に出たって、その点ではなんの問題もないだろう。裁判官だって別に罪名を着せることはできないはずだ」

「裁判官？」デイヴィッドは鋭くききかえした。

相手は失言を詫びるように言った。「重婚罪を考えたもので」

「で、つまりどうなんだ？」デイヴィッドの言葉は荒くなった。

「まあそう興奮するなよ。ただ二人で知恵をしぼって、最良の手段を——つまりきみの妹にとって最良のということだが——まあ考えようじゃないか。世間にわるい評判なんか立てたくないよ、だれだって。アンダーヘイはいつも騎士道精神にもとらぬ男だった」アーデンは間をおいた。「まだいまでも昔のとおりだ——」

「いまでも？」

「さよう」

「ロバート・アンダーヘイが生きてるって言うのか。いまどこにいるんだ？」

アーデンは体をのりだした——内緒話めいた小声になる。

「本当にそれを聞きたいのかね、ハンター？　知らないほうがいいんじゃないか？　きみの知るかぎりでは、そしてロザリーンの知るかぎりでは、アンダーヘイはアフリカで死んだということにしておいたらどうだ。そしてアンダーヘイのほうでも、たとえ生きていたとしても、彼の妻が再婚したことを知らない、夢にも知らないというわけさ。なぜなら、彼がそれを知ったとなれば、名のりをあげないわけにはいくまいからね。ロザリーンは、二番目の夫からたいした財産を相続してるね。だが、もし、彼が本当は夫ではなかったということになればだね、つまり、その場合には彼女の権利はなくなるわけだ。アンダーヘイは、不正なことは大嫌いな男だから、ロザリーンがその金を不当な状況で相続したということをけっして喜ぶまい」彼はちょっと間をおいた。「だが、といってアンダーヘイは彼女の二番目の結婚をぜんぜん知らないですますわけにもいかないんだ。気の毒に、弱ってるんでね、彼は――ひどく弱っている」

「弱っているとは？」

「体をこわしてるんだ。入院も必要だし、特別な手当ても要する状態でね。ただ、すべてこれは相当かかるんでね、金がね」

この最後の言葉はデイヴィッドにとってはつぼにはまる含みを持っていた。その言葉をこそ彼がさっきから無意識に待っていたものだった。

「金がかかる？」

「そう、悲しいことに、何もかも金しだいでね。アンダーヘイは無一文同然でね。つまり体だけが自分のものといった状態さ」

ほんの一瞬、デイヴィッドの目は部屋の中をすばやく走った。椅子にひっかけたナップサックのほかはスーツケース一つ見えない。

「ロバート・アンダーヘイという男は」デイヴィッドはいやみまじりに言う。「きみが言うほど騎士道精神に富んだ男とは思えないね」

「前はそうだった。だがね、生活の変化で人生にたいして懐疑的になるというのはよくあることでね。――それに、ゴードン・クロードという男は、たいした金を持っていた。つまり、莫大な財というものは、人間の卑しい本能を誘いがちだからね」

デイヴィッドは立ちあがった。

「返事をするよ。とっとと失せやがれだ」

いっこうにたじろがず、アーデンはうす笑いをしながら言った。「そう、そう言うだろうと思っていた」

「きさま、大強請《かたり》だぞ。きさまのやってることは立派な恐喝だぜ」

「じゃあそう公表してたたかれてみるかい？　立派な心がけだ。だが、もしも、私のほうから〝公表〟したら、あまり嬉しくはあるまい。そんな気はまあないがね。もしきみが買わないんなら、まだ別口があるからね」

「どういうつもりだ？」

「クロード一族さ。私が、彼ら側へ行くとする。〝突然でございますが、故ロバート・アンダーヘイがピンピンしているという事実をお知らせいたしたいのですが〟と言ったらどうだ。すぐとびついてくるにきまってるね」

「だが、一文にもならないぜ。どいつもこいつもすかんぴんだからな」デイヴィッドは冷然と言った。

「だが、あと払いっていうてもあるからね。アンダーヘイが存命で、ミセス・ゴードン・クロードはまだミセス・ロバート・アンダーヘイであり、その結果、ゴードン・クロードが結婚前に作った遺言書が法律上有効だということが証明されたあかつきには、立派な金になるからね」

しばらくデイヴィッドは考えこんでいたが単刀直入に訊いた。「いくらだ？」

「二万ポンド」切り返すように返事がきた。

「それじゃあ話にならない。妹は元金には手がつけられないんだ。一生利子で食っていくんだから」

「じゃあ一万ポンド。そのくらいはわけなく作れるだろう。宝石もあることだし？」

デイヴィッドは黙然としていたが、アーデンの予想を裏切って、「よし、手を打つ」と言った。

一瞬、相手は呆然としたらしい。あまりやすやすと事がはこんだのに驚いたとみえる。

「小切手は困る。現金で頼むよ」

「だがすぐとはいかないぜ——これから金を作るんだから」

「二十四時間待つよ」

「来週の火曜にしてくれ」

「まあいいだろう。金はここに持ってきてくれ」そしてデイヴィッドの機先を制して言いそえた。「淋しい林の中だの、人けのない川っぷちなんかで逢う気はないからそのつもりでいてくれ。金はここで受けとるよ、この〈スタグ〉でね、来週の火曜、夜九時きっかりだ」

「疑ぐりぶかい男だな、きさま？」

「用心に越したことはないからね。それにきみみたいな男が相手じゃね」

「じゃ、火曜日」

デイヴィッドは部屋を出て階段をおりていった。怒りがどす黒く顔を彩っている。

ビアトリス・リピンコットが、四号とナンバーを打った部屋から出てきた。四号室と五号室は行き来できるようにドアがついているのだが、それにぴったり寄せて洋服簞笥が置いてあるので、五号室の客にはドアのあるのが判らない仕組みになっていた。

ビアトリスは押えきれぬ興奮に頰を上気させ、目をきらきらさせていた。せかせかと髪に手をやって彼女は歩みさった。

# 10

メイフェア（ロンドンの一流地）の〈シェパーズ・コート〉は行きとどいたサーヴィスつきの豪華なフラットを備えた大きな建物だった。だが空襲の災禍からはまぬがれたとはいえ、まだ戦前の状態に戻りきるまでにはいっていなかった。滞在客へのサーヴィスもまだ以前ほどは完璧とは言えないのだ。各フラットに二人ずついていたボーイも一人に減っていた。食堂はひらいていたが、朝食以外は部屋へとどけてはもらえない。

ゴードン・クロード夫人の借りたフラットは四階だった。作りつけのカクテル・バーを持つ居間と、作りつけの戸棚つきの寝室が二つと、タイルとステンレスでまばゆいほど明るい、完璧な設備をもつバスルームとからなっている。

その居間で、デイヴィッド・ハンターはいらいらと大股に歩きまわり、ロザリーンは、角《かく》仕上げの大型な長椅子にもたれ彼を見つめていた。蒼ざめ、怯えきった顔をしている。

「恐喝だ！」彼はつぶやく。「何てこった、このおれがおとなしく恐喝されるような男か？」

ロザリーンはあわてて頭をふった。すっかり仰天して心を悩ましている。

「ちくしょう、どうしてもはっきりしないんだ」

ロザリーンはしくしく泣きだした。

「まるで闇夜の泥試合だからな——目かくしで仕事をさせられてるんだから——」デイヴィッドは突然くるっと向きなおった。「あのエメラルド、ボンド・ストリートの〈グレイトレックス〉に持ってったね？」

「ええ」

「いくらだった？」

ロザリーンはつらそうに、「四千ポンドよ。もし売らないのなら、保険をかけなおさなければならないって言われたわ」

「そうだ。いい宝石は値が倍になってるからね。まあいいさなんとか金はできるよ。だが、もし金を作ったとしたって、これで終りってわけにはいかないからな。最後の一滴まで血をしぼられるんだ——血をしぼられるんだぜ、ロザリーン、一滴もなくなるまで」

ロザリーンは叫びだした。「ねえ、英国を出ましょうよ——どこかへ逃げられないの

——アイルランドでも、アメリカでも、どこでもかまわないから？」

デイヴィッドはふりかえり彼女をみつめた。

「おまえは闘士じゃないね、え、ロザリーン？　三十六計逃げるにしかず、かい？」

「だってわたしたちがまちがってるんだもの——はじめからだわ——いけないことだわ」泣きじゃくりながらやっと言った。

「お説教はやめてくれ。我慢できないぞ、いまは。おれたちは安穏無事にやってたんだ。生れてはじめておれはのんびりできたんだ——けっしてだれにもわたさないぞ、いまの暮らしを何がなんでもやりとおすんだ。ちくしょう。闇夜の泥試合じゃ手も足も出ない……わかるだろう、ええ、これははなからのぺてんかもしれないんだ。アンダーヘイは、おれたちの思ってるとおり、アフリカのどっかで、ぶじに墓の下で眠ってるかもしれないんだから」

ロザリーンは身ぶるいした。

「やめて、デイヴィッド。こわくなってくるから」

その顔にうかんだ、追いつめられた恐怖を目にすると、たちまち彼の態度はかわった。傍へ寄り、椅子にかけると、その冷たい手をとった。

「心配することはないよ。みんなおれにまかせて、言われたとおりにするんだ。それならできるね？　ただおれの言うとおりにすることは」

「わたし、いつもそうしてるわ、デイヴィッド」

彼は笑いだした。「そうそう、そうだったね。すぐ切り抜けられるからね、怖がらなくていいんだよ。なんとかしてあのイノック・アーデンなる男をやっつけてしまうから」

「詩があったんじゃない――ほら、どこかから帰ってきた男の――」

「ああ」彼は先を言わせなかった。「それが気になってるんだ。だが、かならずこいつの底を洗ってみせるよ」

「火曜日の晩ですって――お金を渡すの？」

「五千ポンドだけだ。すぐには全部できないって言ってやる。だが、クロードの連中の所にはあいつをやらないようにしなければならない。どうせおどかしに決まっているとは思うが、万一ってことがあるからな」

彼は黙りこんだ。遠くをみるような目つきになった。心は忙しくはたらき、あらゆる可能性を思いうかべたり消したりしている。

と、急に笑いだした。つきぬけた、不敵な笑いだった。その笑いが何を意味するかをよく知っている男が何人かいるはずだった。すでに死者の仲間いりをしている男が。

それは、一か八かを賭けて危険な行動にとびこんでいく男の笑いだった。決意とよろこびにみちている。

「ロザリーン、おまえはおれを売らないね。ありがたいことに、おれは、絶対におまえだけは信じられる」

「信じるって？」大きな瞳がもの問いたげにあげられた。「何を？」

彼はまた薄ら笑いをうかべた。

「おれの言うとおりにするってことをさ。それが、この、作戦の秘訣さ、ロザリーン」

デイヴィッドは笑い声をたてた。「イノック・アーデン作戦だよ」

# 11

ローリイはたぶんにびっくりしながら大きなふじ色の封筒をひらいた。いったいどこのだれがこんな便箋や封筒を使って便りをよこしたのだろう。それに第一、いまどきこんなものをどうして手に入れられたのだろう？　こんな贅沢な品は戦争中に姿を消していたはずなのに。

ローリイ様
　どうしても、い、い、お知らせ申しあげないではいられないことが、ございますので失礼とは存じながら筆をとらせていただきました。

ローリイは何ごとかと眉をひそめた。

じつは先夜、あなたさまがお尋ねになりましたある人物のことにかんすることなのでございます。〈スタグ〉にお越しいただければ、ぜひお話し申しあげたいと存じております。わたしどもこの土地のものは、あなたさまの叔父さまがお亡くなりになり、そのご遺産がいまのような状態になっておりますのを前々から快く思っておりませんでした。

どうぞわたしの差しでがましい申し出をおゆるしくださいませ。どうしてもあなたさまにご承知になっていただきたいことと存じ、筆をとりました次第でございます。

かしこ

ビアトリス・リピンコット

この手紙を前に、ローリイは雲をつかむような思いで忙しく頭を働かした。いったいこれは何事なのだ？　あのビアトリスがこんなことを言ってよこすとは。彼女は昔からの知り合いなのだ。ビアトリスの父の店でタバコを買い、よくカウンターに立っていた彼女と世間話をしたものだった。若いころは美人だった。ビアトリスがウォームズリイ・ヴェイルから姿を消していたころ、まだ子供だった彼は、そのことでいろいろと噂話も聞いたものだった。一年ほど村を離れていて帰ってきたのだが、人の噂では、内緒で赤ん坊を産みに行っていたのだということだった。その真偽はいまだに判らない。だが、最近の彼女は、指一本さされるところもなく、すっかりおこないすましている。相当人の蔭口もたたくし、はすっぱなところもあるにしても、ともかく気の毒なほどたしなみよくとりすましているのだ。

ローリイは時計に目をやった。すぐにも〈スタグ〉に出かけなければなるまい。こんな提出用紙なんかかまってはいられない。ビアトリスが言いたがっていることを一刻も早く聞きたかった。

彼がサロン・バーのドアを押したのは八時を少しまわったころだった。何人かの常客から、挨拶の声がかかった。ローリイはカウンターの前に進みギネスを頼んだ。ビアトリスがにっこり笑いかけた。

「よくおいでくださいました。ミスター・ローリイ」

「こんばんは、ビアトリス。手紙、ありがとう」

彼女は目くばせをした。

「すぐまいりますわ」

彼はうなずいた。ビアトリスがほかの客のほうを片づけるあいだ、じっとその姿を目で追いながら、ゆっくりコップをあけた。やがて、うしろの部屋へ声をかけ、リリイを呼んで代らせると、ビアトリスは小声で言った。「どうぞ、あちらへいらしてくださいます？」

先に立って通路に出ると、〈私室〉と記された部屋にローリイを案内した。ごく小さい部屋だが、ビロード張りのアームチェアーだの、陶器の飾り皿だのが所狭しと置かれ、椅子の背にはだいぶ汚れたピエロ人形が投げだされ、ラジオがガーガー鳴っている。

ビアトリスはラジオを止めると、椅子をすすめた。

「いらしてくださって本当によございましたわ、ローリイさま。手紙などさしあげてお気にさわりませんでしたかしら。でも、ここ三日さんざん考えたすえなんですの。どうしてもお耳に入れなければと思いましたもので」

いかにも嬉しそうに得意満面だった。

ローリイはおだやかな好奇心をうかべ、「で、何事なんです？」

「ほら、あの方、ごぞんじですわね、ここにお泊りのミスター・アーデンですわ。先日お尋ねになった」

「ええ」

「ちょうどあの翌日の晩ですわ。ミスター・ハンターが見えまして、お逢いになりたいっておっしゃいましたの」

「ハンターが？」

ローリイは思わず膝をのりだした。

「そうなんですの。〝五号室です〟って申しあげると、うなずいてまっすぐ二階へいらっしゃいました。わたし、びっくりいたしましてね。ミスター・アーデンはこの土地にお知り合いがあるようなお話はなさいませんでしたし、わたしも、あの方はこのウォームズリイ・ヴェイルははじめてでいらしてどなたもごぞんじではないとばかり思いこんでいましたので。ミスター・ハンターはひどく機嫌がわるそうで、何か困ったことでも起ったようなご様子でした。でもそのときはまだわたしもぜんぜん判らなかったんです、なぜそうだったのかは」

そこまで一息に話すとビアトリスはほっと息を入れた。ローリイは一言も口をはさまないでだまって待っていた。けっして先をいそがないのが彼のつねなのだ。待つことはいっこうに苦にはならない性質《たち》だった。

ビアトリスは威厳をつくろいながら先へすすんだ。

「そのすぐあとに、シーツだのタオルだのを調べに四号室に行かなければならなくなりましてね、五号室の隣りになっているんですが。じつは、あいだにドアがございましてね——でも、五号室からは見えませんのよ。前に大きな洋服簞笥が置いてございますので。もちろん、いつもはしめておくんですが、たまたまあのときは少しそれがあいてたんですよ——だれがあけたのか、わたしには見当もつかないんですけれど」

やはりローリイは一言も言わず、だまってうなずいてみせた。

彼は思うのだ。ビアトリスがあけたんだな。何かおかしいと思ってわざわざ四号室にあがっていき、何か聞きだそうと思ったにちがいない。

「で、おわかりになりますでしょ、どうしたってお隣りの話が聞えてしまいましたのが。本当に、わたし、いまにも卒倒しそうにびっくりしてしまいましたわ。ひょいとかるく羽で突かれてもどしんといくところでしたわ」

相当がんじょうな羽が必要だったろうね、ローリイは思った。

ビアトリスが手短かにその立ち聞きした会話を話すのを、ローリイは顔色もかえず、牛のように無表情に聞いていた。話し終えると、彼女は反応いかにとローリイの顔をみつめた。

ローリイが催眠状態からさめるのにはたっぷり二、三分はかかった。と、彼は立ちあがる。

「ありがとう、ビアトリス。ほんとにありがとう」

たったそれだけ言うと部屋を出ていった。ビアトリスは拍子抜けがしてしまった。
「まったく、何とか言ってもよさそうなものなのに」と彼女は思ったのだった。

# 12

〈スタグ〉を出ると、ローリイの足は機械的に家のほうへ向ったが、二、三百メートルも歩いたところで急に立ちどまると、あと戻りをはじめた。

彼の頭はまわりがおそいので、ビアトリスのしらせてくれたことの重大な意味が、いまごろやっとはっきりのみこめてきたのだ。もしも彼女の立ち聞きした話というのが本当なら——たとえ多少の脚色はあるにしても、本質的にはそうちがってはいまいと彼は思うのだが——これはクロード一族に洩れなくかかわりのある事態がもちあがったということになるのだ。この問題に当るのにもっとも適任なのは叔父のジャーミイ・クロードであるのはあきらかだった。弁護士という職業柄、ジャーミイ・クロードは、この驚くべき報せをもっとも有効に役立て、どういう手段でこれに当るかを知っているはずであった。

ローリイは自分でこの問題にとりくんでみたい気は充分に持っていたが、それよりは、腕っこきの、経験ゆたかな専門家に任せた方がはるかに良いだろうと認めざるを得なかったのだ。一刻も早くジャーミイがこの事実を知るほうがいいのだ。ローリイは、ハイ・ストリートの叔父の家に向ってまっしぐらに歩いていった。

取りつぎに出た小さなメイドは、クロード夫妻はまだ食事中だと告げた。そちらへお通しいたしましょうかと言われたのを、ローリイは、すむまで書斎で待っていると言って断った。彼はこの会談にフランセスが同席するのはできればさけたいと思った。はっきりした行動を起すことが決定するまではごく少数の者だけのあいだで、事をはこぶほうがいいにきまっている。

彼はおちつかなげに叔父の書斎を歩きまわった。デスクの上には、〝故ウイリアム・ジェサミイ卿〟と記された錫製の文箱がのっている。本棚には法律書の大巻が並んでいる。イヴニング姿の昔のフランセスの写真と、彼女の父、エドワード・トレントン卿の乗馬服姿の写真とがある。デスクの上には、軍服を着た青年の写真があった。戦死したジャーミイの息子アントニイだ。

ローリイは眉をしかめ、それに背を向けた。そして椅子に腰をおろして、そのかわりにエドワード・トレントン卿をみつめる。

食堂ではフランセスが夫に話しかけていた。

「ローリイ、なんの用でしょう？」

ジャーミイはけだるそうに言った。「きっと、何か提出用紙に判らないところでもあるんだろう。政府の条令も次々と新しいのが出てくるから、農場をやってる連中なんかは、どう書きこんでいいか判らないのがほとんどさ、ローリイは良心的な男だから、苦にしているんだよ」

「あの子はいい人間だけれど、頭のまわりがすごくおそいんですわ。わたし、なんとなくリンとのあいだもうまくいってないような気がするんですけど」

ジャーミイはぼんやりとしていた。「リンて、ああ、リンか。ゆるしておくれ、どうも頭がはっきりしないものでねえ――始終あのことが――」

フランセスはものおもわしげに言った。「お考えにならないで。かならずうまく片づきますわ」

「おまえはときどきびくびくさせるよ、フランセス。おどろくほど大胆なんだねえ、おまえは。まだよく判っていない――」

「わたし、よく判ってますわ、なにもかも。わたし、ちっともこわいなんて思いません、かえっておもしろがってるくらいなんですわ――」

「それだよ、おまえ。そういうところが私にはこわくてたまらないのだ」

フランセスは微笑んだ。

「さあ、あの牧歌的青年をいつまでも待たせてもおけませんわ。あちらへいらして、千百九十九号だかなんかの書類を書きこむのを手伝っておやりになったら」

だが、ちょうど二人が食堂を出たとき、玄関のドアがしまる音がした。エドナが、ミスター・ローリイはべつにたいした用事ではないからとおっしゃってお帰りになりました、と告げにきた。

# 13

その特別な意味をもつ火曜日の午後、リン・マーチモントはながい散歩に出かけていた。日に日につのる焦燥感と不満にせめられ、彼女は自分の気持を整理する必要を感じていたのだ。

ローリイにはここ四、五日逢っていなかった。れいの、五百ポンド貸してくれと頼んだ朝、だいぶ険悪な別れかたをしてからもいつもどおり逢ってはいた。リンは自分の頼みがすじのとおらないものであり、ローリイがそれを拒絶したのも彼なりに正しかったということが判ってはいた。だが、恋人同士のあいだでは、あまりすじがとおりすぎる扱いはけっして喜ばれるものではないのだ。表面的には、リンとローリイのあいだにべつに変ったところは見うけられなかったが、リン自身の感情はかなり変ってきていた。

ここ二、三日、堪えられぬほどの単調さをおぼえているリンは、けれどそれがデイヴィッド・ハンターが妹と一緒に突然ロンドンに発ってしまったことに関係があるとは、自分からみとめようとはしなかった。ただ、デイヴィッドは退屈をふきとばしてくれるような人間だということだけは残念ながら認めないではいられなかった。

彼女の身内のものは、いまはことに我慢ができないほど堪えがたい存在になっていた。その日の昼食のとき、母はすばらしい上機嫌で、庭師をもう一人さがすつもりだと言いだして、リンを悩ましたのだった。「トムじいさんは、一人じゃあとてもこの仕事はやりきれないからねえ」

「でも、そんな余裕はないわよ」リンはあきれかえった。

「そんなことあるもんですか。わたしはね、ゴードンがこんなに庭が荒れたのを見たらどんな気がするだろうと気の毒に思うのよ。いつも花壇のしきりはきちんとしてて、草はよく刈り、通り路がきれいになってないと気がすまない人だったからね——だのに、ほら見てごらん。ゴードンは前のようにしときたがるだろうとわたしは思うのよ」

「未亡人からお金を借りてまで」

「あのとき言ったとおり、リン、ロザリーンはそれは気持よくしてくれたのよ。わたしの思ってることもよく判ってくれたと思うわね。請求書をみんな片づけてしまったので、銀行のほうだってもう心配はないんだし。それに、もう一人庭師をやとえばかえって経済的だと思うのよ。野菜ものだってずいぶん作れるし」

「一週三ポンドも出して？　それなら野菜を買ったほうがずっとやすあがりだわ」

「そんなに出さないでも人はあると思うけれどね。このごろは、出征してた人たちがどんどん帰ってきて仕事をさがしてるそうじゃないの。新聞に出ていたわ」

「さあ、ウォームズリイ・ヴェイルでそんな人が見つかるかどうか。ウォームズリイ・ヒースにだっていやしないでしょうよ」リンは冷淡だった。

だが、その問題はそれとしても、これからも困ればいつでもロザリーンの所へ無心に行けばいいと思っている母の考えかたが、リンの心にいつまでもひっかかっていた。そしてデイヴィッドの軽蔑的な言葉がまた新たに心にかえってきた。

やりきれない思いですっかり不機嫌になってしまったリンは、心にわだかまる憂鬱を散歩でもして吹きとばそうと家を出てきた。

郵便局の前でケイシイ叔母に逢っても、彼女の機嫌はいっこうになおらなかった。ケイシイ叔母は上機嫌だった。

「リン、わたしたちそのうちいい報せを聞くわ」

「いったいなんのこと、ケイシイ叔母さま？」

叔母は得たりとばかりうなずき、にこにこした。

「びっくりするようなお告げがあったの、ほんとにすばらしいのよ。わたしたちの心配事も、ついにハッピーエンドよ。ちょっとゆきづまりがあったけれど、そのあと、何度でもやってみなさいっていうお告げでね。はじめはうまくいかなくても、とかなんとかいう言葉だったけれど、でもわたしはまだ何も話さないわよ、リン、ぬか喜びをさせたりすることになるといけないからね。でも、これだけはたしかなんだけど、もうすぐ何事もうまくいくようになると思うのよ。まったくよかったわ、まにあって。だってね、あなたの叔父さま、このごろ、わたし、心配でたまらないの。戦争中にずいぶん無理をなさったからね。もう患者さんを診るのはやめて、お好きな研究だけつづけていいときですもの――でも、それには何か収入がなければね。それに、ときどき、妙な神経性の発作を起すので、わたし、ともかく心配でたまらないのよ。なんだかとても様子が変なの」

リンはだまってうなずいた。ライオネル・クロードの最近の変りようはいままでも目についていたし非常に気分にむらのあるのも気になっていた。リンは叔父が興奮剤として麻薬を使っているのではないかと疑っていたし、それももう相当な常習者になっているのではないかとも思っていた。彼の異常な焦燥もそれで説明がつく。リンは、ケイシイ叔母がどの程度にそれを知っているか、あるいは察しているだろうかと思った。ケイシイ叔母はけっして見かけほどのばかではないことをリンは知っていた。

ハイ・ストリートをくだってゆきながら、叔父のジャーミイが玄関へ入っていくのを目にした。ここ二、三週間のあいだに、叔父はめっきり老けこんだ、とリンは思うのだった。

彼女は足を速めた。早くウォームズリイ・ヴェイルを抜け、丘にのぼり、ひろびろとひらけた場所に出たかった。どんどん足を速めて歩きだすとだいぶ気分が晴れてきた。五、六キロでも歩みぬけそうな気がしてきた。そして、きれいさっぱり頭の中を整理するのだ。子供のころからいつも彼女は、はっきりした頭脳《あたま》の持主で、ものごとを明快に裁ける人間だった。自分の望んでいることと望まないことをつねにはっきりできる人間だった。いままでは、あなたまかせなふらふらした動きかたをただの一度もしたことがないのだ。

そうだ、それなのだ。そのふらふらした動きなのだ！　あなたまかせの、はっきりした目的のない生き方。それが彼女の故郷へ帰ってからの毎日だった。あの戦場の日々への郷愁が波のようにリンの心を襲った。各自の責任がはっきり規定され、生活は一糸みだれぬ計画にしたがってはこばれ、そして個人の裁断などというものが必要とされなかった日々がリンにはなつかしかった。だが、そう考えてゆくうちに、リンは急にぞっとしてきた。みんなこんなことを考えているのだろうか、心ひそかにみんなが願っているのはこんなことなのだろうか？　これがつまり戦争が人々の心に植えつけていったものだろうか？　戦争の本当の怖しさは、けっして肉体的なものではなかった。海にかくれた水雷、空からの爆弾、荒野を走る車にうちこまれるライフル弾のうなり、そんなものは、肉体だけの記憶でしかないのだ。本当に怖しいのは、考えることをやめればずっと楽に生きていかれるということを知る、精神の記憶なのだ。現在のリン・マーチモントは、入隊したときの頭脳明晰な決断力に富んだ娘ではなくなっている。彼女の頭脳は、職場では専門化され、整然と分類された範疇の一つにはめこまれてしまっていた。そしていま、ふたたび自分自身の、そして自分の生活の主人《あるじ》に戻ったリンは、自分の個人的な問題を把握することから顔をそむけているような心のあり方にぎょっとさせられている。

ふっと苦笑をうかべたリンは思うのだった。おかしなことだわ、新聞が〝家庭婦人〟の名のもとに呼ぶ女たちが戦時中に華々しくその本領を発揮したとは。数限りない〝ああしてはいけない、こうしてはいけない〟という制限を受け、はっきりした未来への約束を、何一つ与えられないでいた女たちが。そして、そうした窮屈な生活の中で、考え、計画をたて、即座の知恵をはたらかせ、それまで自分では意識さえしていなかった、無から有をうみだす才能をのばしていった女たち。家庭にとどまって銃後の生活に堪えてきた女たちだけが、松葉杖をかりずにまっすぐ立ち、自分自身にも他の人のためにも責任を持てるのだということを、いま、リンはあらためて認識したのだ。そして、彼女、リン・マーチモントはといえば、たかい教育も受け、賢明であり、頭脳のいる仕事を完璧につとめあげてきた経験を持ちながら、いまはもはや、自分の決心一つきめかね、まるで捨て小舟のように漂っている。そうだ、あのいやな言葉、ふらふらとあなたまかせの生き方そのままではないか。

国にとどまっていた人々、たとえばローリイは……。

だが、リンはすぐに漠然とした一般問題を考えるのはやめて、身近の個人問題に思いを向けた、彼女自身とローリイの。それこそ現実の問題なのだ——そして唯一の問題でさえある。わたしは本当にローリイと結婚する気なのだろうか、ということが。

あたりにはたそがれの色が濃くなり、いつのまにか日は暮れかけていた。谷をみおろす丘腹の雑木林の外れに、頬づえをついたままリンは身じろぎもしないで坐りこんでいた。たぶん、もう家を出てから相当な時間になるだろうと思いながらも、なぜか〈ホワイト・ハウス〉に帰ってゆく気になれなかった。目の下には遠く左のほうに〈ロング・ウィロウズ〉が見えている。もしもローリイと結婚すれば彼女の家になる〈ロング・ウィロウズ〉なのだ。

もしも！　結局そこへ戻ってくるのだった——もしも——もしも、と。

怒った赤ん坊のような声をたてて、一羽の鳥が森から怯えたようにとびたった。汽車からはきだされた煙が、巨大な疑問符《クエスチョン・マーク》を描くように空に流れた。

ローリイと結婚したらいいのだろうか？　ローリイと結婚する気があるのか？　いままで一度でも本気でその気になったことがあっただろうか？　ローリイと結婚しないですまされるだろうか？

汽車は谷間に煙をふきあげながら通りすぎ、その煙も空にたなびいては消えていった。けれど、そのクェスチョン・マークはリンの心からは消えてはいかなかった。国を出る前には確かにローリイを愛していた。だがわたしは前と同じではない、帰ってきたリンは前のままのリンではない。

ある詩の言葉が心にうかんできた。

「人生も世界も私自身も、すべて変った……」

そして、ローリイは？　ローリイは前のままなのだ。そうだ、それなのだ。ローリイがぜんぜん変っていないということなのだ。ローリイは、四年前に彼女が出ていったときのままなのだ。それでもローリイと結婚する気なのだろうか？　でも、その気がないとしたら、いったい何を望んでいるのだ？

すぐうしろの雑木林で小枝の折れる音がしたと思うと、「ちくしょう」と声もあらく一人の男が枝をかきわけて出てきた。

「まあ、デイヴィッドじゃないの！」リンは思わず声をあげた。

「リン！」下草を踏みしだいて近寄りながら彼のほうでもびっくりした顔をした。「いったいこんな所できみは何をしてるんだい？」

かけどおしだったとみえ、息を切らしている。

「べつに何って。ただ考えごとを――ここに坐って考えごとをしてたの」なんということなく笑いだし、「あの、もうずいぶん遅いんでしょうね」

「何時だか知らないんですか？」

ぼんやりとリンは腕時計に目をやった。

「また止ってるわ。わたし、時計をだめにする名人なの」

「時計ばかりじゃないな。きみの体の持ってる電気のせいさ。生命力さ。きみのいのちさ」

彼が身を寄せてきたので、なんとなく警戒するようにリンはあわてて立ちあがった。

「もう遅いわ。急いで帰らなければ。何時、デイヴィッド？」

「九時十五分。ぼくも大急ぎで行かなければ。九時二十分のロンドン行きの汽車にどうしても乗るんだから」

「こちらへ帰っていらしたの、知らなかったわ」

「〈ファロウ・バンク〉から取ってくるものがあったんで。だが、どうしてもあの汽車に乗らなければ。ロザリーンはフラットにひとりきりで待ってるんだ。ロンドンで夜ひとりでいると、あいつ気が変になるんでね」

「ボーイがついてるフラットで？」リンの言葉には軽蔑のひびきがあった。

「恐怖というものは理屈ではいかないんだ。それに、爆撃でひどい目にあわされてる人間は――」

デイヴィッドのつっかかるような言い方に、リンははっとして自分の浅はかさを悔いた。「ごめんなさい。わたし、忘れてました」

デイヴィッドは急に辛辣になり大声でわめきたてた。「そうさ。みんなすぐ忘れるんだ、何もかも。安全なねぐらに戻り、らちもないのんびりした暮らしに満足するんだ。あの血なまぐさいショーがはじまる前におれたちのいた場所にだ。みじめったらしいちっぽけな穴にもぐりこみ、のんびりごっこをまたはじめてるんだ。きみだってそうさ、リン――ほかの連中とぜんぜん同じことをやってるのさ」

「ちがうわ。わたしはちがうわ。デイヴィッド、わたし、たったいまも考えてたのよ」

「ぼくのことを？」

あっという間もなく、リンは彼の腕に抱かれていた。怒りにもえた熱い唇が押しつけられた。

「ローリイ・クロードなんかなんだっていうんだ？　あんなのろま牛が？　リン、たしかだ、きみはぼくのものなんだ」

いうが早いか抱いていたリンをまるでつきとばしでもするように離した。

「汽車にまにあわなくなる」

そして転がるように丘をかけおりていった。

「デイヴィッド――」

彼は頭だけふりむけてどなった。「ロンドンに着いたら電話するぜ」

うす闇を縫って走るデイヴィッドの軽々とした、マラソン選手のように美しい動きをリンはじっと見送っていた。

と、激しく胸にさわぐものにゆさぶられ、心の乱れを覚えて、リンはゆっくり家に向って歩きだした。

家へ入る前、彼女は一瞬ためらった。母の仰々しい迎え方や何やかやと訊きかけてくることを思うと足が進まなくなった。

軽蔑している人々から五百ポンドも借りだして平気でいる母。

そっと二階へあがりながら、リンは思う。「わたしたちは、ロザリーンやデイヴィッドを軽蔑する権利なんかありはしない。わたしたちだって同じことなのだ。お金のためなら、どんなことだってやるにちがいないのだ」

部屋に入り、鏡の前に立つと、不思議なものをでも見るように自分の顔をみつめた。まるで知らない人の顔のようだ、と思いながら。

突然激しい怒りがリンの胸にこみあげてきた。

「もしローリイが本当にわたしを愛しているのなら、どんなことをしてでもあの五百ポンドを作ってくれるはずだった、何がなんでも。絶対に、わたしに卑屈なおもいをさせるべきではなかった。デイヴィッドからそのお金を借りたということで——あのデイヴィッドから」

そうだ。デイヴィッドはロンドンから電話をすると言っていた。

夢の中で歩くように、リンは階下におりていった。

夢というものは危険なものなのだ、彼女は思う。

# 14

「まあ、リンじゃないの」マーチモント夫人はほっとしたような声をあげた。「いつ帰ったのか、ちっとも知らなかったわ。だいぶ前なの？」

「ええ、とっくの昔に二階にいたわ」

「帰ってきたら声をかけてくださいよ。日が暮れてからおまえが一人で外に出てると、わたしはいつも心配でたまらないのよ」

「ママったら、わたし、もう自分を護ることくらいできるわ」

「でもね、新聞にこのごろ怖しいことが出てるのでねえ。兵隊がえりの連中が――女の子にわるさをするそうだよ」

「でも、女の子のほうでもそれを望んでるんじゃない」

そうだ。娘たちは危険なことを望むのだ。安全であることばかり願っているのが本心とは言えないはずだ。

「リン、おまえ、聞いてるの？」

リンはわれにかえった。

母が何か訊いていたのだ。

「何ておっしゃったの、ママ？」

「おまえのブライドメイド（花嫁の介添になる娘）のことを、話してたのよ。たぶんあの娘さんたちも、役所から特別衣料切符を出してもらえると思うけれどねえ。おまえは除隊者用のがあるから本当にしあわせよ。並みの切符だけで衣類をまかなわなければならないほかの娘さんたちは、結婚衣裳には苦労するでしょうね。だって新しいものなんか何も買えないもの。外につけるものだけではないのよ、わたしの言うのは。このごろでは、わたしたちの下着はまったくひどいものだからねえ。それに下着だけはどうしてもいるものなんだから。リン、本当におまえは運がよかったわよ」

「そうね」

彼女はさっきから部屋の中を歩きまわっていた。あちこちで物を取りあげてみては、またもとへ戻したりして。

「なぜそんなにいらいらしているの、おまえ？　なんだか見てるだけでこちらまでどきどきしてくる」

「ごめんなさい、ママ」

「何かあったんじゃないでしょうね、まさか？」

「何かって何が？」リンはきつく言いかえした。

「そんなこわい顔をするんじゃないよ、おまえ。ねえ、ときにブライドメイドのことだけれど。マカレーのところの娘さんにもぜひ頼んでほしいのよ。あの娘《こ》のお母さんはわたしの親友なんだし、もしおまえが――」

「わたし、ジョアン・マカレーなんか大嫌い。昔っからだわ」

「わかってますよ。でもねえ、そんなことは問題じゃないでしょう？　マージョリーはきっと気をわるくするわ、もし――」

「でもママ、わたしの結婚式なんでしょ？」

「ええ、ええ、わかってますよ、リン、でも――」

「その結婚式があるかどうか！」

　そんなことを言うつもりはなかったのだ。考えるまもなく言葉がすべってしまったのだった。いまとなってはもう引っこめることはできない。マーチモント夫人は仰天して娘に目をすえた。

「リン、それ、どういうこと？」

「べつになんでもないわ」

「ローリイと喧嘩でもしたの？」

「いいえ。するもんですか。何もさわぐことはないわ、ママ。大丈夫よ」

けれど、リンのしかめた眉のうしろにひそむ心の混乱を感じとったマーチモント夫人は、怖れるように娘を見まもっている。

「ローリイと結婚してくれれば、本当に安心だといつも思っていたんですよ、わたしは」悲しげに夫人は言った。

「安心なんて、安全な生活なんてごめんだわ」リンははきだすように言った。そしてはっとしてふりかえり、「電話かしら？」

「いいえなぜ？　だれかから、かかってくるあてがあるの？」

リンは頭をふった。彼の電話を心待ちにするほど気持が卑屈になっているなんて。彼は今夜かけると言ったからには、彼にかける義務があるのだ。それをこちらから待つなんて。頭がどうかしてる。たしかにおかしいわ。

なぜあの男にそれほど魅かれるのだろう？　いつかのデイヴィッドのくらい憂鬱な顔が目の前にうかんできた。リンはそれを消し、ローリイのゆったりした男らしい顔を思いうかべようとした。あのゆったりした微笑を、愛情のこもった目を。だが、ローリイはいったい本当に彼女を愛しているのだろうか？　もし本当に愛しているのなら、あの日、五百ポンド貸してくれと頼みにいったとき、判ってくれたはずなのだ。あんなに理づめな言い方をしたり、およそ軽くあしらったりはしないはずなのだ。ローリイと結婚し、あの農場に住みつき、どこへも出ず、外国の海も二度と見ることなく、エキゾティックな匂いもかげず、二度とふたたび自由な身にはなれない――。

電話が鋭くなった。リンはふかく息をつき、ホールを横ぎり、受話器を手にした。

とたんにケイシイ叔母の声が流れてくると、リンは頭をなぐられでもしたおもいだった。

「リン？　リンね？　ああよかった。あのねえ、わたし、とんでもない手ちがいをしてしまったらしいの。パーティのことなんだけれど――」

細いせかせかした声がつづいた。リンは適当にあいづちを打ちながら聞き役になり感謝の言葉をもらった。

「とても気が楽になったわ、リン、いつでも親切で、はきはき返事をしてくれて助かるわ。わたし、いったいどうしてこんなに手ちがいばかりするんでしょうね」

リンにだってそれは判ることではなかった。ケイシイ叔母は、ごく簡単なことをこんがらからせることにかけては、じつに天才的な腕前をもっているのだ。

「いつも言うことだけど、物事ってわるくいくときは何もかもうまくいかなくなるのよ。家の電話が故障なんで、わたし、公衆電話にかけに出てきたのよ。ここへ来てみたら来てみたで、電話料の二ペンス貨の持ち合わせがないじゃないの。半ペニイ貨ばっかりなのよ。また出てって、人に借りたりした始末なのよ――」

やっとのことで電話がきれた。リンは受話器をかけると居間にもどっていった。マーチモント夫人は待ちかまえてでもいたように、「いまのがその――」と言いさしてだまってしまった。

「ケイシイ叔母よ」リンはあわてて言った。

「なんの用だったの？」

「べつに。れいによってまたごたごたしたらしいの」

時計に目をやると、本を手にして椅子にかけた。そうだ――まだ早すぎる。まだかかってくるはずはない。十一時五分すぎにまた電話がなった。リンはゆっくり立っていった。どうせまたケイシイ叔母かもしれないからと思いながら――。

ところが今度は本物だった。「ウォームズリイ・ヴェイルの三十四番ですね？ ミス・リン・マーチモントご自身電話口にお出になってください、ロンドンからです」

「わたしです」

「そのままでお待ちください」

ガサガサと雑音が入り、プッリときれたきり音がしなくなった。このごろの電話局のやりかたといったら——リンは待っていた。癇癪まぎれに受話器の台をガチャガチャ押してみた。別の交換手が出て、なげやりに冷淡な調子で、「一度おきりになってください。こちらからお呼びしますから」と言った。

リンが電話をきり、居間へもどりかけてドアに手をかけるかかけないうちに、またベルがなりだした。リンはあわててもどってゆき受話器をとった。

「もしもし」

男の声が言った。「ウォームズリイ・ヴェイルの三十四番ですね？ ロンドンからミス・リン・マーチモントにお電話です。ご自身電話口にお出になってください」

「わたし、リン・マーチモントです」

「少々お待ちください」そしてかすかに、「どうぞ、ロンドンの方、つながりました」

と聞えた。

と、突然、デイヴィッドの声で、

「リン、きみかい」

「デイヴィッド」

「話がある」

「なに？」

「ねえ、リン、ぼくは消えたほうがいいんだ」

「何のこと、それ？」

「この国から姿を消しちまうことさ。わけもないことなんだ。ロザリーンには難しいようなことを言ってたけれどね——それも、ウォームズリイ・ヴェイルを離れたくなかったばっかりさ。だがこうやっていたってなんになるというんだ。きみとぼくは——結局だめなんだ。きみは立派な娘さんだよ、リン、だのに、ぼくはちょいとした悪党だからね、前からそうさ。いくらきみが好きでも、そうくるっと人間の性根というのは直せないからね。それは、その気はあるさ、だが、うまくいきっこないのはいまから判ってる。だめなんだ、リン。きみは堅物《かたぶつ》のローリイと一緒になったほうがいいよ。あの男なら一日たりともきみによけいな心配なんかさせないだろうから。ぼくについてきたら、きみは地獄だからな」

受話器を手にしたままリンは棒立ちになっていた。

「リン、まだいるの？」

「いるわ」

「何も言わないじゃないか」

「言うことがないんですもの」

「リン？」

「なに？」

不思議なことに、彼の興奮が、せっぱつまった思いが、すぐ身近に感じられる。遠く離れていながら。

デイヴィッドは口の中でひくく「ちくしょう」と言うと、ぶつけるように激しく、「何もかもどうとでもなりやがれ」と言うと、電話を切ってしまった。

マーチモント夫人は居間から出てくると、「いまの電話は――」と言った。

「まちがいだったわ」とリンは言うが早いか二階へのぼってしまった。

# 15

〈スタグ〉では、客が起こすように頼んだ時間に従い、どんどんとドアを叩き「八時半です」とか「八時です」とか大声で知らせるという簡単な方法で滞在客はたたき起こされる仕組みになっていた。朝のお茶はよく頼んでおけば出してもらえたが、ドアの外のマットの上にガチャガチャ音をたてて乱暴に置いていかれることになっている。

この特別の意味を持つ水曜の朝、若いグラディスはいつもの形式に従い、五号室の前で「八時十五分です」とどなると、ミルクがこぼれるほどの勢いでお盆をガシャンと置き、ほかの部屋へ声をかけたり、お盆を置いたりするために先へ急いだ。

彼女が五号室のお茶道具がまだマットの上にのったままなのに気がついたときは十時をまわっていた。

激しくどんどん戸を叩いてみたが返事がないので、ドアをあけてみた。

五号室の客は寝すごすような人ではなかったし、グラディスは、その部屋の窓の下に具合よくひらたく屋根がつきでてるのをふと思い出したのだった。五号室の客が、勘定を払わずに逃げたのかもしれないと彼女は思った。

だが、イノック・アーデンと宿帳に署名した男は、逃げだしたのではなかった。彼は部屋の真真中にうつぶせになっており、医学の知識はなくとも、グラディスには彼が死んでいることがはっきりと見てとれた。

あわててあとずさると、金切り声をあげ、部屋からとびだし、転がるように階段をかけおりていった。

「ミス・リピンコット――たいへんです、どうしましょう、たいへんです――」

ビアトリス・リピンコットは、自分の部屋で、ドクター・ライオネル・クロードにけがをした手に包帯をしてもらっているところだった。ライオネルは、娘がとびこんでくると包帯を取り落し、何事かとふりかえった。

「たいへんです、ああ」

「どうしたんだ？　えっ？」ライオネルは鋭くきいた。

「どうしたっていうの、グラディス」

「五号室の方なんです。倒れて、死んでます」

ライオネルは穴のあくほど娘をみつめ、次にビアトリスへ視線をうつした。ビアトリスもグラディスをみつめ、ついで医者に目をすえた。

やっとのことでライオネルが口をきった。「じょうだんだろう」

「本当なんです」グラディスは懸命に訴え、それを裏づけるように、「あたまが、めちゃめちゃになってます」と言いそえた。

ライオネルはビアトリスの顔をみた。

「たぶん、行ってみたほうが――」

「どうぞ、おねがいいたします、クロード医師《せんせい》。でも、いったい――。とてもあり得ないことですのに」

グラディスを先にたて、二人は二階へのぼっていった。一目みるとライオネルは跪《ひざまず》き、死体に顔を近づけた。

ビアトリスを見あげたライオネルの態度は別人のようだった。てきぱきと、権威をもって彼は命令した。

「警察に電話なさい」

ビアトリスは出ていき、グラディスもあとにつづいた。

「殺されたんでしょうか、ミス・リピンコット？」グラディスはこわそうにささやいた。

ビアトリスはせかせかと髪に手をやりながら言った。「よけいなおしゃべりはしないんですよ、グラディス。まだ何も判らないうちに、人殺しだなんてことを口にしたら、とんだことになるよ。裁判にかけられるようなことになったらどうするのよ。それに、つまらぬ噂でもたったら〈スタグ〉のためにろくなことはないし」そしてやさしくつけたした。「行っておいしいお茶でも飲んでらっしゃい。そうでもしなければたまらないだろう」

「そうなんです。とてもたまりませんわ。胸がむかむかしてるんです。こちらにもおいれしてきますわ」

ビアトリスはそれには「ノー」とは言わなかった。

# 16

スペンス警視は、テーブルごしに、かたく唇を結んで坐っているビアトリス・リピンコットをみつめていた。

「いや、ありがとう、ミス・リピンコット。それで全部ですね、おぼえているのは？すぐタイプに打たせますから、それにサインをして――」

「あらっ、わたし、裁判のときに証言をしたりしないですんでほしいと思っておりますけど」

スペンス警視はなだめるように笑い、

「まあそんなことにならないだろうとは思うがね」と嘘を言った。

「自殺かもしれませんものね」ビアトリスはできたらそうであってほしいと言わんばかりだ。

スペンス警視は、鋼鉄製の重い火挟みで後頭部を叩きつぶした自殺などというものはあまり聞いたことがないと口まで出かかったのをやっと抑えた。そしてかわりに、何気ない様子で答えた。

「ともかく結論を急ぐというのは良いことではないよ。どうもありがとう、さっそく来てくれて。いまのような話をきかせてもらえてたすかりました」

ビアトリスが出ていくと、警視はいま聞いたばかりのことをもう一度はじめから辿ってみた。ビアトリス・リピンコットの性格をよく知っているので、どの程度その話が信頼できるかはっきり見当がついていた。だいたいのところ立ち聞きして記憶に残った会話そのままらしく思えた。いくぶんか興奮のあまりの修飾があり、殺人が自分の旅館の五号室で行なわれたということのためにある程度とりつくろった形跡もある。だが、こういう修飾を全部とりさってしまったあとに残ったものは、なんともくさかったし暗示的でもあった。

スペンス警視は目の前のテーブルを眺めた。ガラスのめちゃめちゃにこわれた腕時計、イニシャルいりの小型の金色のライター、重い鋼鉄製の火挟みが一つ、そのがんこな握りは黒ずんだ茶色にそまっている。

グレイヴス部長刑事が首を出し、ローリイ・クロードが待っていると告げた。警視がうなずくと、部長刑事がローリイを通す。

警視は、ビアトリス・リピンコット同様、ローリイ・クロードの人柄にも精通していた。ローリイが警察にやってきたからには、彼は何か話を持ってきたにちがいないし、その話は確実な、信頼するにたるものでけっして空想の産物ではないのだ。だが、ローリイは同時に慎重居士であるだけに、話をするのにだいぶ手間がかかることも判っていた。そして、ローリイ・クロードのようなタイプの人間をせきたてるのは極力避けなければならないということも。つまり、彼のような男は、せきたてたら最後、しどろもどろになり、何度も同じことを繰りかえし、倍も時間がかかることはうけあいだった。

「やあ、おはようございます、ミスター・クロード。よくおいでくださいました。あの〈スタグ〉で殺された男の事件について、何かおきかせ願えるんですか？」

ローリイはいきなり質問をぶつけて、警視をちょっとばかりびっくりさせた。「あの男の身元がわかりましたか？」

「いいや、まだその段階にたっしていませんね。宿帳にはイノック・アーデンと署名しているが。彼の所持品には、彼がイノック・アーデンであるということを証明するものは何もないので」

ローリイは眉をしかめた。

「それは、ちょっと変ではないですか？」

たしかにそれは非常に変だった。が、スペンス警視は、それが、いかに変であるかをローリイと議論する気はないのだ。そのかわりに彼はローリイの気分を害さないように明るくもちかけた。「ミスター・クロード、質問するのは私のほうの仕事でしてね。昨夜、あなたは、あの男をお訪ねでしたね、なぜです?」

「〈スタグ〉のビアトリス・リピンコットをごぞんじですね、警視?」

「ええ、知ってますとも」と言うと、警視は少しでも近道をするつもりで、「いま、彼女の話を聞いたところです。すすんでここへ来てくれましてね」

ローリイはほっとした様子だった。

「そりゃあよかった。じつは、警察沙汰にまきこまれるのをいやがりはしないかと思って心配してたんですがね。ああいう連中は妙な考えを持ってますからね」警視はうなずく。「でつまり、ビアトリスは、自分の聞いた話を私に話してくれました。あなたはどうお思いか知りませんが、ぼくにはその話はじつに暗示的でした。つまりですね――ぼくたちは、そのう、この問題に直接利害関係があるので」

警視はまたうなずいてみせた。彼自身もこの土地の者のれいにもれず、ゴードン・クロードの死後、彼の一族が不当な取りあつかいを受けているという意見をもっていた。そして、ミセス・ゴードン・クロードが〝レディではない〟という一般の定評にも、彼女の兄が、攻撃隊あがりの青年で、戦争中にはおおいにもてはやされはしたものの、いったん世の中に平和がかえってくると白い目をむけられがちな種類の人間だという土地の人の見方にもまったく同感だった。

「こんなことはあらためて言う必要もないんですが、警視、もし、ゴードンの未亡人の最初の夫がまだ生きているとなると、われわれ一族にとってはたいしたちがいが出てくるんです。ビアトリスのれいの話で、そういう事態が存在し得るということをはじめてぼくは気がついたようなものなんです。夢にも考えてなかったんですよ。彼女が未亡人であったってことは疑いないと思いこんでいましたからね。で、事実、ぼくは相当おどろかされました。しばらくしてから、やっとその事実がのみこめたとでも言いますか。すぐにはなかなかピンと来なかったんです」

スペンス警視はまたうなずいた。ローリイが、その問題を何べんも何べんも頭の中で繰りかえし、反芻したあげくやっとつかんだのが目に見えるようだった。

「ぼくはまず、叔父にこの問題をゆだねたいと思いました――弁護士の叔父です」

「ミスター・ジャーミイ・クロードですね？」

「ええ。で、まっすぐそちらへ向いました。八時をだいぶまわったころでした。まだ叔父たちは食事中でしたので、ぼくは書斎に入って待つことにしました。そしてまた問題をいろいろと考えてみました」

「で？」

「で、結局、ぼくは、叔父に話す前にもう少し自分であたってみようという結論に達したんです。弁護士は、だいたいみんな似たようなものですからね、警視。じつに慎重でスローで、確実な事実を摑まないかぎり絶対に手を出しませんからね。私が手に入れた情報は、まともなルートを通ってきたものではなかったので、叔父はそんな秘密情報にのってうごくのは、沽券にかかわるとでも思いはしないかと気になったんです。で、ぼくはもう一度〈スタグ〉に戻って、この男に逢ってみようと決心したんです」

「で、そうなさったんですね？」

「ええ、その足で〈スタグ〉に行きました」

「何時ごろでした？」

「ちょっと待ってください。叔父の家についたのが八時二十分ごろかな、そして、五分くらい待って。そうですね、はっきりした時間は判らないんですが——八時半すぎ——たぶん九時二十分前ごろかな」

「なるほど？」

「ぼくはやつがどの部屋にいるか知ってました——ビアトリスが部屋のナンバーを言い

ましたからね——で、ぼくはまっすぐあがっていき、ノックをすると、〝どうぞ〟と返事があったので中へ入りました」

ローリイは息をついだ。

「だが、ぼくは結局のところあまり手際よくやれなかったんですよ。部屋に入っていったとき、ぼくのほうに勝味があると思ってたんですがね。あの男のほうがうわてだったらしいです。結局何一つ決定的なことを、彼の口から言わせられなかったんです。ぼくはあの男に、あんたのやってることは恐喝罪になりかねないと言っておどかしたつもりだったのに、やつはびくともするどころか、かえっておもしろがってでもいるようでした。そしてなんと言ったと思います。『あなたもこの話を買いますかね？』ときたんですす。ぼくは言ってやりました、『それはお門ちがいだ。ぼくのほうは何もやましいところはないんだから』とね。と、やつは、『そんなことは問題じゃない、売り物を買うかどうかと訊いてるだけだ』と言うんですよ。『それはどういう意味だ？』と訊くと、『あなた、もしくはあなたの一族は、アフリカで死んだことになっているロバート・アンダーヘイが、まだピンピンしているという確実な証拠をいくらで買う？』と言うんですね。何でぼくたちがそれに金を出す必要があるんだ、と言うとあの男は笑いだし、『ロバート・アンダーヘイがたしかに死んでいるという証拠を買いに、今夜、相当まとまった金を持ってやってくる客があるからね』と言ったんです。ぼくはつい、そのとき、カッとなって、私たち一族はそんな汚いことはやらないんだ、と言ってやったんです。そして、もし、アンダーヘイが本当に生きているのなら、それをつきとめるのはわけないはずだ、と言い残して部屋を出ようとすると、あの男はげらげら笑いだし、何とも妙な調子で、『さてね、私の協力がなければ、それはまあ難しいだろうよ』と言ったんですよ。じつにおかしな言いぶりでした」

「それから？」

「じつのところ、すっかりがっかりして家へ帰ったんです。事をぶちこわしちまったって気がしてましたからね。やはりジャーミイ叔父に任せればよかったと後悔しました。なんといっても弁護士のほうがつかまえどころのないわるがしこい相手をあつかいつけてますからね」

「〈スタグ〉を出たのは何時ごろでした？」

「さあて、何時だったろう。ええと、九時ちょっと前くらいだと思います。村を出るとき、ニュースの前の時報をききましたから。どこかの家の前で」

「アーデンは待っている人物の名を言いましたか？　その客人とやらの？」

「いや。ぼくはデイヴィッド・ハンターだと思いこんでました。ほかにだれがいます？」

「アーデンはべつに何か危険を感じている様子はありませんでしたか？」

「いや、あの男はすっかりご機嫌で、わが世の春っていった様子でした」

スペンス警視は、テーブルの上の重い鋼鉄の火挟みを目で示した。

「炉格子にこれが置いてあったのに気がつきましたか、ミスター・クロード？」

「これですか？　さあ、気がつきませんでした。火が入っていなかったし」と眉をよせ、その場の光景を思いうかべようとしながら、「たしかにいろいろ暖炉用の器具が置いてあったと思いますが、何だったかは覚えていませんね──それなんですか？」

警視はうなずいた。

「頭蓋骨を叩きわったんですよ」

ローリイは眉をよせた。

「おかしいな。ハンターはほっそりした男だし、アーデンは大きな体をしてて、それに腕力もありそうだったが」

警視は抑揚のない声で言った。「検死の結果では、彼は背後からなぐられ、火挟みで作られた傷は、上から叩きおろされたものであるということです」

ローリイは考えこみながら言った。「たしかにあの男は自信満々なやつだった──だが、それにしても、絞りあげようとかかっている相手、それも戦争で相当あばれてきた男に背中を向けるとは無謀だな。アーデンは結局慎重を欠いたんですな」

「彼が慎重を期していれば、死ぬようなことはなかったでしょうよ」警視はずけずけと言う。

「だが、死なせたくなかったな、何とかして生きててもらいたかった。つまりぼくが事を台なしにしてしまったんだ。あのとき癇癪まぎれにとびだしたりしなかったら、何か役に立つような手がかりをつかめたかもしれないんだ。相手の話に乗るようなふりをすればよかったのかもしれない。だが、警視、そんなばかなことってありますか？　ロザリーンとデイヴィッドを向うにまわして、私たちに何ができるっていうんです。あの二人は現金をにぎってる。だがぼくたちはみんな寄ったって五百ポンドの金も作ることはできやしないんです」

警視は金のライターをつまみあげた。

「前にみたことがありますか？」

ぎゅっと眉をしかめ、ローリイはゆっくり言った。「どっかで見ました。たしかに、だが、どこだったろう。それもわりに最近だ。だめだ——思い出せませんね」

警視はローリイが出した手にはライターを渡さず、それを置くと、次に口紅をとりあげ、ケースをぬいてみせた。

「これは？」

ローリイはにやっとした。

「こりゃあぼくの手には負えませんよ、警視」

スペンス警視は自分の手の甲に少し塗ってみると、その手を離して首をかしげてしげしげとみつめた。

「ブルネットの使う色らしいな」と一言いう。

「あなたたち警察の連中はおかしなことを知ってるんですね」と言うとローリイは立ちあがった。「で、あの殺された男が何者かってことは判らないんですね、たしかにまだ判らないいんですね？」

「何かあてがありますか、ミスター・ローリイ？」

「いや、ただうかがってみただけです」ローリイはゆっくり言った。「つまり、あの男は、われわれにとってはアンダーヘイを探す唯一の手がかりだったんです。彼が死んでしまったからには——つまり、アンダーヘイを探すのは、乾草の山の中で針を見つけるようなものですからね」

「だが、ミスター・クロード、この事件はそこらじゅうにひろまりますよ。そのうちに新聞にもにぎにぎしく出るにきまってます。もしアンダーヘイが生きていて、それを読むようなことがあったら、彼が名のりでないとも限りますまい」

「ええ、まあそうあってくれればいいですがねえ」ローリイはおぼつかなげだ。

「あなたはそう思われないんですな？」

「私は、初戦《ワンラウンド》はデイヴィッド・ハンターにとられたと思ってますよ」ローリイ・クロードは言った。

「さあ、どうですかね」スペンス警視は言った。ローリイが出ていくと、彼は金のライターをとりあげ、D・Hというイニシャルをみつめた。「贅沢なものだね」彼はグレイヴス部長刑事に声をかける。「大量生産じゃないよ。すぐ出所がわかる。〈グレイトレックス〉かどこか、ボンド・ストリートの高級な店だよ。すぐ手配してくれ」

「はい」

次に警視は腕時計をみつめた。ガラスはめちゃめちゃに割れ、針は九時十分すぎを指している。

彼は部長刑事に目をやった。

「こいつの調べはついたかい、グレイヴス？」

「はい。主ぜんまいがこわれています」

「ねじのところはどうなんだ」

「なんともありません」

「この時計が何を語ってるか、きみの意見はどうだい？」

グレイヴスは用心しいしいつぶやいた。「犯罪の行なわれた時刻を語ってるように思えますが」

「なるほど。おれぐらいながく警察稼業をやれば、きみも、叩きつぶされた時計なんて便利しごくな代物にたぶらかされるほどのんき坊主でもいられまい。それは本物のこともあるさ、だが、こいつは、みなさまとっくにご承知のかびの出そうに古いトリックさ。都合のいい時間に針をまわしといて、こいつを叩きつぶし、もっともらしいアリバイをこさえてこっちの目をくらますのさ。だが、そんな手にはこのおれは乗らないぜ。この犯罪の行なわれた時間にかんしては、みんなの持ってくる情報を黙って待ってるんだ。検死の結果、推定時間は、八時から十一時のあいだだから」

グレイヴス部長刑事はかるく咳ばらいをした。

「〈ファロウ・バンク〉の第二庭師のエドワーズは、七時半ごろ、あそこの裏口からデイヴィッド・ハンターが出てくるのを見たって言っています。女中たちは彼が帰っていたのを知りませんでした。ミセス・ゴードンと一緒にロンドンにいると思ってたようです。彼がこの辺にいたのはたしかなようですな」

「ああ。おれは、ハンター自身の口から、その仔細をききたいよ」

「すぐ解決しますね、この事件は」グレイヴスはライターのイニシャルをみつめる。

「さあね、まだ、こいつのほうが片づかないよ」警視は口紅をつまみあげた。

「それは簞笥の下にころがりこんでいたんですよ、警視。だいぶ前からあそこにあったのかもしれません」

「もう調べたよ。女があの部屋に泊ったのは三週間前だ。このごろは旅館もゆきとどかなくはなってるが、だがね、三週間に一度くらいは、家具の下をモップで拭いてると思うね。〈スタグ〉はまあ相当掃除にも念をいれてるほうだから」

「アーデンにひっかかりのある女は今のところぜんぜんなさそうですが」

「わかってるよ。だからこそ、この口紅が、おれの言うところの、隠れた謎さ」

グレイヴス部長刑事は〝犯罪の陰に女あり《シェルシェ・ラ・ファーム》〟と口まで出かかったのをやっと抑えた。彼はフランス語の発音にかけてはすばらしい才能を持っているのだが、スペンス警視の前でフランス語を口にすれば、警視がたちまちおかんむりになるのをちゃんと承知していた。つまりグレイヴス部長刑事はなかなか利口な男なのだ。

# 17

メイフェアの〈シェパーズ・コート〉の前に立ったスペンス警視は、その感じの良い建物に足を踏みいれる前にしばらく立ちどまって見あげていた。シェパーズ・マーケットに近く、ひっそりと建てられたこの建物は、豪奢で、しかも渋く、おちついた雰囲気をもっていた。

中へ入ると、スペンス警視の靴がもぐるほどのふかふかした厚いじゅうたんが敷きつめられ、ヴェルヴェット張りの長椅子が一つと、花をつけた木を植えこんだ植木鉢が置いてあった。ホールの向いには、小さな自動エレベーターと、二階へのぼる階段がある。右手に、〈オフィス〉と記されたドアがあり、スペンス警視はそれを押して中へ入った。小さな部屋で、カウンターの向うにタイプライターとテーブルが一つ、椅子が二脚置いてある。一脚はテーブルの前、もう一脚の細工のこんだほうは、窓に向って据えてあった。が、だれもそこにはいない。

マホガニイのカウンターにとりつけてあるベルを発見すると、警視はそれを押した。応じる気配がないのを見てとると、彼はもう一度押してみた。一、二分もすると奥の壁のドアがひらき、ピカピカの制服をつけた人物があらわれた。一見したところ、外国の将軍どころか陸軍元帥そこのけだったが、話すのを聞くと正真正銘のロンドン言葉、それもあまり教養のあるほうのではなかった。

「どなたにご面会で？」

「ミセス・ゴードン・クロードに」

「四階でございます。電話でお知らせいたしときましょうか？」

「こちらなんだね。田舎のほうかもしれないと思ってたんだが」

「こちらでいらっしゃいます。先週の土曜からおいでで」

「ミスター・デイヴィッド・ハンターは？」

「やはりこちらにおいでです」

「留守ではなかったのかね？」

「いいえ」

「昨日の晩、ここにいたかい？」

「なにかい」元帥閣下は突然喧嘩ごしになった。「戸籍しらべでもやる気かい？　何をつべこべと訊くんだ？」

警視は黙って証明書をみせた。元帥閣下はとたんにぺこぺこしだし、協力的になった。

「とんだ失礼を。ついお見それいたしまして」

「ところで、ミスター・ハンターは昨日の晩ここにいたかね？」

「はい、おいででした、私の知っておりますかぎりでは。つまり、出かけるということはおっしゃいませんでした」

「もし出かければ、判るかね？」

「さあ、ふつうは判らないでしょうね。判るとは申し上げられません。ふつうみなさまどちらかへおいでのときには、私までそうおっしゃっておいでになりますが。お手紙をどういう手配にしたらいいかとか、お電話があったときにはどう申しあげるか、などとお言葉がありますけれど」

「よそからの電話はこのオフィスで取りつぐのかね？」

「いいえ、どのフラットにも直通の線が入っております。中には直通電話をお嫌いになる方もございますので、こちらから室内電話でお取りつぎして、お客さまがそこのホールの電話室まで降りておいでになることもあります」

「が、ミセス・クロードの部屋には直通のがあるんだね」

「さようで」

「食事のほうはどうなってるんだい？」

「食堂がございますが、ミセス・クロードもミスター・ハンターもあまりお越しになりません。外でお食事をなさいますので」

「朝食は？」

「お部屋までおはこびしております」

「今朝、食事をはこんだかどうかわかるかね？」

「はい、わかります。部屋づきの係の者に尋ねましたら」

警視はうなずいた。「これから上へ行ってみる。階下へおりてくるまでに調べておいてくれ」

「かしこまりました、旦那」

スペンス警視はエレベーターに乗り、四階のボタンを押した。各階ともフラットは二つずつしかなかった。警視は九号のベルを押した。

デイヴィッド・ハンターがドアをあけた。警視の顔を知らないので、そっけなく言った。

「なんですか？」

「ミスター・ハンターですね？」

「そうですが」

「オーストシャー警察署のスペンス警視です。ちょっとお話ししたいのですが」

「こりゃあ失礼しました、警視」デイヴィッドは苦笑した。「どっかの勧誘員かと思いましたのでね。どうぞお入りください」

彼はモダンないごこちのよさそうな部屋へ警視を通した。ロザリーン・クロードは窓の傍に立っていたが、二人が入ってゆくとふりかえった。

「スペンス警視だ、ロザリーン。警視、どうぞかけてください。一杯いかがです？」

「いや、けっこうですよ、ミスター・ハンター」

ロザリーンは窓を背に腰をおろし、膝の上でかたく両手を握りしめ、うつむき加減になっている。

「あがりますか？」

デイヴィッドはタバコをすすめた。

「ありがとう」スペンス警視は一本それをとると、そのまま、デイヴィッドが、ポケットに手をつっこみ、眉を寄せ、手を出し、その辺を見まわし、マッチを取りあげるのをじっと見まもっていた。彼はマッチをすると、警視のタバコに火をつけた。

「や、ありがとう」

「ところで」デイヴィッドは自分のに火をつけると、気やすい調子で、「ウォームズリイ・ヴェイルで何かありましたか？　うちのコックが闇の品物でも買いこんだんですか？　彼女、始終うまいものばかり食べさせてくれるんで、ぼくは前からよからぬことをやってやしないかと心配はしてたんですが」

「いや、そんなことぐらいならいいですが。昨夜、〈スタグ〉で男が一人死にましてね。たぶん新聞でご承知と思いますが」

デイヴィッドは首をふった。

「いや、気がつきませんでしたね。その男が何か？」

「彼はただ死んだだけではないんでしてね。殺されたんです。はっきり言えば、頭をぶち割られてね」

ロザリーンがのどにつまったような叫び声をあげた。デイヴィッドはあわてて言った。

「警視、それ以上おっしゃらないでください、妹は非常に過敏なたちですから。無理もないことなんですが。血だの怖しいことだのを耳にすると失神してしまうでしょうから」

「これは失礼しました。だが、じつのところ血はたいして見られなかったんです。だが、明白な殺人事件ですね」

彼はちょっと言葉を切った。デイヴィッドの眉があがる。そしてゆっくりと言った。

「ははあ、これはおもしろい。で、それと、ぼくたちと、どう関係があるんです？」

「いや、あなたが、この男について何か話してくださるだろうと思ってきたんですがね」

「ぼくが、ですって？」

「昨土曜の夜、あなたはその男を訪ねていかれた。彼の名は――でなければ彼が宿泊人名簿に書いた名は、イノック・アーデンです」

「ははあ、そうか。やっと判りました」

デイヴィッドは眉ひとつ動かさず平然と言ってのけた。

「で、ミスター・ハンター？」

「警視、残念ながら、お力にはなれませんね。ぼくはあの男については何も知りませんからね」

「彼の名は本当にイノック・アーデンなんですか？」

「そうとは思えませんね」

「なぜ逢いに行かれました？」

「よくある没落話ですよ。あの男は、もと軍隊にいたとか言うんで、戦地のことだの、仲間のことだのを持ちだしましてね——」デイヴィッドは肩をゆすり、「それもあいまいなものでしたがね。だいたい、いかさまくさかったんです」

「で、金をお渡しでしたか？」

ごくわずかな間をおいて、デイヴィッドは言った。「ほんの五ポンドばかり——縁起なおしのつもりで。ともかく戦争をしてきたやつですからね」

「あなたのお知り合いの方の名を、その男は口にしたと言われましたが？」

「ええ」

「その中の一つが、ロバート・アンダーヘイ大尉だったわけですね？」

警視はやっと的を射た。デイヴィッドがぎくんとしたのを見てとったのだ。ロザリーンはそのうしろで怯えたようにあえいだ。

「どうしてそう考えるのです、警視？」デイヴィッドはやっと立ちなおり、用心ぶかくさぐるような目をしている。

「情報が入りましたのでね」警視は厳として言った。

しばらく沈黙がつづいた。デイヴィッドの目が、執拗にさぐりながら計算をしているのをじっと見返しながら、警視は冷静に待っていた。

「ロバート・アンダーヘイが何者か知っていますか、警視？」デイヴィッドはきく。

「あなたからうかがいたいですな」

「ロバート・アンダーヘイは、妹の最初の夫でした。アフリカで四、五年前に亡くなったんです」

「その点にかんして疑問はないのですな、ミスター・ハンター？」警視は機敏につっこんだ。

「もちろんですよ。ね、そうだろ、ロザリーン？」

「ええ、そうですわ」彼女はせきこんで苦しそうな声音で、「ロバートは熱病で亡くなりました。黒水熱です。悲しいことでしたわ」

「ときには、作り話が伝わるということもあるようですが、ミセス・クロード？」

ロザリーンは黙っている。警視のほうは見ず、兄をみつめていた。そして、少し間をおいて言った。「ロバートは亡くなっています」

「私の手もとに入った情報によりますと、このイノック・アーデンと称する男は、故ロバート・アンダーヘイの友人であり、かつまた、ロバート・アンダーヘイがまだ存命であるという事実を、ミスター・ハンター、あなたに知らせたと承知していますが」

デイヴィッドは首をふった。

「そんなばかな。とんでもないナンセンスですよ」

「では、ロバート・アンダーヘイの名が、彼の口から洩れなかったと断言されますか？」

「いや」――デイヴィッドは魅力のある笑いかたをしてみせ――「たしかに彼は口にしましたよ。あの男はアンダーヘイを知ってたんです」

「恐喝めいたことはなかったわけですね、ミスター・ハンター？」

「恐喝ですって？　わかりませんね、どういう意味ですか、警視？」

「ははあ、おわかりでないですかね。ときに、ミスター・ハンター、ほんの形式上お尋ねいたしますが、昨晩、どこにおいででした――そうですね、七時から十一時のあいだ？」

「ほんの形式上お尋ねしますが、警視、ぼくが返答を拒否するとどういうことになります？」

「それは大人げない振舞いとはお思いにならんですか、ミスター・ハンター？」

「思いませんね。無理じいされるのは昔から大嫌いでしてね」

警視はこれはたぶん本当だろうと思った。

彼はデイヴィッド・ハンター型の証人を何人か手がけてきている。何一つやましいことがあるわけではない場合でも、ただ妨害のための妨害を好んでやる種類の人間なのだ。その言動をあげつらわれることじたいに反感をおぼえ、尊大にかまえずにはいられない連中なのだ。そして、警察をさんざんてこずらせることに快哉をさけぶのだ。

スペンス警視は、公平な態度を持することをもって誇りとする男ではあったが、デイヴィッド・ハンターが犯人であることに絶大の自信を持って、この〈シェパーズ・コート〉に現れたのだった。ところが、今はじめて、彼の自信はぐらついてきた。デイヴィッドの反抗の純粋さが、彼の心に疑念をおこさせたのだ。

彼はロザリーンをみつめた。彼女はたちまち反応をみせた。

「デイヴィッド、なぜ言ってしまわないの？」

「そうですとも、ミセス・クロード。私たちは、ただ事をはっきりさせたいだけで——」

デイヴィッドは猛然とつっかかってきた。「妹をおどかすのはやめてくれ。どこにいようとぼくの勝手だ。ロンドンだろうとウォームズリイ・ヴェイルだろうと、たとえティンブクトゥー（アフリカの地名。遠い場所を指す、例え）だろうと」

警視は警告を発した。「あなたは、だが、検死審問に召喚されますよ、ミスター・ハンター。そこでは質問に答えなければならんでしょうね」

「では、検死審問まで待ちますよ。ときに、警視、さっさとここを出てってくれませんか？」

「わかりました」警視は平然と立ちあがった。「だが、その前に、ミセス・クロードに少しお願いのすじがありますのでね」

「妹によけいな心配はさせたくない」

「そうでしょうとも。だが、ぜひお妹さんに死体を見ていただき認定をしていただきたいのですが。これは私の権限に属していますのでね。おそかれ早かれ、これはやっていただかねばなりません。どうです、いますぐ、私とご同行願って、早く片づけておしまいになっては。故アーデンは、ある証人の聞いたかぎりでは、ロバート・アンダーヘイを知っていた――ゆえに、彼はアンダーヘイの夫人も知っていたかもしれない――したがって、ミセス・アンダーヘイも彼を知っているかもしれない。彼の本名がイノック・アーデンでないとすれば、あるいはこのことから本当の名を知り得ると思いますのでね」

思いがけないことに、ロザリーン・クロードは立ちあがった。

「わたし、行きます。もちろん」

警視はまたもやデイヴィッドがどなりだすだろうと予期していたが、驚いたことに、彼はニヤッと笑った。

「えらいぞ、ロザリーン。じつを言うと、ぼくも好奇心があるんだ。おまえがあの男の本名を明かすことができるかもしれないからな」

警視はロザリーンに言った。

「あなたは、ウォームズリイ・ヴェイルであの男をごらんではなかったのですね？」

ロザリーンは頭をふった。

「わたし、土曜からロンドンに来ておりましたので」

「アーデンは金曜の夜着いたのでしたね」

「あの、いますぐ行った方がよろしいでしょうか？」

そう訊くロザリーンには、少女のような従順さがあった。警視は、彼らしくもなく、ふと好感を持たずにはいられない気持になった。ロザリーンがこれほど快くすなおに申し出ようとは予想外のことだったのだ。

「そうしていただけるとまことに好都合です、ミセス・クロード。ともかく一刻も早く確実な事実をにぎるのが事件の解決を早めますからね。ただ、私は署の車で来ていませんので」

デイヴィッドはさっさと電話に歩みよる。

「ダイムラーの会社からハイヤーを呼びますよ。規定外の距離になりますが、でも、警視、そこはなんとでもなるんでしょうから」

「なんとかなると思います、ミスター・ハンター」

スペンス警視はエレベーターで先に下に降り、もう一度オフィスのドアをあけた。

元帥閣下はちゃんと待っていた。

「どうだった?」

「昨晩、ベッドは二つとも使用されております。バスルームもタオルも両方とも使ってございます。朝食は、九時半にフラットのほうでお摂りでした」

「で、昨晩、ミスター・ハンターが何時に帰ったかは判らないんだね?」

「ただいま申しあげましたこと以外は、何もわかりません、はい」

そうか、まあしかたあるまい、警視は思った。彼は、デイヴィッドの返答拒絶のかげに、子供っぽい反抗心以外の何かがひそんでいるかどうか確信がもてなかった。デイヴィッドは、殺人の嫌疑がかかっていることを認識すべきなのだ。少しでも早く話してしまうほうが身のためだということをなぜわからないのだろう。警察にさからうなどということはけっして良いことではないのに。だが、その警察にさからうということこそ、デイヴィッド・ハンターのような男がおもしろがってやる種類のことなのを残念ながら認めざるを得なかった。

車の中では三人ともほとんど口をきかなかった。死体置場に着くと、ロザリーン・クロードの顔からは血の気がひいていた。手はぶるぶるふるえている。デイヴィッドは心配そうに妹を見つめていたが、まるで小さい子供にでも言うような調子で話しかけた。

「ほんの一分か二分ですむんだよ。マヴォーニーン《おまえ》（アイルランドの言葉〝マイ・ディアー〟）。なんでもないんだ、心配しないでいいよ。警視と一緒に行きなさい。ぼくはここで待っててあげるからね。何もこわいことはないよ。平和な顔をして、眠っているようにしか見えやしないからね」

ロザリーンは小さくうなずき、片手を差しのべた。デイヴィッドはその手をとり、力づけるように握ってやった。

「さ、勇気をだすんだよ、いいかい」

警視のあとにつづいて中へ入ってゆくと、ロザリーンは小声で言った。「きっとわたしのこと意気地なしだとお思いでしょうけど。でも、家の人がみんないちどきに死んでしまい、自分だけ生きのこったなんてこわい思いをしたものは――あの怖しいロンドンの夜に――」

「よくわかりますよ、ミセス・クロード。あなたのご主人が亡くなられたとき、あの爆撃でどんな思いをなさったか。だが、なんでもありません、これは、ほんの一、二分ですんでしまいますからね」

警視が合図をすると、死体にかかっていた布がめくられた。ロザリーンは、イノック・アーデンと名のっていた男をじっとみつめる。警視は邪魔にならないように反対側に立ち、じっと彼女の顔に目をすえていた。

ロザリーンは不思議そうに見ている――その顔には驚きも感情の動きも読みとれず、ぜんぜん見知らぬ人間を、ただあたりまえの好奇心でみつめている表情しかうかんでいなかった。ながいことじっとみつめていたあげく、彼女は、習慣的な行動ででもあるように、静かに胸に十字をきった。

「神よ、この魂に平安を与えたまえ」とつぶやくと、「わたし、この人は一度も見たことがありません。名前も知りません」と言った。

スペンス警視は思う――あんたはおれがはじめて目にした第一流の役者か、でなければ本当のことを言っているかだな。

そのあと、警視はローリイ・クロードに電話をかけた。

「未亡人を連れていったんですがね。あの男はロバート・アンダーヘイではないと断言しましたし、一度も見たことのない男だと言いました。で、このことは片づいたわけです」

しばらく間をおいて、ローリイはゆっくり言った。「そうですかね？」

「陪審員はロザリーンを信じるだろうと思いますね。とにかく、あれがアンダーヘイだという証拠がないかぎりはね」

「まあそうですねえ」ローリイはゆっくり言うと電話をきった。

眉をしかめ、彼は電話番号簿をとりあげる、ロンドン市のを。彼の指はPの部分をずっとたどっていった。すぐにローリイは求める番号を探しあてた。

# 第二篇

1

エルキュール・ポアロは、ジョージに買ってこさせたいくつかの新聞の最後の一紙を読み終え、きちんとたたんだ。新聞の報道はどれもポアロにとっては満足のいかないものばかりだった。検死の結果、死因は何回かにわたり加えられた打撃のための頭蓋骨折とされている。検死審問は二週間延期の上で開かれる。イノック・アーデンという名の、最近ケープタウンから到着したと考えられる男にかんする情報を提供し得る者は、ただちにオーストシャー州警察本部長に連絡をするよう。等々。

ポアロは新聞をきちんと重ねると瞑想にふけりはじめた。彼は興味津々だった。ついこのあいだのライオネル・クロード夫人の訪問がなかったならば、あるいは彼は最初の小さな記事を見のがしていたかもしれない。だが、あの訪問が、彼の心に、かつての空襲下の一日、あのクラブで耳にしたことを憶いおこさせたのだ。彼は今でもはっきり耳に残っているポーター少佐の声が、「たぶん、イノック・アーデンとでも名のる男が、千キロも先に現れ、ぜんぜん新しい生活をはじめるかもしれない」と言うのを聞くような気がしたのだ。そしていまや、ポアロは、このウォームズリイ・ヴェイルで惨殺されたイノック・アーデンと呼ばれる男について新聞の報道以上のものを知りたい欲望にとりつかれていた。

彼は、オーストシャー警察のスペンス警視とはいくぶんか近づきがあることを思い出し、また、れいのメロン青年がウォームズリイ・ヒースからそう遠くない所に住んでいるし、かつジャーミイ・クロードと知り合いなのも思い出した。

ちょうど彼がメロン青年に電話をかけてみようかと思っていたとき、ジョージが部屋に入ってきて、ローリイ・クロードという人が面会を求めてきていると告げた。

「なるほど」エルキュール・ポアロはいかにも満足げな面持ちだった。「お通ししてくれ」

ものおもわしげに眉をよせた美男の青年が案内されてきたが、どう口をきったものかとどぎまぎしている様子だった。

「ミスター・クロードですね、どんなご用向きで？」ポアロは助け舟を出してやった。

ローリイ・クロードは、いかにもおぼつかなげに彼を値ぶみするように見ていた。大げさな口ひげ、きどった服の仕立て、白いスパッツ、そして、さきのとがったエナメル靴、こうしたもののすべてが、このイギリス気質の青年には何とも気にくわぬものばかりだったのだ。

ポアロはそれを先刻承知の上、かえっておもしろがっている。

ローリイ・クロードは口重そうにはじめた。「私が何者であるかということなどをまず申しあげなければならないと思います。私の名はごぞんじないでしょうが――」

ポアロは口をいれる。

「ところが、よくぞんじておりますよ。あなたの叔母上が先週お訪ねくださいましたので」

「叔母ですって?」ローリイはポカンと口をあき、びっくり仰天してポアロをみつめた。このことが彼にとって初耳であるのになんの疑いもなかったので、ポアロは、この二つの訪問に関連があるとした推断をさっさと取り消した。ほんの一瞬、クロード一族の中の二人が非常に短期間にあいついで彼を相談相手として選んだということは驚くべき偶然の一致だと思ったものの、すぐに、これはべつに偶然ではない、同一の原因からうまれた自然の結果にすぎないのだと思いなおした。

「ミセス・ライオネル・クロードは、あなたの叔母上でいらっしゃると思いますが」

ローリイはまたまたいま以上びっくりした顔をした。

何とも信じられないというように言う。「ケイシイ叔母ですって？　ミセス・ジャーミイ・クロードとおまちがいじゃないでしょうか？」

ポアロは首をふった。

「だが、なんでまたケイシイ叔母が、そんな――」

ポアロは控え目に口の中で言った。「たしか、霊のおみちびきだと、そうおっしゃいました」

「やれやれ！」ローリイはほっとした様子をみせ、おかしがった。そしてポアロにも安心してもらいたげに、「あの叔母はまったく害のない人ですから」と言った。

「さあどうですかな」とポアロ。

「は、なんですか？」

「いったい、まったく害のないという人があるでしょうか、ということですが」

ローリイは目をむいた。ポアロは溜め息をもらす。

「何か頼みにお見えになったのですな、あなた？」ポアロはやさしくうながした。

ローリイの顔には先刻のもの思わしげな表情がもどった。

「話が少々ながくなるのですが――」

ポアロもたぶんそうだろうと覚悟していた。彼は、ローリイ・クロードはすぐ要点に入ってくるたちの男ではないのをいちはやく見抜いていた。ローリイが話しはじめると、ポアロは椅子にもたれ、かるく目を閉じた。

「私の叔父は、ゴードン・クロードという――」

「私は、ゴードン・クロードにかんすることはすべて知っております」ポアロはローリイの荷をかるくしてやった。

「それはよかったです。では、彼のことを説明する必要はないですね。叔父は、亡くなる二、三週間前に結婚しました――アンダーヘイという未亡人とです。叔父が亡くなって以来、未亡人はウォームズリイ・ヴェイルに住んでいます――兄にあたる男と二人で。ぼくたちはみんな、彼女の最初の夫がアフリカで熱病のために死んだと知らされていました。ところが、いまになって、どうやらそうではなかったらしい様子になってきたのです」

「ははあ」ポアロは体をおこした。「で、どこからそういう推論をくだされたのですかな?」

ローリイは、イノック・アーデンなる男のウォームズリイ・ヴェイルへの出現にかんする話をした。「たぶん新聞でごらんのことと思いますが——」

「はあ。見ましたよ」ポアロはまたもやローリイの手数をはぶいてやった。

ローリイは話をすすめた。そのアーデンなる男の第一印象、〈スタグ〉に行きその男のことを聞いたこと、ビアトリス・リピンコットからの手紙、そして最後に、ビアトリスが立ち聞きした会話の内容を。

「もちろん、ビアトリスがきいたその話というのがどこまで本当かは判りませんが。たぶんに誇張して話したかもしれませんし、聞きちがえということもありますから」

「で、その人は、警察にその話をしたのでしょうか？」

ローリイはうなずいた。

「話したほうがいいだろうとぼくがすすめました」

「私にはよくわからないのですが——いや失礼——なぜあなたが私の所へいらしたのか、ミスター・クロード？　私に、この、つまり殺人事件をですな、調査することをお望みなので？　たしか、殺人だろうと思いますが」

「とんでもない。ぼくはそんなことをお願いに来たのではないんです。そんなことは警察の仕事ですから。あの男はたしかに殺《や》られたんですよ。ちがうんです、ぼくのお願いしたいことは。あの男が何者かをあなたにつきとめていただきたいんです」

ポアロは目を細めた。

「あなたは、では、何者だと思っていますかな？」

「つまりですね、イノック・アーデンなんて名はないんです。ありっこないですよ、詩の中に出てくる名じゃありませんか。テニソンですよ。ぼくはやっとつきとめたんです。故郷へ帰ってきて、自分の女房がほかの男と結婚してるのを知った男ですよ」

「で、あなたは、イノック・アーデンはロバート・アンダーヘイその人であったと思うのですな？」ポアロはしずかに言った。

「そうですねえ、あるいはそうかもしれません――つまり、年格好も同じですし、様子だとか顔の色とかいったものも。もちろん、ぼくはビアトリスにその点を何度もつっこんで訊いてみました。ですが、彼女にしても、そう一言一句はっきり覚えてるわけもないですしね。あの男は、ロバート・アンダーヘイはひさかたぶりで世間にもどってきたが、健康を害していて金がいるんだと言ったそうです。あるいは、彼は自分のことを言っていたかもしれないでしょう？　それから、もし、アンダーヘイがウォームズリイ・ヴェイルに現れたら、デイヴィッド・ハンターにとっては計算が狂うことになりはしないかというようなことも言ったらしいです。なんか思わせぶりな言い方ではありませんか。彼が仮の名を名のっていたとでもいうような」

「その男の身元を明らかにするような証拠物品はどんなものがありました？」

ローリイは首をふった。

「何もないんです。ただ〈スタグ〉の連中の、彼はそこの滞在客で、イノック・アーデンと宿泊人名簿に署名したという言葉だけです」

「何か証明書のようなものは？」

「何も持っていませんでした」

「なんですと？」ポアロはびっくりして体をのりだした。

「ただの一つもですか？」

「ええ。靴下のかえとシャツが一枚、あとは歯ブラシなんかのたぐいです――身元を明らかにするようなものは何一つなかったんです」

「パスポートも？　手紙も？　配給通帳もですか？」

「ええ、なんにも」

「これは非常に興味ぶかい。たしかに、非常に興味のある事実ですな」

ローリイは先をつづけた。

「デイヴィッド・ハンターは――ロザリーン・クロードの兄なのですが、あの男が到着した翌日の夜、逢いに行きました。彼が警察に話したところでは、ハンターはその男から手紙をもらい、それには、自分はロバート・アンダーヘイの友人だが、非常に困っていると書いてあったというのです。そして妹の依頼で〈スタグ〉に行き、男に逢い、五ポンド恵んだというのです。つまり、ハンター自身はこう言っているので、最後までこれでつっぱる気にきまってます。もちろん、警察のほうではれいのビアトリスの話は彼には伏せていますがね」

「デイヴィッド・ハンターは、その男とぜんぜん面識がないと言うのですな？」

「そう言っています。いずれにしても、ハンターはアンダーヘイに逢ったことはないと思います」

「で、ロザリーン・クロードのほうは？」

「警察は、彼女に死体をみせて、その男を知っているかどうかたしかめたんです。ロザリーンは、ぜんぜん知らない男だと言ったそうです」

「ははあ《エ・ビアン》。ではそれであなたの疑問の答えは出たわけではないですか」

「そうでしょうか？」ローリイはたちまち反駁した。「ぼくはそう思いません。もしあの男がアンダーヘイなら、ロザリーンはぼくの叔父の細君にはなれなかったわけで、そうなると、叔父の遺産はびた一文たりとも彼女のものにはならないことになります。こういうことを承知の上で、ロザリーンがアンダーヘイだと認めるとお思いですか？」

「と、あなたはそのご婦人を信用しないわけですね？」

「ぼくは、あの二人は絶対に信用しません」

「だが、殺された人が、アンダーヘイであるかないかということを、はっきり言える人が、ほかにもまだたくさんいるでしょうが？」

「いや、それがなかなか難しそうでしてね。ですからあなたにお願いしたいんです。アンダーヘイを知っている人物をさがしていただくんです。この国には、彼の縁者はひとりもないようですし、だいたいが交際ぎらいな、友達も作らないような男だったようです。昔使っていた奉公人とか、若いころの友達とかなんかそういった者はあっただろうとは思うんですが、今度の戦争で何もかもわからなくなっているでしょうし、そういう連中だってあちこち散ってしまってて手がかりもないだろうと思います。どこから手をつけていいかも判りませんし、それに第一、時間がありません。ぼくは農夫ですからね。手もたりませんし」

「で、なぜ私のところへ？」とポアロ。

ローリイはちょっとまごついた。

ポアロの目がいたずらっぽく動いた。

「霊のおみちびきですかな？」

「とんでもない」ローリイはあわてふためいた。「じつは」と一瞬ためらい、「ぼくの知っている男があなたのことを話しているのを聞いたんです。あなたはこういったことにかけては驚くべき才能をお持ちだと言ってました。お礼のほうはぼくには見当がつかないんですが――もちろん相当なものとは覚悟しています。ぼくたちはみんな金には困ってます、だがみんなで何とかすれば、その点ではご迷惑になるようなことはないと申しあげます。まあお引きうけくだされば、のことですが」

エルキュール・ポアロはゆっくりと言った。「さよう、たぶんお役に立てると思います」

彼の記憶は、はっきりと精密によみがえってきた。あのクラブのもてあまし者、新聞のさらさら鳴る音、単調な声音。

さて名前だ――たしかに名を聞いた――すぐに思い出せるだろう。思い出せなければ、メロンに聞けばいいのだ。いや、その必要はない。思い出した。ポーターだ。ポーター少佐だ。

エルキュール・ポアロは立ちあがった。

「午後、もう一度いらしていただきましょうか、ミスター・クロード」

「そうですねえ――来られるかどうか。いいです、来られると思います。だが、そんなにすぐ、まさか？」

彼は半信半疑ながらも、たぶんに畏怖のおもいをこめてポアロをみつめた。ポアロはやはり人間であるからには、ここで大きくみえをきらずにはいられなかった。心中ひそかに偉大なる大先輩を心に描き、彼は厳粛に、「私には私のやり方があります、ミスター・クロード」と言った。

その言葉はまさしく的を射た。ローリイの表情は尊敬そのものだった。

「ええ、そりゃあそうでしょうとも、あなたがた専門家のなさり方はぼくなどには見当もつかないんですから」

ポアロはそれ以上の説明は加えなかった。ローリイが出ていくと、彼は机にすわり、短い手紙を書いた。ジョージにそれを渡し、〈コロネーション・クラブ〉に持っていき返事をもらってくるように指示を与えた。

その返事はおおいに満足のゆくものだった。ポーター少佐は久闊《きゅうかつ》を叙し、その日の午後五時に、エルキュール・ポアロ氏とその友人を、キャムデン・ヒル、エッジウェイ街七十九番地の自宅でお待ち申しあげると言ってきたのだ。

四時半にローリイ・クロードがふたたび現れた。

「何か吉報がありましたか、ムッシュー・ポアロ？」

「ありますとも、ミスター・クロード、これからすぐ、ロバート・アンダーヘイ大尉の昔の友人に逢いにまいりましょう」

「えっ？」ローリイはポカンと口をあいた。小さな男の子が、手品師が帽子の中からウサギをとりだしたのを目にしたような表情になった。「そんなことってあるでしょうか。いったいどんな手を使うんです、あなたは。まだあれから何時間もたっていないのに」

ポアロは、それ以上の称讃を抑えるように手をふってみせ、おおいに謙遜なところをみせた。だが、彼のその大手品の種がいとも簡単なものだったのをローリイに知らせる気はぜんぜんなかった。この単純きわまるローリイ青年に感銘を与えることで、彼はおおいにうぬぼれの楽しさを味わいたかったのだ。

二人は連れだって外に出ると、タクシーを呼びとめキャムデン・ヒルへと向った。

ポーター少佐は、みすぼらしい小さな家の二階に住んでいた。だらしのない格好をした愛想のいい女が取りつぎに出て、二人を二階に案内した。真四角なその部屋には、周囲に本棚がめぐらされ、狩猟の図のあまり芳しくない色刷り絵が何枚かかかっていた。じゅうたんが二枚、美しい中間色の上等のものだが、すっかりいたんでしまっている。

ポアロは、床の中央だけが、まだ新しいようにニスが光っているのに、まわりのほうはすっかり古びてはげかかっているのを目にとめた。彼には、それで、最近まではあとの二つより上等なじゅうたんが敷いてあったらしいのが判ったのだ。このごろでは相当な値に売れる代物が。彼は目をあげ、暖炉の前に、仕立てのいい、だが、だいぶいたみのきている服を着て、直立不動の姿勢で立っている男を見つめた。この退役軍人ポーター少佐の暮らしもそろそろ底をつきかけているのをポアロは見てとったのだ。過重な税金、物価の極端な値上りは、古手の軍人をもっとも手ひどく襲っているのだ。だが、ポーター少佐は、ある種のものだけには最後まで未練を残しているだろう、とポアロは推量した。一例をあげれば、クラブの会費などはどんなに無理をしても払いこむだろう、と。

ポーター少佐は訥々《とつとつ》としゃべっていた。

「どうもお目にかかった記憶がないのですが、ムッシュー・ポアロ。クラブで、とおっしゃいましたな？　二、三年前ですか？　もちろん、お名前は存じておりますが」

「こちらは、ミスター・ローランド・クロードでいらっしゃいます」ポアロは紹介した。

ポーター少佐は敬意を表し、カクンと頭をさげた。

「はじめてお目にかかります。残念ながら、シェリーをおすすめできませんで。じつは、出入りの酒屋が空襲でストックを失くしておりまして。ジンならありますが。ろくな品ではないですが。それとも、ビールはいかがです?」

二人はビールをよばれることにした。ポーター少佐はシガレットケースを出した。

「いかがですか?」ポアロが一本とると、少佐はマッチをすり、それに火をつけた。

「あなたはあがられませんね」と、ローリイに言うと、少佐は、「パイプを吸ってもよろしいですかな?」と断ってスパスパと吸いつけ、うんと煙をふきあげた。

こうしてひととおりの段どりをすますと、「さて、ところで、どういうご用件で?」と二人の顔をもの問いたげに次々と見た。

ポアロは言った。「たぶん新聞でごらんのことと思いますが。ウォームズリイ・ヴェイルである男が死んだことを」

ポーターは首をふる。

「さあ、おぼえがないですな」

「アーデンという名の男です。イノック・アーデンという。お読みではありませんでしたか?」

ポーターはまだ思い出さない。

「その男は、〈スタグ〉で、後頭部を割られて死亡しているのを発見されたのですが」

ポーターは眉をよせた。

「はて、と——ええ、何かそんなようなことを読んだような気がします。たしか、二、三日前でしたな」

「さよう。ここに写真を持っております。新聞の切り抜きですから、あまりはっきり出てはいないのですが。じつは、ポーター少佐、この男に見おぼえがおありかどうか、うかがわしていただきたいのです」

ポアロは、手に入れることができた中でもっともはっきり出ているアーデンの顔写真を渡した。

ポーター少佐は、それを手にすると眉をしかめた。

「ちょっとお待ちを」と眼鏡をかけ、具合をなおすと、仔細にその写真を眺めていたと思うと、突然驚きの声をあげた。

「こりゃあ、なんてことだ！　まったくおどろくべきことだ！」

「この男をごぞんじですかな、少佐？」

「もちろん知ってますとも。アンダーへイですよ。ロバート・アンダーヘイです」

「まちがいありませんね？」ローリイは凱歌をあげた。

「ありませんとも。ロバート・アンダーヘイですよ。だれの前でだって誓って言えます」

## 2

電話がなったので、リンは受話器をとった。ローリイの声だった。

「リン？」

「ローリイね」

リンの声は元気がなかった。

「きみ、忙しいのかい？　このごろちっとも逢えないね」

「だって、雑用で追いまくられてるんですもの。籠をさげてかけまわって、お魚の入るのを待ってたり、長い行列に立って、ひどいお菓子をちょっぴり買ったり。そんなことばっかりよ。みんなと同じ」

「逢いたいんだ。話があるんだよ」

「どんな話？」

ローリイはクックッと笑った。

「いいニュースだよ。ローランド・コープスのところまで来てくれよ。そこできょうは畑をやってるから」

いいニュースだって。リンは受話器をかけた。ローリイ・クロードにとっていいニュースとは？　お金のことかしら。あの若い雄牛が思いがけない値で売れたのかしら。ちがう、そんなことではなさそうだ、もっといいことらしい。リンがローランド・コープスの畑地へのぼっていくと、ローリイはトラクターから降り、迎えにやってきた。

「よう、リン」

「あら、ローリイ、なんだか、いつもとちがうみたい」

彼は笑いだした。

「そうだろうさ。リン、ぼくたちの運が向いてきたぜ」

「なんのこと？」

「ジャーミイ叔父が、エルキュール・ポアロって男の話をしたの、おぼえてるかい？」

「エルキュール・ポアロですって？」リンは眉をよせて考えた。「ええ、そういえば――」

「だいぶ前のことさ。まだ戦争中の話だ。れいの年寄り連中のクラブにいたら、空襲があったっていうときのことさ」

「で？」リンはもどかしそうにうながす。

「ほら、場ちがいな格好をしてた男がいたって。フランス人だかベルギー人だかの。おかしなやつだが、なかなかの人物だとかっていう」

「その人、探偵だったんじゃない？」リンは記憶を辿った。

「そうさ。ところでれいの〈スタグ〉で殺《や》られた男ね。いままできみには話さなかったんだが、じつは、もしかすると、あれがロザリーンのはじめの夫かもしれないという考え方があったんだ」

リンは笑いだした。

「イノック・アーデンて名のってたからっていうの？ ばからしいわ、そんなの」

「ところが、ばからしくはなかったんだね。スペンス警視が、ロザリーンを連れてって見させたんだ。彼女は、自分の夫ではないと断言したんだよ」

「では、それまでのことじゃない？」

「と思うだろう。だが、ぼくはそこで引っこまなかったんだ」

「あら、で、どうしたの？」

「ぼくは、そのエルキュール・ポアロなる人物の所へ出かけていったんだ。われわれは、ロザリーン以外の人物の意見をききたい。だれかロバート・アンダーヘイに面識のある人を探しだしてもらえるかと訊いたんだ。ところがだよ、あの男は、まったくたいした天才だ。まるで帽子からウサギでも出してみせるように、たった二、三時間のあいだに、アンダーヘイの親友だった男を見つけだしてくれたんだ。ポーターって名の年寄りさ」ローリイは言葉を切ると、またクックッと笑いだした。さっきリンをびっくりさせた、人が変ったように調子づいた様子をみせて、「ところで、リン、これは内緒にしておいてくれよ。警視は極秘にしておけって言ったんだから。でも、きみにだけは話しときたいんだ。あの男は、ロバート・アンダーヘイだったんだよ」

「えっ？」リンは思わずあとずさり、ポカンとしてローリイをみつめた。

「ロバート・アンダーヘイその人さ。ポーターは絶対にまちがいないと言ってる。ね、だから、リン」ローリイの声は興奮してうわずってきた——「ぼくたちの勝利さ！　結局、ぼくたちが勝ったんだ。あのいかさま師をついにやっつけたんだ」

「いかさま師って、だれのこと？」

「ハンターとその妹さ。二人とも退陣だ。ロザリーンはゴードン叔父の遺産はもらえないんだ。ぼくたちなんだよ、権利があるのは。ロザリーンと結婚する前に作った遺言書が有効になるんだ。つまり、われわれ親族に分配されるのさ。ぼくも四分の一もらえる。ね、わかるだろ、ロザリーンがゴードン叔父と結婚したときに、前の夫が生きていたとしたら、その結婚は成立しないんだから」

「でも——たしかにそうなのかしら？」

ローリイはまじまじとみつめた。かすかな動揺がその表情にはじめてうかんだ。

「もちろんたしかにきまってる。決定的事実じゃないか。もうすべて上々さ。叔父の思っていたとおりになったんだ。何もかももとどおりなんだ。あの怖るべき二人など、ついぞ現れなかったも同然さ」

何もかももとどおりだって。でも、現に存在した事実をそう簡単に消し去ることはできないわ。何もなかったようなふりはできはしないわ。リンは思うのだった。

「あの人たち、どうするかしら？」ゆっくり彼女は言う。

「え？」いまがいままで、ローリイはこんなことを考えてもみなかったらしい。「どうするかなあ。もといた所へ帰ってくだろうと思うけど。そうだなあ——」彼がやっとこの問題に心を向けだしたのがリンには見てとれた。「たしかに、われわれはロザリーンのことは何とか考えてやらなけりゃあいけないだろうな。つまり、ゴードン叔父と結婚するときには、けっしてやましいところはなかったんだろうから。たしかに、はじめの夫は死んだと思いこんでいたんだろう。つまり、彼女の落度だったんじゃあないんだから。たしかに、ロザリーンは何とかしてやらなければ——当分困らないくらいのことはね。まあみんなで相談して、いくらかずつ出しあうんだな」

「あの人、好きなんでしょ、ローリイ？」

「まあね。——好きっていってもいろいろあるが。いい子だよ、ロザリーンは。牝牛なんか、ひと目で判るよ」

「わたしはわからないわね」

「わけないさ。すぐおぼえるよ」ローリイはやさしく言った。

「で、デイヴィッドのほうはどうするの？」

ローリイは渋面をつくった。

「あんなやつ、どうとでもなれだ！　だいたい、あいつの金じゃあなかったんだから。妹にくっついてきて、あまい汁を吸ってただけじゃないか」

「ちがうわ、ローリイ、そんなことないわ。あの人は、そんな人じゃないわ。あの人は、むこうみずで、一種の賭博師かもしれないけど——」

「そして、残虐きわまる人殺しさ」

「なに、それ？」リンは息をのんだ。

「アンダーヘイを殺したのはだれだと思ってるんだい？」

リンは声をあげた。「わたし、そんなこと、絶対に信じないわ」

「あいつにきまってるじゃないか。ほかにいったいだれがあんなことをやれる？ あの男は、あの日ここにいたんだ。五時半の汽車で帰ってきたのさ。ぼくは駅に荷を取りに出ていて、あいつの姿をちらっと見たんだ」

「でも、あの晩、ロンドンに帰ったわ」リンはきつく言いかえした。

「アンダーヘイを殺してからね」ローリイはとどめを刺すように言った。

「そんなこと、やたらに口にすべきじゃないでしょ、ローリイ。アンダーヘイの殺されたのは何時？」

「さあ、はっきりは知らないけれど」ローリイはゆっくり考え考え、「ともかく明日の検死審問が開かれてみなければ判りはしないが。たぶん、九時から十時までのあいだだろうな」

「デイヴィッドは、九時二十分のロンドン行きに乗ったのよ」

「えっ。どうして知ってるんだ、そんなこと？」

「あの、道で逢ったのよ。その汽車に乗るんで駆けてたわ、あの人」

「だが、まにあったかどうか、どうしてわかる？」

「だって、あとでロンドンから電話をかけてきたんですもの」

ローリイの顔は怒りにゆがんだ。

「なんだってあの男がきみに電話をかける必要があるんだ？　えっ、リン、ちくしょう、ぼくは――」

「べつになんてこともないでしょ、ローリイ？　ともかく、デイヴィッドが汽車に乗れたってことがそれで判るでしょ」

「アンダーヘイを殺しておいて、駅へかけだす時間は充分あったはずだ」

「だが、九時ちょっと前に殺されたのならばね」

だが、そう言いながらもローリイは自信がなさそうだった。

リンはなかば目を閉じた。――そうだったのかしら？　あのとき、息をきらし、ロぎたなく罵《ののし》りながら林から突然出てきたデイヴィッドは、人を殺してきたばかりの腕でリンを抱いたのだろうか？　そういえば、彼は異常に興奮していたし、妙にそわそわとおちつかなげだった。殺人をおかしてきたせいだったのだろうか？　そうかもしれない。デイヴィッドが絶対に人殺しをしないとは言いきれないだろう。だが、彼は、自分の命を脅かされもしないのに相手を殺したりするだろうか――過去の亡霊にしかすぎない相手を。ただ、その相手が、ロザリーンと巨額な遺産とのあいだに、そしてデイヴィッドと、ロザリーンの財産による安楽な生活とのあいだに立ちはだかる障害物だというだけの理由で？

リンはひくくつぶやく。「なぜあの人はアンダーヘイを殺す必要があったのかしら？」

「なにをいまさらしく言うんだ、リン。いま言ったばかりだよ。アンダーヘイが生きていたら、金は全部ぼくたちのものになるんじゃないか。ともかく、アンダーヘイはデイヴィッドをその件で恐喝したんだから」

なるほど、それならどうやら辻褄があう。デイヴィッドは黙って恐喝されているような男ではない。場合によっては殺すかもしれない。たしかに、彼なら恐喝者を躊躇なく片づけかねない。そうだ、それですべて辻褄があうのだ。あのときのデイヴィッドの、何かに追われているような様子、異常な興奮、そして、あらっぽい、怒っていてもいるような激しい抱擁。そしてそのあとの電話の〝ぼくは消えたほうがいいんだ〟という言葉。そうだ、何もかも辻褄があっている。

ローリイの声が意識の外できこえている。「どうしたんだい、リン。気分でもわるいの？」

「なんともないわ」

「じゃ、いったいなんでそんな憂鬱な顔をしてるのさ」彼はふりむき、〈ロング・ウィロウズ〉の丘を見おろした。「ありがたいな、ここもいろいろと手がいれられる——労力を省けるような新しい機械も備えつけよう。きみが楽にやれるようにね。ぼくは、きみにみじめったらしい生活はさせたくないんだ、リン」

あれがわたしの家になるのだ。あの家がローリイとの生活の場所なのだ——。

そして、いつの日か朝八時に、デイヴィッドは絞首台の露と消えるのだろう。

# 3

デイヴィッドは蒼白な顔にかたい決意をうかべ、ロザリーンの肩に手を置くとじっとその顔をみつめた。

「大丈夫だ、絶対に大丈夫だよ。だから、おまえは気をしっかりもって、おれの言うとおりにするんだよ」

「でも、もし、連れていかれてしまったら、デイヴィッド？　そうなるかもしれないって言ったじゃないの」

「そういうこともあり得るさ。だが、長いことじゃない。おまえさえがんばっててくれれば」

「わたし、なんでも言うとおりにするわ、デイヴィッド」

「そうそう、いい子だよ！　ともかく、何がなんでも、あの男は、おまえの夫のアンダーヘイではないということでつっぱるんだ」

「でも、うまくかまをかけられて、思ってもいないことを言わされやしないかしら？」

「そんなことはやらないよ。絶対に心配はいらない。おれたちは正しいんだから」

「ちがうわ。はじめから何もかもまちがってたんだわ、わたしたちのものでもないお金を取るなんて。わたし、考えだすと夜も眠れない。ひとさまのお金を横どりするなんて。わたしたちが邪悪だったから、いま、神さまの罰があたったんだわ」

デイヴィッドは眉をしかめた。ロザリーンは危い——たしかに崩壊寸前だ。前からそういった宗教的な怖れをいだいてはいた。罪の意識がつねに彼女を苦しめていた。そしていまや、よほどのことがなければ、彼女は一挙に崩れてしまうにちがいないのだ。それをくいとめるのには、たった一つの手しかない。

「いいかい、ロザリーン」彼はやさしく話しかける。「おまえ、おれを縛り首にさせたいかい」

ロザリーンの目は恐怖に見ひらかれた。

「デイヴィッド、まさかそんな——そんなひどい——」

「おれを縛り首にできる人間が、たった一人だけいる——おまえだよ、それは。あの殺された男がアンダーヘイらしいなどというそぶりを、おまえがただの一度でもみせたら、おまえはその手でおれの首に縄をまわすのも同然なんだ。わかったね？」

よし、これでうまくいった。ロザリーンは恐怖にすわった目でまじまじとみつめた。

「わたし、ばかだったわ、デイヴィッド」

「ばかじゃないさ。だが、この場合、何も利口ぶることはいらない。ただ、あの死んだ男は、おまえの夫ではないということをみなの前で誓いさえすればいいんだ。できるね?」

彼女はうなずいた。

「ばかなふりをしてみるのもいいさ。いったい何を訊かれてるんだか判らないような顔をしたっていいさ。それはちっともかまわないんだ。だが、かんじんかなめのところでは絶対にがんばるんだぞ。おれの首は、おまえの言葉しだいでとぶんだから。ゲイソーンが面倒を見てくれるよ。刑事弁護では一流の腕なんだ——だからとくに頼んだのさ。検死審問には彼が出てくれるから、おまえは安心して任せとけばいいよ。だが、いいかい、あの男にもよけいなことを言うんじゃないぞ。利口ぶって、なんとかうまく手を打っておれを助けようなんてこと考えるんじゃないよ、いいかい」

「わかったわ、デイヴィッド、そのとおりにするわ」

「いい子だ。これがすんだら、遠くへ行こう——南フランスへでも、アメリカへでも。だから、おれが連れていかれても体に気をつけてるんだぜ。夜中まで起きてて、びくびくろくでもないことを考えたりするんじゃないよ。クロード医師が処方してくれたあの睡眠剤をのむんだ、ブロマイドかなんかだろう。毎晩、一包みずつのめよ。そして元気にしてるんだ。すぐいい日がやってくるんだからね」

　彼は時計に目を落とした。「さて、そろそろ出かけるかな。十一時に検死審問がひらく」

　彼は、広々とした美しい居間をひとわたり眺めた。美しく平穏に静まるこの住居。富と安らぎで彼をつつんでくれたこの〈ファロウ・バンク〉邸。もしかすると、これが最後の別れになるかもしれないのだ。

　身から出た錆だ——たしかにそうだ。だが、今でもけっして後悔はしていない。そしてこの先は——一か八か、やってみるまでのことだ。〝潮が向いているときにそれにうまく乗らねば、賭荷のすべてを失うのだ〟（シェイクスピアの『ジュリアス・シーザー』四幕三場ブルータスの台詞より）

　彼はロザリーンに目をやった。彼女は、その大きな瞳に訴えるような色をうかべていた。直感的に、デイヴィッドは彼女の問いを読みとった。

「おれが殺《や》ったんじゃないよ、ロザリーン。おまえの暦に現れるあらゆる聖徒《セイント》の名にかけて誓う」彼はやさしく言った。

# 4

検死審問は、雑穀市場の建物でひらかれた。検屍官ペブマーシは、眼鏡をかけた大仰な身ぶりの小男で、おおいにもったいぶっていた。

彼の隣りには、スペンス警視が大きな体で控えている。あまりめだたぬ席に、もののしい口ひげを蓄えたイギリス人らしからぬ風貌の小男がひっそり坐っていた。クロード一族も勢揃いしている。ジャーミイ・クロード夫妻、ライオネル・クロード夫妻、ローリイ・クロード、マーチモント夫人およびリンが。ポーター少佐はみなから離れた席に、なんとなくそわそわとおちつかなげに坐っている。デイヴィッドとロザリーンは一番あとから入廷した。二人は他の連中と離れて席についた。

検死官はかるく咳ばらいをすると、土地の有力者たる九人の陪審員をひとわたり眺め、審問に入った。

ピーコック巡査、ヴェイン部長刑事の次にライオネル・クロードが呼ばれた。

「グラディス・エイトキンがやってきたとき、あなたは〈スタグ〉で患者の手当て中でしたね。グラディス・エイトキンは何と言いましたか、そのとき？」

「五号室の宿泊人が、床に横たわりこと切れていると申しました」

「その言葉により、あなたは五号室にあがっていきましたね」

「ええ」

「その場の状況を説明していただけませんか？」

クロード医師は説明をした。男の死体、うつぶせになっていた——頭に傷があった——後頭蓋に達する——鉄の火挟みがあった等々。

「ただいまあげられた火挟みによりその傷が作られたというのがあなたのご意見ですな？」

「いくつかの傷は、たしかに火挟みによるものです」

「そして、何度か繰りかえして打撃が加えられたとお考えですね？」

「そうです。だが、私はそう詳細に検べたわけではありません。警察に連絡する前に死体に触れたり、位置を動かしたりするべきでないと思いましたので」

「賢明なる処置です。その男は死んでいたのですね？」

「ええ。死後、相当時間が経過していたようです」

「あなたのご意見では、死後何時間くらいでしたか？」

「あまりはっきりしたことは申せませんが。最小限度十一時間でしょうか——十三時間ないし十四時間とも考えられます——そうですね、前の晩の七時半から十時半のあいだという見当でしょうか」

「けっこうです、ドクター・クロード」

次に呼ばれたのは警察医だった。彼は、死体の傷にかんして専門的に詳細にわたる説明をした。下顎に、擦過傷ならびに腫脹がみられ、後頭部に頭蓋にたっする五つか六つの打撲傷があり、その中のあるものは死後加えられたものである、と。

「非常に残虐なる暴力行為ですね？」

「そのとおりです」

「その打撃を加えるには、非常な力を要するでしょうか？」

「さあ、とくに力が必要とはされません。あの火挟みは、先端を握りさえしたら、たいした力を加えなくとも容易にふりまわせます。火挟みの握りになっている鋼鉄の重い球は、強力な武器の役をします。華奢な人間でも、致命的な傷を相手に与えることは可能です。つまり、非常に激昂して火挟みをふりおろした場合は、ということですが」

「けっこうです。ドクター」

次には死体の健康状態が説明された。栄養可良、健康、年齢は四十五歳くらい、疾病なし、心臓も肺も、その他の器官も異常が見られなかった、と。

ビアトリス・リピンコットが立ち、故人が旅館に宿をとった日の状況を説明した。宿泊人名簿に、ケープタウン居住、イノック・アーデンと署名した、と。

「故人は、配給通帳を出しましたか？」

「いいえ」

「出してくれるように、頼まなかったのですか？」

「はい、はじめには、どのくらい滞在の予定か判らなかったものですから」

「が、結局は頼んだのですね？」

「はい。金曜日にお着きでしたので、土曜日に、わたしは、もし五日以上滞在なさるのなら配給通帳をいただきたいと申しました」

「それにたいして、なんと言いました？」

「くださるとおっしゃいました」

「が、結局渡さなかったのですね？」

「はい」

「紛失したとは言っていませんでしたか？　でなくば、持っていないと」

「いいえ。『探して持ってきます』とおっしゃいました」

「ミス・リピンコット、あなたは土曜日の晩、ある会話を立ち聞きしたのですか？」

ビアトリスは、どうしても四号室に行く用事があったということを言葉たくみに説明したあげく、その話というのを語った。検死官は抜け目なくその話を引きだしていった。

「けっこうです。ところで、その話を、あなたはだれかに伝えましたか？」

「はい。ミスター・ローリイ・クロードにお話ししました」

「なぜ、ミスター・ローリイ・クロードに話したのですか？」

「あの、お聞きになっておくほうがいいと思いましたので」ビアトリスは頰をそめた。

背の高い痩せた男が立ちあがり、質問をする許可を得た。ゲイソーン氏だった。

「故人と、ミスター・デイヴィッド・ハンターとのあいだにかわされた会話の中で、故人は、彼自身ロバート・アンダーヘイであるということをはっきり口に出したことが一度でもありましたか？」

「いいえ、あの、ありませんでしたわ」

「つまり、彼は、ロバート・アンダーヘイがぜんぜん第三者であるように〝ロバート・アンダーヘイは〟という言い方をしていたのですね？」

「ええ、そうでした」

「ありがとうございました、検死官どの、そこだけはっきりさせておきたかったのです」

ビアトリス・リピンコットは台をおり、ローリイ・クロードが呼ばれた。

彼は、ビアトリスが、彼にその話をしたことを証言し、次に、故人との会見の詳細を話した。

「彼の最後の言葉は、『さてね、私の協力がなければ、それはまあ難しいだろうよ』というのでしたね？　その言葉の中の『それは』というのは、ロバート・アンダーヘイがまだ存命だという意味を含めているわけですね？」

「ええ、そうです。そしてあの男は笑いました」

「ははあ、笑ったんですか？　あなたは、その彼の言葉が何を意味すると思いましたか？」

「つまりですね、そのときは、彼が、ぼくに金を要求しているだけのことだと思ったんですが、あとになって考えてみると――」

「ミスター・クロード、あとになってからどう思われたかということは、当面の問題には関係がないのですが。つまりこういうことですな、その会見の結果、あなたは、故ロバート・アンダーヘイと面識のある人物を発見する努力をはじめたのですね？　そして、さる方面からの助力を得て、それに成功したわけですね」

ローリイはうなずいた。

「そのとおりです」

「あなたが故人と別れたのは何時でした？」

「いろいろ考え合わせてみると、九時五分前だと思います」

「その時間を何から割りだしましたか」

「通りを歩いている時に、あいている窓から、九時のニュースの時報を聞きました」

「故人は、彼の言うところの顧客が、何時に来ると言っていましたか？」

「『すぐにでも』と言いました」

「名前は言いませんでしたね？」

「ええ」

ローリイは台をおりた。

「デイヴィッド・ハンター」

この上背のある細身の辛辣な顔つきをした青年が、ものおじしない態度で検死官の前に立つと、ウォームズリイ・ヴェイルの住人たちは首をのばし、一瞬、ざわざわと廷内がざわめいた。

型どおり予備的な質問が片づくと、検死官は先を急いだ。

「あなたは土曜日の夜、故人に逢いに行きましたね？」

「ええ。彼から手紙を貰いましたから。援助を依頼したもので妹の最初の夫とアフリカにいたときに知り合っていたという文面でした」

「その手紙を持っていますか？」

「いいえ。私は手紙を取っておく習慣がありません」

「いま、ビアトリス・リピンコットが、あなたと故人との会話にかんする証言をしたのを聞きましたね。内容はあのとおりでしたか？」

「ぜんぜんちがいます。故人は、ぼくの故人になった義弟を知っていると言い、次に、自分の不運な身の上を愚痴まじりに話し、急に今の世の中に投げだされて、困っているからということで、経済的援助をしてほしいと言いました。だれでも言うことですが、かならず借りたものは返す、とも言っていましたが」

「彼は、ロバート・アンダーヘイがまだ存命だと言いましたか？」

デイヴィッドはニヤッと笑った。

「とんでもない。『もしロバートが生きていたら、きっと私を助けてくれるだろう』と言っただけです」

「それはビアトリス・リピンコットが話したのとはだいぶんちがいますな?」

「立ち聞きをする人間というのは、話のほんの一部分だけを聞き、聞きそこなったところは勝手に想像をたくましくして捏造するので、話をすっかりちがったものにしてしまうことがよくありますから」

ビアトリスは怒りに燃えて叫んだ。「そんな、わたしはけっして——」検死官はなだめるように、「静粛に願います」と言った。

「ところで、ミスター・ハンター、あなたは、火曜の夜、ふたたび故人を訪問しましたね?」

「いいえ、しません」

「ミスター・ローリイ・クロードが、故人は客を待っていたと言われたのを聞いたはずですが」

「あるいは客を待っていたでしょう。だが、ぼくがその客ではありませんよ。土曜に、ぼくは五ポンドやってきました。それで充分だと思ったのです。彼がロバート・アンダーヘイを知っていたという証拠は何一つなかったのですから。妹は、夫の莫大な遺産を相続して以来、この近辺の連中から、始終無心の手紙を送られたり、金をしぼられたりされどおしなんです」

デイヴィッドの目は、一団になったクロード一族の上をゆっくりと走った。

「ミスター・ハンター、では、火曜日の晩、どこにおられたか話していただきましょう」

「勝手に調べたらどうです」

「ミスター・ハンター」検死官は机を叩いた。「そんな言葉は、この場では絶対に用いらるべきものではありません」

「なぜこのぼくが、どこにいたとか何をしていたとかいうことを言わなければならないんです？　ぼくにあの男の殺人の嫌疑をかけてるくせに。そんなことくらいそっちで調べる暇は充分あるはずだ」

「あなたがそういう態度をつづけるのなら、あなたの予測以上に早くそういう事態になりますよ。承知の上ですね、ミスター・ハンター。ところで、この品に憶えがありますか？」

前かがみになるとデイヴィッドは、その金のライターを手にとった。不審げな表情をうかべる。それを返すと、ゆっくり、「ええ、ぼくの物です」

「最後に持っていたのはいつですか？」

「失くしたんですが――」彼は口をつぐんだ。

「なるほど、ミスター・ハンター」検死官はさりげなくうながした。

ゲイソーンはそわそわしだし、いまにも口を開こうとした。が、デイヴィッドのほうが一歩先だった。

「金曜には持っていました——金曜の朝です。それ以来見ませんでした」

ゲイソーンは立ちあがった。

「検死官どの、質問をお許しいただきます。あなたは土曜の夜、故人を訪ねられましたね。そのとき、そのライターを忘れてこられたのではないですか？」

「そうかもしれません」デイヴィッドはゆっくり言った。「ともかく金曜日以後は見たおぼえがないんです。ときに、どこにそれがあったのですか」

「そのことにかんしては、後に説明します。台をおりてよろしいです、ミスター・ハンター」

デイヴィッドはゆっくりと席にもどり、ロザリーンの耳に何かささやいた。

「ポーター少佐」

何度か咳ばらいをしながらポーター少佐は証言台に立った。観兵式にでも出ているように、直立不動の姿勢だ。ただ、たてつづけに唇をしめらせているので、彼が異常に神経質になっているのが見てとれる。

「あなたは、前アフリカ英駐屯軍小銃隊少佐、ジョージ・ダグラス・ポーターですね？」

「そうです」

「ロバート・アンダーヘイとは、どの程度の近づきがありましたか？」

観兵式場用の声で、ポーター少佐は、アンダーヘイと知り合った場所と年度をがなりあげた。

「あなたは、故人の死体をごらんでしたね？」

「見ました」

「死体を鑑別することができましたか？」

「できました。あれはロバート・アンダーヘイの死体です」

廷内がどっとばかりざわめいた。

「その証言に絶対にまちがいはないでしょうね。確信をお持ちですか？」

「絶対にまちがいありません」

「見まちがいというような懸念もありませんか？」

「ありません」

「けっこうです、ポーター少佐。次、ミセス・ゴードン・クロード」

ロザリーンは立ちあがった。通路でポーター少佐とすれちがう。少佐はいくぶん好奇心をみせて彼女をみつめたが、ロザリーンのほうでは目もくれなかった。

「ミセス・クロード、あなたは警察から故人の死体を見せられましたね」

ロザリーンは身ぶるいした。

「ええ」

「あなたは、その死体は、ぜんぜん未知の人物だということを断言しましたね？」

「ええ」

「ただいまポーター少佐が証言されたことを考慮の上、あなたは前の証言を取り消すなり訂正するなりする気はありませんか？」

「いいえ」

「では、依然として、死体は、あなたの夫アンダーヘイのものではないことを主張するのですね？」

「あれはわたしの夫の死体ではありませんでした。今まで一度も見たことのない人です」

「だが、ミセス・クロード、ポーター少佐は、あの死体は、彼の友人ロバート・アンダーヘイであったと明確に認めているのですよ」

ロザリーンは表情もかえずに言った。「ポーター少佐が見まちがえているのです」

「ミセス・クロード、あなたはこの検死審問においては宣誓を要求されてはいません。だが、ごく近い将来において、宣誓のもとに証言を要求される法廷に出ることになりましょう。あなたはその場においても、なおかつ、死体はロバート・アンダーヘイではなく、未知の人だと証言する準備がありますか？」

「わたしは、あれはわたしの夫の死体ではなく、ぜんぜんわたしの知らない人のものだと証言する準備があります」

その声は少しの乱れもなく、はっきりしていた。検死官をみつめる瞳にも、やましい影はぜんぜん見られなかった。

「台をおりてよろしいです」検死官は口の中で言った。

次に、鼻眼鏡をはずすと、彼は陪審席に向って話しだした。

――みなさんは、いかにしてこの犠牲者が死にいたらしめられたかを究明すべくこの検死審問に出廷しているのであるが、その点にかんしてはすでに疑問の余地はない。偶発的な事故、もしくは自殺と考えることは不可能であり、同時に、過失致死という見方も成立しない。したがってこれにたいする唯一の答申は、ただ〝謀殺〟のみである。犠牲者の身元にかんしては、認別において意見の相異があるので、まだ確然としたことは言えない。

一人の証人、高潔かつ誠実なる人柄の、その証言に信頼のおける男性が、その死体は、彼のかつての友人、ロバート・アンダーヘイであると言った。しかるに、ロバート・アンダーヘイがアフリカにおいて熱病で死亡したということは、すでに彼の居住地の地方庁の査定の上認定され、その後、この件にかんしては何ら疑わしきふしはみられなかったのである。ポーター少佐の証言に反し、ロバート・アンダーヘイの未亡人、現在のゴードン・クロード未亡人は、死体はロバート・アンダーヘイではないと確言した。したがって、ここに二つの相反する証言があることになった。死体の認別にかんする問題はこれまでにしておいて、この審問において、ある特定な人物が殺人をおかしたという証拠があるかどうかを判定しなければならない。だが、その証拠が、はっきりある人物を指していると考えられ得るとしても、実際に殺人の訴訟を起すためには、まだ多くの証拠が必要とされる――つまり動機および機会等にかんする。限定された時間に、殺人現場付近で、何者かがその人物を見かけたという事実も必要だ。そういう証拠を欠く場合は、最良の答申は、謀殺、ただし、犯人が何者であるかという点では証拠不充分、というもの以外ないであろう。こういう答申は、警察が必要な調査を続けることを可能ならしめる。

こう結論すると、検死官は、答申の審議のために陪審員を退廷させた。

審議は、四十五分近くかかった。

その結果として検死官に手渡された答申は、デイヴィッド・ハンターを謀殺犯人と評決していた。

# 5

「こういう結果になりはしないかと思っていましたよ」検死官は弁解めいた口調だった。「土地の人間の偏見ですな。理を見る前に、情に動かされるんですね」

検死官、警察本部長、スペンス警視、それにエルキュール・ポアロが加わり、検死審問の閉廷後、協議をはじめるところだった。

「いや、あなたは最善をつくされましたよ」本部長は言った。

「ただ、時機尚早という感はありますね」スペンス警視は眉をしかめる。「それに、われわれも動きにくくなりましたし。ところで、検死官、ムッシュー・エルキュール・ポアロとははじめてでいらっしゃいますね？　ポーターを引っぱりだすのに、たいへんご尽力くださったのです」

検屍官は愛想よく言った。「お名前はかねがね承っております、ムッシュー・ポアロ」ポアロはおおいに謙遜したが、いっこうにそのようには見えなかった。

「ムッシュー・ポアロは、この事件に興味をお持ちなんですよ」スペンス警視は笑いながら言った。

「たしかに、そのとおりです。いわば、この事件が起る以前から、捲きこまれていたとでも申せますでしょうな」

その言葉に好奇の目を向けた三人に答えるように、ポアロは、はじめてロバート・アンダーヘイの名を耳にした、あのクラブでの奇妙な一場のできごとを話した。

「この事件が公判にまで持ち越されると、その事実は、ポーターの証言をさらに強力なものにしますね」本部長は考えこみながら、「アンダーヘイが、事実、死を装う計画をたてていたとすると——そして、イノック・アーデンという名を使うつもりだということを口にしたということは」

警視はつぶやくように言った。「だが、しかし、それが証拠として通りますかな？すでに故人になった人の言った言葉というものが」

「証拠としては通用しないでしょうな」ポアロも思いをめぐらすように、「だが、非常に興味ぶかい、暗示的な線を推理に与えるでしょう」

「だが、われわれに必要なのは、暗示ではなく、確固とした事実なんです。火曜の晩、〈スタグ〉か、その近くで、デイヴィッド・ハンターをたしかに目撃した人物といったような」警視は言う。

「そう難しいわけはないのだがなあ」本部長は眉をしかめ考えこんだ。

「私の故国《くに》のような所ですと、たしかにわけないことなのですが。小さなコーヒー店などがあり、だれかが夜のコーヒーを楽しんだりしておりますからね。だが、この英国の、それもこういう村ではねえ！」ポアロは手をひろげてみせた。

警視はうなずいた。

「中には居酒屋にたむろしてる連中もありますが、店がしまるまでねばってましてね。あとの連中は、家の中にとじこもって、九時のニュースを聞いているんです。この村で、八時半から十時ごろまでのあいだ、大通りを歩いてみたって、人っ子ひとりいやしませんよ。まるで淋しいものですよ」

「やつは、それを計算に入れてたんだ」本部長は言った。

「たぶんそうですね」スペンス警視の顔はくもっていた。

やがて、本部長と検死官は帰っていった。スペンスとポアロだけがあとに残った。

「この事件はお気に召さないようですな？」ポアロは同情的に訊いた。

「ええ、あの青年が、どうも頭にひっかかってきましてね。何ともとらえどころのないタイプですからね。連中は、何一つやましいところがないときにかぎって、さも犯罪をおかしてるようなふうをするし、反対に、事実、何かしでかしてるときは、まるで天使のようにふるまうんですよ。それも宣誓の上でね」

「あなたは、あの男が有罪とお思いですな?」

「そうお思いにならんですか、あなたは?」スペンスは逆襲した。

ポアロは手をひろげてみせた。

「いや、じつは、彼を有罪と見なすのに、どの程度の事実を摑んでいるのかうかがわせていただきたいのですが」

「法的に、ということではないでしょうな? あくまで仮定の上での話ですね?」

ポアロはうなずく。

「まず、ライターですかな」スペンスは言う。

「どこで発見されました?」

「死体の下敷きになってました」

「指紋は?」

「ありません」

「ははあ」

「そうなんです。だから、私もたいして重きをおいてないんですがね。次に、死体の腕時計が九時十分すぎで止っていました。医学的に推定された時間とはぴったり合っていますし、ローリイ・クロードの、アンダーヘイが、客がすぐにでも現れるだろうと言ったという証言とも一致するわけです――その客人なるものが時間どおりやってきたと仮定すればですね」

ポアロはうなずいた。

「たしかに――すべてじつにぴったりですな」

「それに、ムッシュー・ポアロ、私の考えでは、これだけは決定的な事実だと思うんですが、彼は唯一の人間なんです――彼と妹が、と言ったほうがいいでしょうが――この殺人の動機らしきものを持っているのは。デイヴィッド・ハンターがアンダーヘイを殺《や》ったのでなければ、アンダーヘイは、彼のあとをつけて、わざわざここまでやってきた他所者《よそ》に殺されたとしか考えられないんです。われわれにはてんで見当もつかない理由でね。だが、そう考えるのはあまりにも架空すぎますからね」

「そうですとも、そうですとも」

「ともかく、ウォームズリイ・ヴェイルには、この動機なるものを持っている人間は一人だっていないんです――ハンター兄妹以外に、たまたまこの村に住んでいる何者かが過去のある時機にアンダーヘイと何らかのつながりがあったということでもなければ。

もちろん私は偶然というものを無視はしませんよ。だが、ともかく私の知るかぎりでは、そういった事態を暗示するようなものは何ひとつ耳にしていないのです。あの男は、あの兄妹以外の住人にとっては、まったくの門外漢だったんですからね」

ポアロはうなずいた。

「一方、クロード一族にとってみれば、ロバート・アンダーヘイは、あらゆる手を尽してでも生かしておく必要のある金の卵だったんですからね。ロバート・アンダーヘイがぴんぴんしているということは、あの莫大な財産が自分たちのものになるということだったんですから」

「あなた《モナミ》、その点におきましても、私はおおいに同感ですよ。ロバート・アンダーヘイがぴんぴんしているということこそ、クロード一族の願ってやまぬことでしょうから」

「で、結局、前へ戻りますね。ロザリーン・およびデイヴィッド・ハンターは、動機を有するただ二人の人物だという。ロザリーン・クロードはロンドンにいました。が、ごぞんじのように、デイヴィッドはあの日ウォームズリイ・ヴェイルにいたんです。五時半の下《くだ》りで、ウォームズリイ・ヒースに着いたんですから」

「したがって、われわれは、〝動機〟と大文字で書きだすことができ、五時半以後ある未定の時間までのあいだ、彼がこの土地にいたという事実を握っているわけですな」

「たしかに。次に、ビアトリス・リピンコットの話を考えてみましょう。私はあの話を信じてます。たしかに言ったとおりのことを聞いたにちがいありません。少しばかり脚色はしてるでしょうが、まあ無理もないと思います」

「無理もないことです、たしかに」

「あの女を良く知っているということはともかくとして、私は、あの話にはとてもでっちあげではできないふしがいくつかあると思うので、彼女の言葉を信じるわけです。たとえばロバート・アンダーヘイなどという人物のことは一度も耳にしていないはずです。ですから、二人の男のあいだにかわされたという彼女の話は信じますが、デイヴィッド・ハンターのほうは信じませんね」

「私も同じ意見ですな。彼女はなかなか誠実な証人だと信じますよ」

「では、彼女の話は確認されたわけですな。ときに、あの兄妹はなぜロンドンに行ったとお思いです？」

「じつは、それが、私のもっとも興味をそそられたことのひとつなのですが」

「つまり、遺産はこういうことになっているんです。ロザリーン・クロードは、ゴードン・クロードの全財産の利子で生涯くらせる仕組みになっているわけなんですよ。元金には手がつけられないんですね——たしか千ポンドほど以外は。しかし、宝石とかなんとかいうものは、彼女のものなんです。ロンドンに出て彼女がまずやったことは、その宝石の中で一番金目《かねめ》のものを、ボンド・ストリートに持っていって売ることだったんです。つまり、相当な額の現金を手に入れたかったんですな。言いかえれば、恐喝者の口を封じるために金がいるということですか」

「あなたは、それをデイヴィッド・ハンターを有罪と見なす証拠としてあげられたわけですね？」

「ちがいますか？」

ポアロは首をふった。

「たしかにそれは恐喝の事実があったという証拠ではありますよ。だが、殺人をおかす意図を証拠づけはしませんね。二股はかけられませんよ、あなた《モン・シエル》。あの青年は金を出すつもりだったか、恐喝者を殺す気だったか、そのどちらかしかないわけですから。あなたがいまあげられた証拠は、彼が金を出すつもりだったということを裏書きしています」

「ははあ、なるほど、そうなりますか。だが、気が変ったとも考えられませんか」

ポアロは肩をすくめた。

警視は考えこみながら言う。「私は、ああいうタイプの男はよく知ってます。戦争中は花形役者だった連中ですよ。肉体的勇気にはことかかない、むこうみずで、大胆不敵で、身の安全なんてことには目もくれない。どんな所へでも平気でとびこんでいく連中です。ヴィクトリア十字勲章などをもらうはたらきをやってのけたのもああいうタイプが多いんです。しかし、戦死後、贈られたのがほとんどですがね。たしかに、戦争中は、ああいった男は英雄でした。だが、平和の世の中では、つまり正常の社会では、たいていは、すえは監獄ゆきですね。連中はエキサイトしたことが好きだし、まともな歩きかたができないんですよ。そして世の中に害あって益なしという存在でしてね。つまりは、人間らしい生き方を頭っから軽蔑してかかってるんです」

ポアロはうなずいた。

警視は繰りかえし言った。「ああいうタイプを、私はじつによく知ってます」

しばらく沈黙がつづいた。

「エ・ビアン」やっとポアロが口をきった。「私たちは、殺人者のタイプを彼に見出した、という点に達しました。だが、それだけのことです。そこから一歩もすすめない」

スペンスは好奇心をそそられたようにポアロをみつめた。

「ムッシュー・ポアロ、この事件にたいそうご熱心とみえますな？」

「さよう」

「なぜですか、お聞かせいただけませんか？」

「じつのところ、自分でもはっきり判らないのですが」ポアロは手をひろげ、「そうですね、たぶん、二年前に、胃の腑のあたりがいやな気分がするのをこらえながら坐っていたとき——というのは、私は空襲が嫌いでしてね、あまり度胸のいいほうでもないのに、つとめてとりみだすまいと平然とかまえていたものですから——で、つまりその、いまも申すとおり、このあたりがいやな気分なのをこらえて」と胃のあたりをさすりながら、「私の友人の所属していたクラブの喫煙室に坐っておりますと、そこにいあわせたクラブのもてあまし者、つまりあの善良なるポーター少佐が、だらだらした長話をとりとめもなくしゃべっていたわけですよ、だれも聞いてもいないのに。ところが、私だけはそれを聞いていました。まず第一に、爆弾のことを考えまいとしてなんでも注意を向けられるものにしがみつきたかったのと、第二に、彼の話が、なかなかおもしろく、また暗示を含んでいましたので。そしてじつは内心、その彼の話している事態から、いつか何事かが起こる可能性がありそうだと思ったのです。ところが、現に、何事かが起こったではないですか」

「予期しないことが起こった、というわけですな？」

「どうしてどうして。予期したことが起ったのですよ。そのことこそ、じつに特筆すべき事実です」

「では、殺人を予想しておられたのですね？」スペンスは懐疑的だった。

「いやいや、そうではない。だが、未亡人が再婚する。その前夫が生きているという可能性があるだろうか？　たしかに彼は生きていた。彼が現れるということがあるか？　たしかに彼は現れた。恐喝が行なわれるだろうか？　たしかにそのとおり。したがって、その恐喝者はあるいは眠らされるかもしれない？　どうです、彼は眠らされたではないですか」

「なるほど」スペンスはまだ疑わしげにポアロを見ながら、「私には、そういったこともすべて一定の型があるように思えますね。ごくありきたりの犯罪ですよ——恐喝の結果が殺人に終るという」

「べつにおもしろくない、と言われるのですか？　普通はたしかにそうです。だが、この事件はおもしろい。なぜなら、いいですか」ポアロは平然と言ってのけた。「すべて、まともでないからです」

「まともでないとは？　それはどういう意味です？」

「そうですね、なんと言うか、つまり、何もかもがまともな型をしていないということです」

スペンスは呆然とした。

「いやじつは、ジャップ主任警部から、あなたがじつに深遠なる考えをお持ちだということをよく聞かされていましたが。その、あなたの言われるまともでないということを例を引いて説明してはいただけませんか？」

「そうですな、たとえば、あの殺された男というのがだいたいまともでないですな」

スペンスはいっこうにがてんがいかないらしい。

「あなたはそんな気がなさらないのですか？　では、たぶん私の想像力がたくましすぎるのでしょう。では、この点はどうです。アンダーヘイが〈スタグ〉に到着した。彼はデイヴィッド・ハンター宛に手紙を出す。ハンターは翌朝その手紙を受けとる——朝食の席で」

「たしかにそうです。彼はその時刻に、アーデンから手紙を受けとったと認めています」

「すると、アンダーヘイがウォームズリイ・ヴェイルに到着したということは、そのときはじめて明らかになったわけですな？　ところで彼はまず何をしました——あわてて妹に荷作りさせてロンドンにやったのでしたね」

「だがそれはべつに不思議はないと思いますが。彼は事を片づけるのに邪魔を入れたくなかったのでしょう。女の気弱さが、彼が自由に動くのに障りになると思ったのかもしれません。ともかく、あの男がすべて牛耳っていたんですからね。ミセス・クロードはすっかり押えられてますよ」

「さよう、たしかにそのとおり。そこで、彼は、妹をロンドンにやっておいて、イノック・アーデンなる者を訪ねる。われわれは、ビアトリス・リピンコットから、彼らのあいだにかわされた話の大要を聞いている。そして、その話から推すと、デイヴィッド・ハンターがその話の相手がロバート・アンダーヘイであるかないかぜんぜん確信が持てなかったということは疑いの余地がないわけです。彼はあやしいとは睨んでいたが、はっきり断定はできなかった、と」

「だが、その点では何もおかしなところはないと思いますが、ムッシュー・ポアロ。ロザリーン・ハンターは、ケープタウンでアンダーヘイと結婚して、そのままナイジェリアにまっすぐ行ったんです。ハンターとアンダーヘイは一度も逢ったことがなかったわけですよ。したがって、あなたのおっしゃるとおり、ハンターがアンダーヘイであるかどうか疑ったとしても、彼には断定はできなかったのが当然でしょう——一度も逢ったことがないんですから」

ポアロはスペンス警視をしげしげとみつめた。

「ではその点にかんしては何ひとつあなたの見るところ特異なものはないというわけですか？」

「あなたが何を言おうとしておられるのかは判りますよ。なぜアンダーヘイが、自分からはっきりアンダーヘイであると言わなかったか、ということですね？　だが、私はそれも当然だろうと思います。社会的地位のある人間は、よからぬことをするときには、体裁を飾りますからね。あとで尻尾をつかまれないようなやり方をするものです——私の言う意味はおわかりと思いますが。いや、私は、この件がべつに特異な様相をもっているとは思いませんな。ともかくだれしも人間なんですから、やはり人間性ってものを考えてやらなければ」

「さよう。その人間性ですよ。それが、この事件に私が興味をひかれた本当の理由だというような気がしています。検死審問で、私はいあわせた人々の顔をしみじみ眺めました。ことにクロード一族をね。あれだけの人間が、同じ利害関係に結ばれていながら、その性格や考え方や感じ方においてはひとりひとりみなちがっている。ただ彼らはひとりのこらず、何年ものあいだ、一族の華ともいうべき強い男、ゴードン・クロードに頼りきっていた。頼ると言っても、私の言う意味は全面的に生活費まで出してもらっていたということではないのですが。みんなそれぞれ立派な仕事を持っているのですから。

だが、意識していたといないとにかかわらず、かならずゴードンによりかかっていたにちがいないのです。ところで警視、樫の大木が突然倒れたとなると、それにまつわりついていた蔦《つた》はいったいどうなるとお思いです？」

「さて、それは私には畑ちがいの問題ですな」

「畑ちがいですと？　いや、そんなことはありません。モン・シェル、そういった場合、人間の性格は前のままでは止っていませんよ。あるいはかえって力強く立ちあがることもあり得ます。だが、凋落の途を辿る場合もあるわけです。人間の本質というものは、試練の場においてこそはっきり現れるものです——つまり、自分の足で立つか、あるいはころぶかという瀬戸際に直面したときにです」

「どうも、何をおっしゃろうとしているのか私には判らないのですが、ムッシュー・ポアロ」スペンスはきょとんとしている。「ともかく、いずれにしても、クロード一族はもう何も心配はないわけです。いや、心配はなくなるだろう、と言ったほうがいいでしょうな。法律上の手続きが完了しさえすれば」

ポアロは、まだそれにはだいぶ暇がかかるということをスペンスに念を押した。

「ミセス・ゴードン・クロードの証言がくつがえされるには手間がかかるでしょう。なんといっても、自分の夫が鑑別できないということは、まずないでしょうからな」

ポアロは小首をかしげ、大男の警視をじっと見つめた。

「だが、二百万ポンドもの収入を失うか失わないかというときには、たとえ夫であろうが判らないふりをして通すほうが利口じゃないですか？」警視は皮肉たっぷりだ。「それに、あれがロバート・アンダーヘイでなかったとしたら、なぜ殺される必要があったんです？」

「たしかに、そこが問題です」ポアロはつぶやいた。

# 6

警察から出てきたポアロの面持ちは思案にくもっていた。通りに出ると、足のはこびはだんだんゆるくなっていく。市場の前の広場で立ちどまり、あたりを見まわした。古びた真鍮の標札の出たクロード医師の家があり、その少し先が郵便局だ。その向いには、ジャーミイ・クロードの家がある。すぐ目の前には、通りから少しひっこんだ所に、聖母ローマ・カトリック教会があった。そのめだたない建物は、その広場の真中に、雑穀市場の建物と向いあって、でんとのさばりかえっているセント・メアリイ教会の前では、まるで凋《しぼ》みかかったスミレほどの哀れさだった。それは、プロテスタントに圧倒されつくしているカトリックの姿そのものだった。

ポアロはふっとこみあげた感情におされて、ローマ・カトリック教会の門を入ると、会堂に通じる道を辿った。入口で帽子を脱ぐと、祭壇にぬかずき、あとへさがると会堂の椅子のうしろに跪いた。だが、彼の祈りの言葉は、やっと押えてでもいるような激しいすすり泣きを耳にしたために中断されてしまった。

ポアロはふりかえった。通路の向う側の席に、黒い服を着た女が手で顔を覆って跪いている。すぐに立ちあがりはしたが、まだしゃくりあげながら、その女は戸口のほうへ歩みだした。ポアロははっと目をみはると、立ちあがってそのあとを追った。ロザリーン・クロードだったのだ。

ポーチに立ちどまり、心の乱れを押えようとしているロザリーンのうしろから、ポアロはごく静かに声をかけた。「マダム、何かお力になれましょうか？」

彼女はぜんぜん驚いた様子はなく、つらい目にあわされている子供のような思いつめた表情をした。

「だめですわ。だれもわたしの力にはなれないんですもの」

「どうやら身にあまる心配ごとがおありのようですな。ちがいますか？」

「デイヴィッドが連れていかれてしまって。わたし、ひとりぽっちなんです。あの人たち、デイヴィッドが人殺しをしたなんて言って。でも、ちがいます。そんなこと、しないのに」

はじめてポアロに目をやると、「あなた、きょう、あそこにいらしたわね？　検死審問に。わたし、おぼえてます」

「ええ、おりましたよ。もし、わたしでお役に立つことなら、なんでもいたしますよ、マダム」

「わたし、こわいんです。デイヴィッドは言ってました。デイヴィッドがついててくれるあいだはわたしは安全だって。でも、わたし、ひとりぽっちになってしまったので——こわいんです。デイヴィッドは言ってました、みんな、わたしが死ねばいいと思っているって。こんなこと口にしてはいけないかもしれません。でも、たぶんそのとおりなんです」

「お力にならしてください、マダム」

「だめなんです。だれもわたしをたすけられないんです。わたし、ざんげをしにいくこともできないんです。わたしの罪の重みをたったひとりで堪えなければならないんです。わたし、神さまのお慈悲からも見はなされてるんです」

「いや、神のお慈悲はだれの上にもあります、あなた」エルキュール・ポアロは言った。

ロザリーンはふたたびポアロの顔をみつめた——追いつめられた苦悩の表情をうかべて。

「わたし、罪のざんげをしなければならないんです。ざんげを。ああ、それができさえしたら——」

「なぜできないのです？　そのために教会に来られたのではないですか？」

「わたし、ただ慰めがほしかったんです。でもわたしには慰めが与えられるはずがありません。わたしはつみびとですもの」

「われわれはみなつみびとですよ」

「でも、罪をおかしたら悔いあらためなければいけないんです——悔いあらための言葉を言わなければ——話さなければ」ロザリーンは手で顔を覆い、「ああ、なんという嘘をわたしは言ってきたことか——嘘ばかりを」

「あなたのご主人のことについてですね？　ロバート・アンダーヘイのことを？　ここで殺されたのは、ロバート・アンダーヘイだったのですね？」

ロザリーンはきっと顔をあげた。瞳にさぐるような警戒の色がうかぶ。突然声高に叫んだ。

「あれは絶対にわたしの夫ではなかったのよ。ちっとも似てはいません」

「亡くなった人は、ぜんぜんあなたのご主人に似ていなかったのですな？」

「ぜんぜん」ロザリーンは反抗的になった。

「あなたのご主人はどんなご様子の方だったかおっしゃっていただけますか」

ロザリーンはポアロを見すえた。危険を感じでもしたように急にかたい顔つきになる。

瞳には恐怖の影が走った。「これ以上、あなたと話したくありません」彼女は叫んだ。さっとポアロの横をすり抜けると、ロザリーンは小走りにかけだし、門を通り表の広場へと消えてしまった。

ポアロはそれを追おうとはせず、ポーチに立ったまま、いとも満足げに大きくうなずいた。

「ははあ、そうだったのか」彼は言った。

やがて、ゆっくり広場に出てゆくと、ふとためらったのち、ハイ・ストリートを辿り、通りの一番はずれにある建物である〈スタグ〉の前まで来た。〈スタグ〉の玄関口で、彼はローリイ・クロードとリン・マーチモントに出合った。

ポアロはリンを興味ぶかげにみつめた。内心彼は思うのだ。なかなか整った顔だちだし、頭もよさそうだ、自分の好きなタイプではないが。ポアロはもっと女らしいやさしいタイプがお気に召すのだ。彼は思う、リン・マーチモントは典型的な現代的なタイプだ——あるいはそれと同じ意味で、エリザベス朝タイプとも言えるかもしれないが。ともかく、自主的にものを考え、思うことを的確に表現することができ、そして男性の進取の気性を、そのたくましい不敵な行動を尊敬する種類の女性なのだ。

「ムッシュー・ポアロ、ぼくたち、あなたには本当に感謝しています。まったく、あなたのなさったことは、まるで手品みたいでしたからね」ローリイは言った。

たしかにそのとおりだ、ポアロは思った。すでに答えの判っている問いを与えられれば、適当な演出を加えて一場の手品をやってのけるのは、いともたやすいことなのだ。この単純なローリイにとっては、いわば地から湧きでもしたようにポーター少佐が現れたということは、手品つかいの帽子から次々とウサギが取りだされたのと同様、息も止るほどの驚異だったということがポアロにはおおいに気に入っていたのだ。

「あなたがいったいどういう手をお使いになるんだか、ぼくは不思議でたまらないんですよ」とローリイは言った。

ポアロはその疑問をといてやろうとはしなかった。やはりポアロだとて人間なのだ。手品つかいは、お客に種あかしなどしはしない。

「ともかく、ぼくもリンも心から感謝しています」ローリイはまだしゃべりつづけている。

リン・マーチモントはあまり感謝している顔つきではないな、とポアロは思う。リンの目のまわりには、かたい線がうかんでいたし、指は神経のいらだちを示すように曲げたりのばしたりしどおしだった。

「これで、われわれが結婚してからも本当に楽にやっていけるわけです」ローリイが言った。

「まだわからないでしょ。法律上の手続きだとか何かがすっかりすむまでずいぶんかかるにきまってるわ」リンはつき放すような言い方をした。

「ご結婚なさるのですか、いつごろでいらっしゃいます？」ポアロはいんぎんに尋ねた。

「六月です」

「いつごろからご婚約のあいだがらで？」

「そろそろ六年ごしですよ。リンはつい最近、WRNSから除隊になったんです」

「では、婦人部隊に属しているあいだは結婚が許されないわけなのですな？」

「わたし、外地におりましたので」リンは言葉すくなく答えた。

ポアロはローリイの顔にちらっと浮んだ渋い表情を目にとめた。彼はリンをせきたてるように、「さ、リン。もうお別れしよう。ムッシュー・ポアロはロンドンにお帰りになるんだろうから」

ポアロはにこにこしながら言った。「いや、私はロンドンには帰りませんよ」

「えっ？」

ローリイは妙にしゃちほこばった顔つきで棒立ちになった。

「しばらく、この〈スタグ〉に滞在するつもりです」

「だが──だが、なぜですか？」

「田舎の風物《セ・タン・ボー・ペイザージュ》は美しいですからな」ポアロはさりげなく受け流した。

ローリイは納得がいかなそうに言った。「ええ、そりゃあまあそうですが──だが、あなたは、そのう、お仕事のほうもお忙しいのでは？」

ポアロは微笑みながら言った。「私もいささか貯えがありますのでね。そうがむしゃらにはたらかなくともよろしいのです。いや、私も余暇を楽しみ、気のむいた所で日をすごすことができるわけです。そして、いまのところ、このウォームズリイ・ヴェイルが一番気分がむくものですから」

彼は、リン・マーチモントが顔をあげ、じっとみつめているのに目をとめた。ローリイはなんとなく迷惑そうな顔つきをしていると彼は思う。

「あなたはゴルフをなさるんでしょ？　ウォームズリイ・ヒースにはもっとましなホテルがありますよ。ここはなんともつまらん所ですよ」

「ところが、私はウォームズリイ・ヴェイルだけがおもしろいのでしてね」とポアロ。

「行きましょう、ローリイ」

リンにうながされて、まだ心を残しながらもローリイはそのあとにつづいた。ドアのところでリンはふと立ちどまり、急いで戻ってきた。彼女は小声で静かに話しかけた。

「検死審問のあと、デイヴィッド・ハンターは拘引されましたけれど、あれでいいとお思いでしょうか？」

「マドモアゼル、答申があああ出たからにはいたしかたありません」

「あの、わたしがうかがいたいのは、あなたも彼が犯人だとお思いでしょうかっていうことなんですの」

「あなたはどうお思いです？」ポアロは言った。

だが、そのときローリイが戻ってきた。リンの顔はさっとかたくなり、装った平静さをうかべた。

「失礼いたします、ムッシュー・ポアロ。いつかまたお目にかかりたいと思いますわ」

彼女は言った。

「さて、これはどういうことかな」ポアロは心につぶやいた。

ビアトリス・リピンコットと部屋のとりきめをすますと、ポアロはまた外に出た。その足はライオネル・クロード医師宅に向っていた。

「まあ」玄関をあけたケイシイは思わずあとずさると、「ムッシュー・ポアロでしたのね」と言った。

「はい、マダム、ちょっとご挨拶にあがりました」ポアロは頭をさげた。

「まあ、それはそれは。まあお入りいただきましょうか。どうぞおかけになって――その本をどけますわ、『マダム・ブラヴァツキイ』（神智学の権威、ロシアに生る。一八三一～一八九一年）です。お茶をさしあげなければ、でもろくなお菓子もないんですの。〈ピーコック〉に買いにいくつもりでしたの、水曜にはときどきスイスロールを売るんですよ。でも、検死審問なんかがありますと、家の仕事の手順がすっかり狂ってしまいますわね？」

ポアロは、たしかにそうでしょうと言った。彼は、ローリイ・クロードが、彼のウォームズリイ・ヴェイル滞在の宣言を、どうやら快く思っていないような気がしていた。ところが、ケイシイの態度も、けっして彼の訪問を喜んではいないのをはっきり示していた。ポアロに向けられた目には、当惑に近い表情がうかんでさえいる。そして顔をよせると、謀殺人が密議でもこらすようなしゃがれ声で、「主人には黙っていてくださいね、わたしがご相談にあがった件を――わたしたちが霊媒から聞いたことを？」

「私は口がかたいほうです」

「あの――あのときは、わたし、もちろん夢にも知りませんでした、あのロバート・アンダーヘイが――ほんとにお気の毒なことでしたわね――あの人が現にウォームズリイ・ヴェイルにいたなんて。いまでも、めったにない偶然の一致だと思ってますけど」

「そうですとも。こっくりさんが、まっすぐ〈スタグ〉にあなたを導いてくれればよかったということですな」

ケイシイは、こっくりさんが話に出ると少し元気づいた。

「霊界でいろいろなことが起こってくるのは、本当に理屈ではわりきれませんわ。でもわたし、たしかにそうしたことの中には一つの目的があると信じています。この世間でもそうですわね、そうお思いになりません？　何事にも目的というものがあると？」

「さよう、そのとおりですとも、マダム。いま、私がこうしてお宅の居間に坐っておりますのにも、一つの目的があります」

「まあ、そうでしたの？」ケイシイはぎくっとした様子をみせた。「あら、それはそうでしょうね。ロンドンへこれからお帰りなんでしょう、もちろん？」

「いますぐではありません。二、三日〈スタグ〉に泊りますんでね」

「〈スタグ〉って？　ああ、〈スタグ〉ですわね。でも、あそこで——ムッシュー・ポアロ、お宿になさるのにあまり良いとは思えませんけど」

「私はお導きによって〈スタグ〉に泊ります」ポアロはまじめくさって言った。

「お導きって？　どういうことですの？」

「あなたのお導きによって」

「あら、でも、わたし、ぜんぜんそんなつもりでは——あのうつまり、わたし、夢にも思わなかったんですの。まったく怖しいことですわ、そうお思いになりません？」

ポアロは悲しげにうなずいた。そして彼は言いだす。「いま、ミスター・ローリイ・クロードとミス・リン・マーチモントとお話をしてきたところなんですが、ごく近くご結婚とかうかがいましたが？」

ケイシイはすぐに話に乗ってきた。

「リンはとてもいい娘ですわ――それに計算がとても上手ですわ。わたしって、ぜんぜん数の観念がありませんの、てんでだめなんですわ。わたしが会の会計のことなんかでわけが判らなくなったりすると、いつもリンがうまく始末をつけてくれるんです。いい娘ですわ。あの娘は本当に幸福にしてやりたいんです。ローリイは、そりゃあもちろん立派な人間ですわ、でも、なんて言いますか、少しばかり退屈な人でしてね。つまり、リンのように世の中をひろく見てきた娘にとっては、ということなんですけど。ローリイは、戦争中ずっとここの農場で暮らしてましたのよ――もちろん、正当な理由があったからですけど。つまり、政府の方針でそうなったんですから、その点では何も言うところはないんですの――ボーア戦争の時の白い羽根だとか何とかいうのとはちがいますわ。ただ、わたしの言うのは、そのために、ローリイが視野が狭くなっているっていうことなんですの」

「しかし、六年間もの婚約期間というのは、愛情のテストには充分でしょう」

「ええ、そりゃあそうですわ。でも、ああして従軍部隊にいた娘たちは、故国《くに》に帰ってみると、静かな暮らしにあきたらなくなるものですわ――そして、身近にだれかほかの人があると、そうですわね、冒険に富んだ生活をしてきた人があると――」

「デイヴィッド・ハンターのような男ですか？」

「あら、二人のあいだはなんでもなかったんです」ケイシイはあわてて打ち消した。「本当になんでもなかったんですわ。その点はたしかです。何もなくてほんとによかったと思いますわ、あの人が人殺しをしたなんてことになってみれば。それも自分の義理の弟をですものね。お願いですわ、ムッシュー・ポアロ、リンとデイヴィッドのあいだに何かあったなんてことをお考えにならないでくださいね。あの二人は顔が合うたびに喧嘩ばかりしていたくらいですわ。わたしの思うには――あら、主人が帰ったらしいですわ。わたしたちが前にお目にかかったときのこと、絶対に口にお出しにならないで、お忘れなくね。もしそんなことを聞いたら、主人はどんなに心配しますでしょう、だって――あら、ライオネル、お帰りなさい。こちらムッシュー・ポアロですわ、ほら、あのポーター少佐を探して、亡くなった人を見せに連れてってくださった」

クロード医師は疲労困憊の態だった。そのうす青い瞳の瞳孔は針の尖ほどに狭まっていたが、あてもなくうろうろとその視線を動かしている。

「はじめまして、ムッシュー・ポアロ、これからロンドンにお帰りで？」

ははあ《モン・デュー》、また私をロンドンに追い返したい人間があらわれたわい！　ポアロは内心つぶやきながらも、辛抱づよく、「いいえ、二、三日〈スタグ〉に泊るつもりです」と言った。

「〈スタグ〉にですか？」ライオネルは眉をよせ、「ああ、警察がこの土地にしばらくいらっしゃるようにお願いしたのですな？」

「いいえ。私が勝手にそうしたまでのことで」

「なるほど」ライオネルの顔にさっと知的なひらめきがうかんだ。「では、あなたはまだ満足されていないわけですな？」

「なぜそうお思いになりました、ドクター・クロード？」

「いや、何も隠されなくとも。そうなんでしょう？」お茶の仕度をするからと言いながらケイシイは部屋を出ていった。ライオネルは言葉をついだ。「あなたは、何かまともでないものを感じておいでなんでしょう？」

ポアロは愕然とした。

「あなたからそんなことをうかがおうとは思っていませんでした。では、あなたもそういう感じがしておいでですか？」

ライオネルは口ごもった。

「さあ――べつにそうはっきり感じてるわけでも。なんと言いますか、あまりにできすぎているという気がするんですな。小説などでは、恐喝者という者は殺《や》られるにきまってますが。実生活でもそういうことがあるものでしょうか？　どうやら答えはイエスだったようですが。だが、そこがあんまりできすぎてるという気がするんですよ」

「医学的見地から、何か疑わしい点があるんでしょうか？　もちろん、これは内々でうかがうことですが」

クロード医師は考え考え言った。「いや、その点では何もないと思います」

「そんなはずはない――たしかに何かあります。私にはそれがわかりますが――」

ポアロの声は、彼がその気になると、催眠術めいた効果をあげるのだ。クロード医師は眉をしかめると、ためらいがちに話しだした。「もちろん、私は警察医ではありませんから、こういった方面の経験は何もないのですが。それに、だいたい、医学的検証というのが、素人や小説家が考えるほど確固としたゆるぎのない型どおりのものじゃあないんです。私たちはまちがいだらけなんです――医学なんてものがだいたいまちがいを起しやすくできてるんです。診断というのはなんです？　推測にしかすぎませんよ、ほんのわずかばかりの知識にのっかった、そしてどのようにでもとれる少しばかりの曖昧な手がかりに頼った。そうですねえ、私もはしかの診断くらいなら絶対にまちがいなくやれるでしょう。それも、今までに何百というはしかの患者を診てきましたし、その結果、ありとあらゆる症状や前駆症を知ったからですよ。医学書なんかに出ているはしかの〝典型的症状〟なんてものは実地にはめったにぶつかるもんじゃないですよ。いや、いろいろ珍しい経験をしたものです──ある婦人などは、手術台の上で、まさに盲腸の手術を受けるという直前になって、パラチフスという診断をくだされたりしましてね。こんな例もありました、ある子供が皮膚病に苦しんでいて、非常に熱心な良心的な若い医者に、ビタミン欠亡症の、それも重症だと診断されたんです。ところがその土地の獣医が現れて、その子供が始終抱いていたネコが白癬《はくせん》にかかっていて、それがうつったんではないかと言いましてね。

医者もやはり一般人同様、先入観のとりこになりがちですからね。明らかに他殺と見られる男が横たわっていて、傍に血のついた火挟みがあるとしますね。その場合、彼が何かほかのもので頭をやられたと言いたてるのはナンセンスかもしれません。だが、私は頭を割られた人間などぜんぜん診た経験はないのですが、あえて言わせてもらえば、どうもおかしいような気がしたんです──つまり何かもっと別のもの、あんな丸い滑らかな表面のものではない、なんと言いますかな、もっとカッキリした角《かど》のあるもの、たとえば煉瓦のようなものではないかと思ったんですが」

「検死審問ではそうはおっしゃいませんでしたな？」

「ええ、つまり自信がなかったんです。ジェンキンスは——警察医です——なんの疑いも持っていなかったようですし、これはあの男の畑ですからね。だが、彼にしてみても、れいの先入観というやつに邪魔されているということはあり得ます——死体の傍にあった兇器という。あの火挟みで致命傷を負わせることができるか、と問われれば、たしかにそれは可能だと言えますよ。だが、実際にあの傷を見せられ、何で作られたものかと訊かれた場合、そうはっきりは断言できないと思うのですがね。だが、といってなんと言ったらいいものか、こんなことはまさか言えますまい——つまりですね、犯人が二人いて、一人は煉瓦でなぐり、あとのやつが火挟みでやったなどとは——」彼は口をつぐみ、どうも思わしくないといったふうに首をふり、「これじゃあ話にならないでしょう？」とポアロに問いかけた。

「何か尖った角で頭を打ったと考えられますかな？」

クロード医師は首をふった。

「あの男は、床の真中にうつぶせになっていたのです。ごく厚手の時代遅れのアクスミンスターじゅうたんの上に」

彼は細君がまた戻ってきたので急に話題をかえた。

「ケイシイが、お茶をいれてきたようです。どうせれいによって薄くてのめないでしょうが」

ケイシイがささげた盆には、茶道具だのパンの切りかけだの、底のほうにほんの少しばかり残ったジャムの二ポンド瓶だのがゴタゴタとのっていた。

「お湯はよくわいているはずだったんですが」ティーポットの蓋をつまんで中を見ながら、ケイシイは自信なげに言った。

ライオネルはふんと鼻をならすと、「また薄いにきまってる」と癇癪まぎれに言い残しさっさと出ていってしまった。

「まあ、ライオネルは、戦争以来、とても神経がたっていましてね。過労だったんですわ。お医者さんがほとんど召集されてましたのでね。主人は休む間もなかったんです。朝から晩まで往診に出てましてね。よくまあ体がもったようなものです。もちろん平和な世の中になったら引退するつもりではいたんですが。ゴードンとも話し合いがついてましたの。主人の趣味は植物学ですの、中世の薬草を研究してますのよ。本を書いてますわ。主人は、隠退して静かに暮らせるようになったら、自分の研究だけに没頭できると思って楽しみにしてましたわ。ところが、ゴードンがあんな死に方をしましたでしょう――それにこのごろの暮らしにくいことといったら、ねえ、ムッシュー・ポアロ。税金だとかなんとかでたいへんですわ。主人は隠退どころではありませんでしょ、それですっかり神経を痛めてしまって。それに、まったく話になりませんわ。ゴードンがあんなふうに突然亡くなったりしたので、遺言書もないんですものね。まったく、あんなことってあるもんでしょうか。何かのまちがいだって気がしてなりませんわ。ぜんぜん法にかなってませんもの」

彼女は溜め息をつくと、ふっと元気づいた。

「でも、わたし、やっと自信が出てきましたの。〝勇気と忍耐の門には福至る〟ですわ。きょう、あのポーター少佐が立って、あのお気の毒な人はロバート・アンダーヘイだと、男らしく断言してくださったとき、わたし、本当にそう思いました。ほんとにすばらしいことですわ、ムッシュー・ポアロ。物事が法にかなってくるということは。そうお思いになりません？」

「殺人もその一つですかな」エルキュール・ポアロは言った。

# 7

思いをめぐらしながら〈スタグ〉に戻ったポアロは、急に冷たくなった東の風に少しばかりぞくぞくしていた。ホールには人影がなかった。右手のラウンジのドアを押すと、炉の火はほとんど燃えつきていて、燃えさしの燠《おき》の匂いがこもっていた。ポアロは爪先だちで、ホールのつきあたりにある〈滞在客専用室〉と記されたドアを押した。ここにはあかあかと薪が燃えていたが、暖炉の前の大きなアームチェアーで、悠々と足をあぶっていた堂々たる老婦人が凄い目つきで睨みつけたので、ポアロは早々に尻尾をまいて退散した。

ホールに立って、彼はガラス張りのオフィスから、旧式な書体で〈コーヒー・ルーム〉と記されたドアへと目を移した。こうした田舎のホテルに泊った経験から、この〈コーヒー・ルーム〉なるものでコーヒーが出る唯一の時間は、朝食のあとわずかなあいだにかぎられ、そのコーヒーなるものも水っぽいミルクがほとんどという代物なのをポアロは承知していた。小カップ入りの〝ブラック・コーヒー〟と名づけられた甘ったるいザラザラした飲料は、〈コーヒー・ルーム〉ではなくラウンジで出されるのだった。そして、ウインザー・スープ、ポテトつきハンバーグ、そして蒸しプディングといったディナー料理は、七時きっかりに〈コーヒー・ルーム〉で供されるはずだった。それまでは〈スタグ〉の階下の部屋部屋は、しんと静まりかえっているのだった。

ポアロは思いに耽りながら二階へあがっていった。彼の部屋の十一号のある左手へは行かず、右へ曲り、五号室のドアの前に立ちどまった。彼は左右を見まわす。廊下には人影がなかった。ドアをあけ、中へ入っていった。

警察はもう手を引いたとみえ、部屋はすっかり掃除され、床もみがきあげてあった。床にはじゅうたんはなかった。れいの〝時代おくれのアクスミンスター〟は目下洗濯屋ゆきと見えた。毛布はきちんと畳まれ、ベッドの上に積みあげてある。

ドアをしめると、ポアロは部屋の中をあちこち歩きまわった。塵ひとつ落ちていず、妙にがらんとしてよそよそしい雰囲気が漂っている。ポアロは家具を調べはじめた。書き物テーブル、時代がかった上等なマホガニイ製の小簞笥、同じ出来の、しゃんとした洋服簞笥（四号室とのあいだのドアを隠していたものにちがいない）、大型の真鍮製のダブルベッド、湯と水の栓のついた洗面台——文明の貢献と使用人の手がたりないこととを同時に物語る——大型のだが、あまり坐り心地の良くなさそうなアームチェアー、小型の椅子が二脚、旧式なヴィクトリア朝風な暖炉、れいの火挟みとセットになる火かき棒と先のとがったシャベル、どっしりした大理石のマントルピース、そして四角く角《かど》をとった大理石のぶあつい炉の化粧縁《べり》。

この最後の品を、ポアロは身をかがめてみつめた。指をしめらすと、その右の角をこすってみて指を眺めた。ほんの少し指先が黒ずんだ。次に別の指で左の角を試してみる。こんどは、指に何もついてはこなかった。

「ははあ」ポアロは感慨ぶかげにつぶやいた。「なるほど」

彼はつくりつけの洗面台に目をやり、次に、窓へ歩みよった。窓のすぐ下に、ガレージの屋根とおぼしきものがつづいていて、その先に裏口に通じる路地が見える。人目に立たずに五号室に出入りするのには格好な通路になりそうだ。だが、正面から堂々と五号室に入ってきても、おそらくだれにも見られはしないだろう。現に、たったいま、ポアロはだれにも逢わずにすらすらと入ってこられたのだ。

そっとドアをしめると、静かにポアロは部屋を出た。自分の部屋に入ってみると、なんともうそ寒くていたたまれなかった。ふたたび階下に降りていくと、日暮れどきのひえびえとした空気に追いたてられた勢いで、勇敢に〈滞在客専用室〉へ入っていき、暖炉の傍にアームチェアーを引き寄せると坐りこんだ。

れいの堂々たる老婦人は、間近に見るとなお怖しげだった。茶っぽい白髪で、口ひげまでたくわえたその老女は、たちまち、ひくい威圧するような声でポアロを怯えあがらせた。

「このラウンジは、このホテルに泊っている者の専用ですよ」

「私はこのホテルに泊っているんですが」エルキュール・ポアロは答えた。

老婦人は反撃を加える前に一瞬気息をととのえ、やがて咎めだてるように、「あなたは外国人ですね」とやりかえした。

「そうです」

「あなた方は、みんな帰るべきだ、とわたしは思ってますよ」

「どこへ帰るので？」

「出てきた所へですよ」と断固と言いきると、それに追いうちでもかけるように、小声で、「外国人なんか！」とつけたし、ふーっと鼻をならした。

「しかし、それはそう簡単にはいきませんので」ポアロは下手に出た。

「冗談じゃない。そのためにわたしたちは戦争をしたのじゃありませんか。みんなしかるべき所へ帰ってそこでおちついてくれるように」

ポアロはすすんで反論を唱えようとはしなかった。今までの経験から、「なんのためにわれわれはたたかったか」というテーマについては、あらゆる人間が独自の見解を持っていることをポアロは知っていたからだ。

しばらく睨みあいの沈黙がつづいた。

「いったい世の中はどうなるのですかねえ」老婦人は口をきった。「まったく見当がつかない。わたしは毎年ここに来ています。夫が十六年前にここで亡くなったんです。お墓もここにあります。毎年、わたしはここで一ヵ月暮すことにしているんですよ」

「ご殊勝なことで」ポアロはいんぎんに応じた。

「ところが、年々ここもわるくなります。ろくなサーヴィスをしません。料理もひどい。ウィンナ・ステーキ（ハンバーグ）なんてものを出すんだから。ステーキっていうのは、ヒレかランプにきまってます。絶対にこま切りの馬肉じゃないですよ」

ポアロは同情に堪えぬというふうに首をふった。

「たった一つ良くなったことがあります——飛行場が閉鎖されましたからね。飛行機乗りの男どもが、いやらしい女を連れこんだりして、それはひどいもんでしたからね。あの女どもに限りません、いまどきの娘といったら。まったく母親の顔が見てやりたい。まるでほったらかしで、躾も何もしないんですかね。政府がわるいんですよ、だいたい。

母親をみんな工場ではたらかしたりして。小さな子供のある連中だけ免除するなんて、いったいどういうつもりなんです。小さい子供のことなんか心配することはありゃしませんよ。だれだって赤ん坊の世話はできますとも。赤ん坊は兵隊を追いかけたりしませんからね。十四から十八までの娘ですよ、監督が必要なのは。母親がいるのは。娘が何をしているかっていうことを一番よく判るのは母親ですよ。兵隊だ、飛行機乗りだ、娘たちのあたまにはそれしかないんですからね」

すっかり興奮した老婦人は咳きこみだした。咳がおさまると、腹をたてるのを楽しみでもするように、ポアロを攻撃の矢面に立てて、また言葉をつづけた。

「なぜ兵営のまわりに鉄条網を張らないんでしょうね？　兵隊が娘に手を出さないように。そうではない、娘が兵隊に手を出さないようにですよ。まるでいろきちがいですよ、いまどきの娘は。着てるものを見てごらんなさい。ズボンをはいたり、中にはショーツをはくばかまでいるじゃありませんか。うしろから見た格好が自分で見えたら、二度とはきはしますまいよ」

「おっしゃるとおりです、マダム、たしかに」

「頭に何をかぶってます？　ちゃんとした帽子なんか見たこともない。何だかわけのわからないものをちょいとのっけて、顔にはべたべた白粉や紅を塗りたくって。唇からはみだすほどいやったらしいものをつけて。手の爪どころか、足の爪までまっかにして」

老婦人は劇的に言葉を切ると、効果いかにとポアロをみつめた。彼は嘆息して首をふってみせた。

「教会にさえ、帽子をかぶってこないんですからね。あの不細工なスカーフさえかぶってないときもありますよ。チリチリみっともなくちぢれあがったパーマネントむきだしで。このごろでは、髪の毛っていうものがどういうものか知ってる人はひとりだっていはしません。わたしなんか若い時分は、自分の髪の上に坐れたものですよ」

ポアロは相手の三つあみにしてくるっとまいた茶っぽい白髪にちらっと目をやった。この怖しい老女にも若かりし日があったとは、なんとも想像がつかなかった。

「このあいだの晩、そんな連中がひとり、ここにまぎれこんできてましたよ。オレンジ色のスカーフをまいて、べったり厚化粧で。わたしは穴のあくほど見てやりました。じろじろとね。すぐ行っちまいましたよ。

ここに泊っていたのではないんです。ありがたいことに、あんなタイプの女はここでは泊めませんからね。男の寝室から出てきたんですから、何をしてたか判ったものじゃありませんよ。まったく破廉恥なことです。すぐリピンコットに言っときましたが——だが、あれだって似たようなものです——男とみればまるで目がないんですからね」

ポアロはふと興味をそそられた。

「男の寝室から出てきた、とおっしゃいましたね？」

老婦人は待っていたとばかりとびついてきた。

「そうですとも。この目でちゃんと見たんですから、五号室ですよ」

「何曜日でしたか、マダム？」

「人殺しがあったとかいって大騒ぎをした前の日ですよ。ここであんなことが起こるなど、まったくなんということでしょう。この土地は、昔風なまともな所だったのに」

「で、それは昼の何時ごろのことでしたかな？」

「昼の？　とんでもない、夜ですよ。それもだいぶ遅くなってからです。まったく破廉恥なことですよ。十時をすぎてましたね。十時十五分すぎに、わたしは部屋にあがっていきました。五号室からその女が平気な顔で出てきて、わたしをじっと見ると、またそこそ中へ入っていき、男と笑ったりしゃべったりしていました」

「男の声も聞えましたか？」

「いま言いましたでしょう？　女がこそこそ中へ入ると、男が、『さっさと帰れよ。もううんざりだ』ってどなったんですよ。そんな口を女に向ってきくなんて。でも、女が女ですからね。あばずれ女ども」

「あなたは、そのことを警察にはお話しになりませんでしたね？」

老婦人は怪獣《バシリスク》めいた怖しい目つきでポアロを睨みすえると、ゆらゆらとばかり椅子から立ちあがった。ポアロの前に立ちはだかりぎろぎろと目をすえ、「生れてこのかた、わたしは警察などと関係をつけたことはないんですよ。まったく警察だなんて。このわたしが警察裁判に出るとでも思うんですか？」

怒りに体を震わせながら、最後のひと睨みでポアロをちぢみあがらせると、彼女は憤然と部屋を出ていった。

しばらく口ひげをひねりながら、沈思黙考していたポアロは、やがて立ちあがると、ビアトリス・リピンコットを探しに行った。

「ああ、お年寄りのミセス・リードベターですわ、ムッシュー・ポアロ。キャノン・リードベターの未亡人の。ええ、毎年いらっしゃいます。でも、ここだけのお話ですが、あの方には困ってますわ。ときどき、ほかのお客さまにずいぶん失礼なことをおっしゃるし、何もかも昔どおりにはいかないってことがどうもちっともお判りでないようなんです。もっとも、もう八十にお近いんですからね」

「だが、頭はぼけてはおられないんですな？　わけのわからないことを言ったりはしないでしょう？」

「ええ、ええ。お年のわりに、とても頭は良いほうです――ときどきは良すぎるくらいですわ」

「火曜日の夜、殺された人を訪ねてきた若い女性が何者か、ごぞんじですかな？」

ビアトリスはびっくりした。

「あの方を訪ねてきた若い女の人なんて、ぜんぜん記憶にありませんわ。どんなふうの人ですって？」

「オレンジ色のスカーフで頭をつつみ、どうやら相当厚化粧だったようです。火曜の夜、十時十五分すぎに、五号室でアーデンと話していたそうですよ」

「まあ、わたし、ぜんぜん知りませんでしたわ、ムッシュー・ポアロ」

思いをめぐらしながら、ポアロはスペンス警視を探しに出かけた。

スペンスは黙ってポアロの話に耳を傾けると、椅子にもたれかかり、ゆっくりとうなずいた。

「まったくおどろきますな？　結局また例のきまり文句ですか。〝犯罪の蔭に女あり《シェルシェ・ラ・ファーム》〟という」

警視のフランス語の発音は、グレイヴス部長刑事ほど上等ではなかったが、彼はおおいに得意だった。椅子から立ちあがり部屋を横ぎると、何かを手にして戻ってきた。金属製のケースに入った口紅だった。

「この事件の裏にどうも女がいそうだと、かねがね思っていたのですがね。これがあるんで」

ポアロは口紅をとると、手の甲にうすく塗ってみた。

「上質ですな。暗いチェリイレッドだ――たぶんブルネットが使う色でしょう」

「そうですよ。五号室の床で発見されたのです。小箪笥の下に転がりこんでいたんですが、あるいはだいぶん前からそこにあったのかもしれませんがね。指紋はなしです。だが、今は以前のように口紅もそういろいろの製品が出てるわけじゃありません。ほんの二、三の会社がメーカーですからね」

「で、もう調査はなすったわけですな?」

スペンスはニヤッとした。

「たしかに、おっしゃるとおり調査をしましたよ。ロザリーン・クロードはこのタイプのを使ってます。リン・マーチモントもそうです。フランセス・クロードはもっとじみな色です。ミセス・ライオネル・クロードは口紅はぜんぜん使いません。ミセス・マーチモントは、うすい紫がかった赤です。ビアトリス・リピンコットは、こんな高価なものは使わないようです。小間使いのグラディスも同様です」

彼は息をついた。

「全部調査ずみというわけですな」とポアロ。

「いやまだ全部ではないんですよ。どうやらこの事件には他所者《よそ》が関係しているようですからね。きっと、アンダーヘイが、このウォームズリイ・ヴェイルで知り合った女でしょう」

「そして、火曜の夜、十時十五分すぎに彼と一緒にいた女、というわけですな？」

「さよう」スペンスは溜め息まじりに言いたした。「これで、デイヴィッド・ハンターは嫌疑の外に立つというわけか」

「本当ですか？」

「ええ。やっこさん、ついに供述書を出すことをご承諾でね。弁護士がやっとのことで説き伏せたんですよ。これが、彼が言うところのあの日の動静です」

ポアロはきちんとタイプされたメモに目を通した。

〝四時十六分発の汽車で、ウォームズリイ・ヒースに向う。五時三十分、同駅着。徒歩道により〈ファロウ・バンク〉に至る〟

「彼の言うところによると」警視が口をはさんだ。「こちらへやってきたのは、手紙だとか書類だとか小切手帳だとかいったものを取りにきたのだというんです。それから、洗濯屋に出したワイシャツが仕あがってきたかどうか、ついでに見にきたんだと。もちろん、まだだったそうですが、まったくちかごろでは洗濯屋はどうにもならんですよ。わが家あたりでも、もう一カ月近くもまわってこないんですからな。いまでは、クリーニングのできたタオルが一枚もなくなってしまって。家内が私のものも全部自分で洗ってますよ」

こうごく人間味のある愚痴をあいだにはさむと、警視はふたたびデイヴィッドの動静表にもどった。

〃七時二十五分に〈ファロウ・バンク〉を出、七時二十分の汽車に乗り遅れ、九時二十分までは汽車がないので散歩をしたと述べている〃

「どちらの方向へ散歩をしたのですかな?」ポアロは尋ねる。

警視は自分の手帳を出してみた。

「ダウン・コープスの林ぞいに歩きだし、バッツ・ヒルからロング・リッジに出たと言ってます」

「つまり、〈ホワイト・ハウス〉を中心にぐるっとひとまわりしたわけですな」

「これはこれは、この辺の地理に、もうすっかりお詳しいんですな、ムッシュー・ポアロ」

ポアロは微笑をうかべ首をふった。

「いや、いまおっしゃった地名はぜんぜん知りませんよ。ただ当て推量をしたまでで」

「ははあ、なるほど」警視は小首をかしげた。

「そして、次に、彼の言うところによると、ロング・リッジの丘まで行ったとき、だいぶ汽車の時間が迫っていたのに気がついて、近道をしてウォームズリイ・ヒースの駅へとかけつけたと言うんです。間一髪のところで汽車にまにあい、ヴィクトリア駅に十時四十五分に着き、〈シェパーズ・コート〉まで徒歩で行き、十一時に到着したというとです。最後の陳述はミセス・ゴードン・クロードの確認があります」

「その他の点についての確認は？」

「じつは微々たるもんです。が、ぜんぜんないわけでもないのです。ローリイ・クロードほか何人かが、彼をウォームズリイ・ヒースの駅で見かけています。〈ファロウ・バンク〉のメイドたちは外出中でした——もちろんハンターは自分の鍵で入ったわけです

――で、メイドたちは彼に逢わなかったのですが、書斎にタバコの吸いがらがあったので、それと察したようですし、シーツ類をしまってある戸棚がだいぶひっかきまわされていたそうです。それから、庭師が一人、温室をしめるかなんかでおそくまで仕事をしていて、彼の姿を見たそうです。ミス・マーチモントは、マードン・ウッズの傍で彼に出合っています。汽車にまにあうように駆けているところだったそうです」

「彼がたしかに汽車に乗ったのを見た者がありますか？」

「いいえ。が、彼はロンドンへ帰るとすぐミス・マーチモントに電話をしています。十一時に」

「電話局の方を調べられましたか？」

「ええ。それより先に、あのフラットからかけた電話を全部しらべておいたんです。十一時四分にウォームズリイ・ヴェイル局三十四番に長距離電話がかかっています。マーチモント家の番号です」

「これは、なかなかおもしろい」ポアロはつぶやいた。

警視は労を惜しまず、整然と説明をつづける。

「ローリイ・クロードは九時五分前にアーデンの部屋を出ています。彼はそれよりけっして前ではないと断言しています。九時十分に、リン・マーチモントは、マードン・ウッズでハンターに逢っています。たとえ彼が〈スタグ〉から駆けどおしで来たとしても、アーデンに逢い、喧嘩をはじめ、彼を殺してマードン・ウッズまで行くという早業ができたでしょうか？　もちろん実地検証はやってみますが、私の考えでは、これは不可能としか思えませんね。いまや、またはじめからやりなおしです。アーデンは九時に殺されたどころか、十時十分すぎにも生きていたというのですからね、その老婦人が夢でも見ていたのではないかぎり。アーデンは、あの口紅を落した、オレンジ色のスカーフをした女に殺されたか、その女が帰ったあとでやってきた何者かに殺《や》られたか、どちらかだっていうことですね。そしてだれが殺《や》ったにしろ、その犯人が時計の針を九時十分に戻しておいたってことだと」

「ということは、もしデイヴィッド・ハンターが、その妙な場所でリン・マーチモントと逢わなかったとしたら、彼は非常に不利な立場になるということですな？」

「たしかに。九時二十分は、ウォームズリイ・ヒースでは最終の上り列車です。もうすっかり暗くなっている時刻ですし。いつもその汽車で帰るゴルファーたちはいるわけですが。だれもハンターにとくに目をとめはしないでしょうからね。駅の連中は彼の顔を知りませんし。そして、ロンドンに着いてからはタクシーに乗っていないんですから。したがって彼が言う時刻に〈シェパーズ・コート〉に着いたというのも、彼の妹の証言以外何も確証がないわけですよ」

ポアロが黙りこんでいるので、警視は尋ねた。「何か考えているのですか、ムッシュー・ポアロ？」

「〈ホワイト・ハウス〉をまわるながい散歩。マードン・ウッズでの出合い。そのあとの電話——。そして、リン・マーチモントはローリイ・クロードと婚約の身、と。その電話でどんなことが話されたか知りたいものですな」

「人間関係に関心をもたれてるわけですね？」

「さよう」とポアロ。「私の関心は、つねに、人間関係に向けられております」

# 8

もうだいぶおそくなってはいたが、ポアロはもう一軒訪ねたいところがあった。彼はジャーミイ・クロード邸へと向った。

小柄な利口そうな女中が、彼をジャーミイ・クロードの書斎へ通した。待たされているあいだ、彼は興味ぶかげにあたりを見まわした。自宅までが、法律事務所めいて味もそっけもない、とポアロは思った。机の上に、ゴードン・クロードの大きなポートレートがある。もう一枚、だいぶ変色したエドワード・トレントン卿の馬上姿のがある。ポアロがそれを手にとってじっとみつめていると、ジャーミイ・クロードが現れた。

「いや、失礼を」ポアロは多少あわてて手にしていた写真たてを置いた。

「家内の父です」ジャーミイの言い方にはいくぶん得意然としたところがあった。「馬は彼の持馬の中でも選り抜きのやつで、チェストナット・トレントンです。一九二四年のダービイで二番になりましてね。競馬はお好きで？」

「いや残念ながら、てんで」

「金のかかるもんですな。エドワード卿もそれでついに破産しましてね。この土地にいられなくなって外国で暮すようになりましたよ。たしかに、金をくうスポーツですな」

と言いながらも、彼はあいかわらず得意そうな口ぶりだった。

この男は、なることなら自分も馬に賭けるような具合に株などに投資をしたい性質《たち》なのだろう。だがその勇気を持ち合わせていないので、それをやってのける連中を内心賛仰してやまないにちがいない、とポアロは診断をくだした。

ジャーミイは話しつづけた。「何か私にご用でも、ムッシュー・ポアロ？　クロード一族の一員としてこのたびのあなたのおはからいについては心から感謝しております——ポーター少佐をさがしだし、認別の証言をさせてくださったことにつきまして」

「みなさま、たいそうおよろこびのようで」

「はあ。が、まだ喜ぶには早すぎます」ジャーミイは冷淡だった。「まだまだ、捕らぬ狸の皮算用でしてね。何といっても、アンダーヘイの死亡届はアフリカの役所で受けつけられてるんですから。こういったことをひっくりかえすには何年もかかりますよ。それに、ロザリーンの証言はいささかも疑念をいだかせないようなものでしたし。いや、じつに確固としていましたよ。なかなか好印象を与えたようでしたね」

ジャーミイの言い方は、まるで彼をみまった幸運をそのまま受けとるのは心にかなわないといったふうだった。

「どっちの証言がとりあげられるか皆目見当がつきませんからね。今後どうこの事件が動いていくか、判りはしませんよ」

そして、机の上の書類をいらいらした手つきで片づけながら、疲れきったような身ぶりで、「ところで、何かご用で？」と訊いた。

「じつは、あなたの弟さんが遺言書を残されなかったのはたしかかどうかうかがいたかったのですが。もちろん、ご結婚後に、という意味ですが」

ジャーミイは啞然とした。

「そんなことをよもやお考えとは思ってもいませんでした。ニューヨークを発つ前には絶対に作りませんでしたよ」

「ロンドンにおられた二日間のあいだに、あるいは作られたかもしれません」

「ロンドンの弁護士の所へ行ってですか？」

「でなくば、ご自分で書かれたかもしれませんか？」

「で、だれかに立ち会わせてですか？　その立ち会いはだれです？」

「たしか三人召使いがおりましたな。弟さんが亡くなられた日に死んだ三人の召使いが」

「ははあ——だが、いまおっしゃったようなことを彼が現にしたところで、その遺言書もやはり爆撃で失くなってますでしょうな」

「そこです、問題は。最近、損傷されたと信じられていた書類が、科学的な新しい処置により解読されている例が数多くあります。家庭の金庫の中で黒焦げになっていたようなものです、たとえば。そういうものは解読が可能なわけです」

「ムッシュー・ポアロ、これはなかなかたいしたお考えで。いやまったくです。だが、私はどうも——いや、たしかにあの家には何もなかったと信じます。私の知るかぎりでは、あのシェフィールド・テラスの家には金庫はありませんでした。ゴードンは重要書類のたぐいは、ぜんぶ事務所に置いていましたんでね。その事務所にはたしかに何もなかったのです」

「が、調査をすることは差支えないでしょうな？」ポアロはあとへは引かなかった。「ARP（民間防空施設）の事務局を通じてでも？　私にそれをする権限をお与えいただけますかな？」

「ええ、もちろんですとも。そんなことをやってくださるとは、まったくご親切なことで。が、私としてはまあ成功はおぼつかないとしか申しあげられません。だが、まあ、万に一つということがありますからね。では、あなたはもうすぐロンドンへお帰りで？」

ポアロは眉をよせた。ジャーミイの口調は明らかに熱望を示していた。ロンドンへ帰るのか、とは——この一族は、みんな私を追いはらいたがっているのかな？

まだポアロが返事しないうちに、ドアがひらき、フランセス・クロードが入ってきた。ポアロはその姿を目にするとはっとした。ひとつには、フランセスが見る目もいたましいほどやつれていることと、彼女が、父の写真と瓜ふたつだという事実に。

「ムッシュー・エルキュール・ポアロが私たちに逢いにお見えだよ」と、ジャーミイは言わでものことを言った。

フランセスがポアロと握手をすると、ジャーミイはすぐさま、ポアロの遺言書にかんする見解をかいつまんで説明した。

フランセスは腑に落ちない様子だった。

「なんですか、うまくいきそうもないように思えますけれど」

「ムッシュー・ポアロは、すぐロンドンにいらしてご親切に調査をはじめてくださるそうだよ」

「ポーター少佐は、あの地域の防空監視員だったと思いますが」ポアロは言った。

奇妙な表情がフランセスの顔にちらっとうかんだ。「ポーター少佐って、どういう方ですの？」

「退役軍人で、恩給で暮している人です」

「本当にアフリカにいたんでしょうか？」

ポアロはフランセスの顔を興味ぶかくみつめた。

「さようですとも、マダム。なぜそんなことをおっしゃいます？」

フランセスはあらぬことを考えてでもいるようだった。「なぜってべつに。あの方、わたし、わからないんですわ」

「さようですな、ミセス・クロード。あなたのおっしゃるとおりです」

フランセスは鋭くポアロをみつめた。恐怖に近い影が瞳にうかぶ。

ふと夫へ顔を向けると言った。「ジャーミイ、わたし、ロザリーンが気の毒でたまりませんわ、あの人、〈ファロウ・バンク〉にひとりきりでいるんですもの。それに、デイヴィッドが拘引されたりして、どんなに悩んでいるでしょう。家へ呼んであげて、ここでしばらく一緒にいるように言ってあげてはいけないかしら？」

「そのほうが良いと思うかね、ロザリーンが喜ぶだろうかな？」ジャーミイは自信なげだ。

「さあ？　どうかしら。でも、お互いに人間同士ですもの。それにあの人、とても心細がりやですわ」

「だが、ロザリーンが承諾するかな？」

「でも、ともかく話してみてもかまわないでしょ」

ジャーミイは静かに言った。「それでおまえの気が晴れるなら、そうしたらいい」

「気が晴れる、ですって」

その言葉は、奇妙にもつらそうなひびきをこめて言われた。そしてフランセスは、さぐるような目をポアロに走らせた。

ポアロは儀礼的に、「では、おいとまいたします」とつぶやいた。

フランセスは彼を送ってホールへ出てきた。

「ロンドンへお帰りになりますの？」

「はあ、明日帰る予定です。が、長くて二十四時間あちらですごしましたら、すぐまた〈スタグ〉に戻ります。何か私にお話でもおありでしたら、いつでもどうぞ、マダム」

「なぜわたしがお話しにいくことがございますの」フランセスは居丈高に詰問した。

ポアロはそれには何の返答もせず、ただ、「私は〈スタグ〉におります」と言った。

その晩おそく、寝室の灯を消してから、フランセス・クロードは夫に話しかけた。

「わたし、あの人は、あの人が言った理由でロンドンに行くのではないと思いますわ。あのゴードンが遺言書を作ったとか何とかいう話、ぜんぜん信じませんわ。あなたはどうお思いですの、ジャーミイ？」

打ちひしがれた疲れた声が答えた。「そうだよ、フランセス。何かほかの理由で行くんだ」

「どんな理由です？」

「ぜんぜん見当がつかないね」

「いったいどうしたらいいんでしょう、ジャーミイ？　わたしたち、どうしたらいいの？」

すぐに彼は答えた。「フランセス、道はひとつしかないよ」

# 9

ジャーミイ・クロードからの信任状を携えて、ARPを訪ねたポアロは、彼の疑問に対する返答を得た。それは明確きわまりないものだった。ゴードンの邸は全壊状態であり、敷地はごく最近片づけられ、近く新しい建築がはじまることになっている。当時の住人中、生存者はデイヴィッド・ハンターとミセス・クロードだけである。当時、三人の召使いがいた――フレデリック・ゲイム、エリザベス・ゲイム、そしてアイリーン・コリガンと。三人とも直撃で即死した。ゴードン・クロードは息のあるうちに救出されはしたが、病院へはこばれる途中、一度も意識をとりもどすことなく死亡した。以上がARPの記録に残っている事実だった。ポアロは三人の召使いたちの近親の名と住所を手帳に書きとった。彼は言った。「じつは、あるいは彼らが友達にでも噂話のような形で何か話していないかと思いましてね。私がいま非常に必要としている情報の指針になるようなことを」

彼の相手になっていた係員は、心もとなさそうな顔をした。ゲイム夫妻はドーセットの、アイリーン・コリガンはコーク州の出だった。

ポアロの足は、次にポーター少佐の借りている部屋に向けられた。彼は、ポーター少佐が防空監視員だと言っていたのを覚えていたので、その当夜あるいは当番にあたっていたかもしれないとも、シェフィールド・テラスの爆撃の際、あるいは何か見ていたかもしれないとも思っていたのだ。

それに、それとは関係なく、ポーター少佐と一言話したいことがあったのだ。

ところが、エッジウェイ街の角を曲ると、彼が向っていく家の外に、制服の警官が立っているのを目にしてはっとした。男の子供をまじえた一団の見物人が道路に列になって立っていた。それが何を意味するかを悟ったポアロの胸は暗く沈んだ。

中へ入っていこうとするポアロは、警官に引きとめられた。

「立入禁止ですよ」

「何があったのです？」

「ここに住んでおいでではないんですね？」ポアロは頭をふった。「だれに逢いにおいでなんですか？」

「ポーター少佐という方ですが」

「ご友人ですか？」

「友人というほど近しくはないのですが。どうしたのです？」

「ピストル自殺をしたようですよ。あ、警部が出てこられました」

玄関がひらき、二人の人物が現れた。ひとりはこの土地の警部で、他のひとりはウォームズリイ・ヴェイルのグレイヴス部長刑事であるのを、ポアロは知った。部長刑事のほうでもポアロを認めると、すぐに警部に紹介した。

「中へお入りになりませんか」警部はそう申しでた。

三人は揃って家へ入っていった。

「こちらの署からウォームズリイ・ヴェイルに電話がありましたので、スペンス警視が私をよこされたのです」グレイヴスは説明した。

「自殺ですか？」

警部は答えた。「そうです。まちがいないと思います。昨日、検死審問で証言をしたことで神経でも悩ましたのですかねえ。ときどきそんな人があるもんですよ。だがいずれにしろ、このところだいぶ悩みが多かったらしいですな。経済的な方面でも、その他の点でも。自分のピストルでやったんですよ」

「二階へあがっても差支えないでしょうか？」ポアロは訊いた。

「どうぞ、よろしかったら。部長刑事、ムッシュー・ポアロをご案内してくれ」

「は」

グレイヴスが先に立ってあがっていった。古いじゅうたんのじみな色も、本も、すべてポアロの記憶に新しいままだった。ポーター少佐は大きなアームチェアーにかけていた。ただ頭が不自然に前に垂れているほかは、まるで生きているような姿だった。右の腕はだらりとさがり、その下の敷物の上にピストルが落ちていた。あたりの空気には、まだ、かすかながらも鼻をつく火薬の匂いが漂っていた。

「二時間ほど前だろうと言うのですが。だれも銃声を聞かなかったのです。家主の女は買物に出ていたそうです」

ポアロは、右のこめかみに小さな焦げ穴のあいた動かぬ姿をみつめながら、眉をよせていた。

「なぜこんなことになったか、何かお考えがおありですか、ムッシュー・ポアロ？」

グレイヴスはポアロにたいしてはつねにいんぎんだったが、それも警視がポアロを丁重に扱っているのを見ているせいで、彼自身の意見では、ポアロはもはやぼけかかった隠居的存在だと決めこんでいた。

ポアロは、うわのそらで答えた。「さよう、さよう。立派な理由がありましたね。だが、問題はその理由ではない」

そう答えるポアロの視線は、ポーター少佐の左側にある小さなテーブルへと動いた。重そうなガラスの灰皿と、パイプにマッチの箱がのっている。そのほかには何もないのだ。彼の視線は部屋の中をあちこちさまよった。と、たたみこみ式の蓋があけてある机の前に歩みよった。

中は整然と片づいていた。書類はきちんと類別してある。中央には皮製のインク押え、ペンが一本と鉛筆が二本入ったペン皿、紙クリップの箱、切手帳が置いてある。すべてが秩序整然としていた。秩序正しい一生、それにふさわしいのは、やはり整然とした死に方なのだ——そうだ、それなのだ——この場に欠けている要素は。

彼はグレイヴスに訊いた。「少佐は何か書いたものを遺さなかったでしょうか——検死官あての手紙でも？」

グレイヴスは首をふった。

「いや、何もありませんでしたね——退役軍人ならかならずそうあるべきでしょうが」

「さよう。これはなかなか重大ですな」

生前あれほど几帳面だったポーター少佐が、死にたいしてはそれを欠いている。彼が何も書き置いていかなかったということは、なんともまともではない、とポアロは思う。

「これは、クロード一族にとってはちょっとした打撃ですね」グレイヴスは言う、「またやりなおしですからね。アンダーヘイをよく知っていた人間をもう一人さがしださなければならないでしょうから」

彼は多少せかせかしながら言った。「何かもっとごらんになることでもおありですか、ムッシュー・ポアロ？」

ポアロは頭をふると、グレイヴスについて部屋を出た。

階段でこの宿の家主に出合った。彼女はあきらかに事件の渦中にある興奮に酔っているとみえ、せきを切ったようにまくしたてはじめた。グレイヴスはすばやくその場を逃げだし、ポアロはその矢面に立たせられた。

「ひどく息がきれますんですよ。まったくどうにかなりそうです。母も狭心症で亡くなってますので——カルドニアン・マーケットを通りかかったとき、突然たおれてそれきりだったんです。わたしもそうなるかと思いましたねえ。そりゃあ、あの方はここんとこずっと塞ぎこんでおいでででしたが、まさかねえ、こんなことになるとは。お金のことで気を病んでおいでででしたね。それで、ろくなものもめしあがってなかったようで。だのに、何か差しあげようとしてもけっしてあがりませんでしてね。そこへもってきて昨日でしょ。オーストシャーなんかまでお出かけになったりしたんですからね——ウォームズリイ・ヴェイルの検死審問で、証言をさせられたんだそうですよ。たしかにそれが障ったんですよ。帰ってみえたときは、えらくお疲れのようでしたからね。夜っぴて部屋んなかを歩いておいででしたよ。何べんでも行ったり来たりして。なんしろ、殺されなすった方がお友達だったそうですからね。なんということでしょう。それで、わたしがちょいと買物に出かけて、それが魚を買うんで長いこと行列に立ってましたんでね——お茶でもあがらないかと思って二階にあがってみたんですよ——ところが、あのありさまです。お気の毒に、ピストルを落して、椅子にすわったままのめるようにしておいでででした。まったくえらい騒ぎになりましたよ。警察が入ったりなんかして。いったいなんて世の中でしょう、まったくどうなることやら」

「世の中はだんだん住みにくくなりますな——つよい人間以外には」ポアロはゆっくり言った。

# 10

ポアロが〈スタグ〉に戻ったのは八時をまわっていた。フランセス・クロードから、家の方でお目にかかりたいという趣きの手紙がとどいていた。彼はすぐさま出ていった。フランセスは居間で彼を待ちうけていた。この部屋ははじめてだった。ひらいた窓から、梨の花が満開の中庭が見えている。テーブルにはチューリップの鉢がのっていた。時代のついた家具は、蜜蠟と肘の脂とでつやつやと光り、真鍮の炉囲いと石炭いれはきれいに磨きあげられていた。

じつに美しい部屋だとポアロは思った。

「わたしがお話しにうかがうようなことになるっておっしゃいましたわね、ムッシュー・ポアロ。おっしゃるとおりでしたわ。どうしてもわたし、言ってしまわなければいけないことがございますの——あなたにお聞きいただくのが一番良いような気がいたします」

「マダム、だいたい察しがついている相手が、なんといいましても一番話しいいものですからな」

「わたしがこれからお話しいたしますこと、もう察しがおつきですの？」

ポアロはうなずいた。

「でも、いつ――」

フランセスは言いかけてやめてしまったが、ポアロはその問いにすぐさま答えた。

「あなたのお父上のお写真を拝見いたしたときからです。あなたもよく似ておいでですが、イノック・アーデンと名のってこの土地に現れた人ともじつによく似ておりました」

フランセスは内心の憂悶を吐きだすように深い溜め息をついた。

「ええ、そうなんです。おっしゃるとおりです。ただチャールズは口ひげをはやしておりました。わたしのまた従兄に当ります。わたしの実家の一族では持てあまし者でしたの。じつはわたしもあまりよく知らないのです。子供のころは一緒にあそんだりもいたしましたが――それなのに、わたしは自分の手であの人の命をちぢめたようなものですわ、それも、あんなひどい死に方をさせてしまって」

フランセスは黙りこんでしまった。ポアロはやさしく言った。「お話しいただけますか――」

フランセスは気をとりなおした。

「はい、どうしてもお話ししてしまわなければ。わたしどもはお金のことで、ひどく苦しんでおりました。それがはじまりなのです。主人がたいへん困った立場になっていたのです――どうにもならないはめに追いやられておりました。怖しいことが、たぶん投獄されかねない事態が迫っておりました――いまでもその点では同じなのですが。でも、これだけはお判りいただきたいのです、ムッシュー・ポアロ。このことはすべてわたしの独断ではかり、そのとおりはこんだのです。主人は何も存じません。こんなことを考えるような人ではありませんの――こんな大胆な計画を。けれど、わたしは平気でした。昔から相当むこうみずにものをやるたちだったらしいんです。それで、まず、わたし、ロザリーンに借金の申しいれをいたしました。あの人が自分ひとりではからってくれたら、あるいは、承知してくれたかもしれません。べつにはっきりそうとも申せませんが。けれど、ちょうど、あの人の兄が外から帰ってまいりました。ひどく不機嫌でしたし、気のせいか、必要以上に侮辱的な態度に出ました。で、わたしはこのことを思いつきましたときも、それを実行にうつすことにぜんぜんためらったりいたしませんでした。

事の次第をお話しいたしますのに、一昨年主人が、クラブで耳にはさんだという興味のある話を何度も繰りかえして話していましたことを申しあげておきます。たしかあなたもその場においでだったと思いますので、細かい説明ははぶかせていただきます。ともかく、その話は、ロザリーンの最初の夫があるいは生きているかもしれない、すると、もちろんロザリーンはゴードンの遺産にはなんの権利もなくなるという可能性を開いてくれたわけです。それはもちろん雲をつかむような話ではありましたけれど、それ以来わたしの心に、この万に一つのチャンスがあるいは実現するかもしれないという希望がたえずあったのです。そして、その可能性を利用して何か手を打つことができるかもしれないという考えがひらめいたのです。チャールズは、すっかり落ちめになってこちらへ帰っておりました。じつは監獄から出てきたばかりだったのです。とくに大胆というほうではありませんでしたが、戦争中には目ざましいはたらきをたてていた人です。で、わたしはこの計画をうちあけました。明らかに恐喝をやらせるわけです。けれど、わたしたちは、何とかうまくいくだろうと思っておりました。たとえわるくいっても、デイヴィッド・ハンターが話にのらないまでのことだろうと思ったのです。彼が警察に訴えでるようなことはあるまいと思いました――ああいうたちの連中は警察が嫌いですから」

フランセスの声は激してきた。

「わたしたちの計画はうまくはこびました。デイヴィッドは予想以上にうまくひっかかってきました。もちろんチャールズは、はっきりロバート・アンダーヘイになりおおせはいたしません。ロザリーンに一目見られたらそれまでです。けれど、さいわいにもロザリーンはロンドンに行ってしまい、そのせいでチャールズは、自分がロバート・アンダーヘイかもしれぬといったことをほのめかすことさえできたのでした。ともかく、いま申しましたようにデイヴィッドはまんまとこちらの手に乗ってきたように見えたのでした。そして、火曜の夜、九時にお金を持ってくるてはずになっていたのです。ところが——」

フランセスはおろおろ声になった。

「デイヴィッドが——危険な人間だということを計算に入れておくべきだったのです。チャールズは亡くなりました、それも殺されたのです。わたしさえいなければ、死ぬようなことにはならなかったのです。わたしは自分の手でチャールズを殺したも同然ですわ」

やがて気を静めると、フランセスは感情を押えた声でつづけた。

「あれからわたしがどんなおもいで日をすごしているか、おわかりになりますね」

「それはそれとして、あなたはご自分の計画がぼろを出さないように、すぐさま手をうちましたね。ポーター少佐に、あなたの従兄さんがロバート・アンダーヘイであると証言することを強制したのは、あなたでしたね？」

ところが、フランセスはすぐさま激しく否定した。

「ちがいます。誓って申しますが、わたしではありません。それはちがいます。わたしどもですわ、だれよりもびっくりしたのは——びっくりしたどころか、呆然として口もきけませんでした。あのポーター少佐が証言をなさったとき——チャールズが、あのチャールズが、ロバート・アンダーヘイだと。わたし、狐につままれたような気がいたしました——いまでも不思議ですわ」

「だが、だれかがポーター少佐の所へ行ったのです。だれが、少佐に、亡くなった人がロバート・アンダーヘイだと証言するように説きふせたかあるいは買収したのですか？」

「ぜったいにわたしではありません。ジャーミイでもありませんわ。わたしたちは二人ともそんなことまでする人間ではありません。まあ、こんなこと申しあげて、さぞおかしいとお思いでしょう。恐喝をするような人間は、ぺてんなどおやすいこととお思いかもしれません。でも、わたしにとっては、この二つはぜんぜん性質のちがうものなのです。わたしが、ゴードンの遺産を分けてもらう権利がわたしどもにはあると考えていたこと——いまでもやはりそう思っておりますが、それをお判りいただきたいのです。正面から当って失敗したからには、たとえ正当な手段でなくともそれをとりかえして良かろうと思いました。けれど、故意にロザリーンを出し抜いて、一文残さず取りあげようなどということは、わたしはけっしていたしません——それも、ロザリーンがゴードンの妻になる権利がなかったなどという証拠を偽造してまで——。ムッシュー・ポアロ、わたしはそんなことは夢にも考えませんわ。お願いです、わたしを信じてください」

「だれでもその人特有の罪を持っているということは、すくなくとも認めましょう」ポアロはゆっくりと、「よろしい、いまのお話を信じましょう」

言い終ると彼は鋭くフランセスをみつめた。

「ミセス・クロード、ポーター少佐が、今日の午後、ピストル自殺をとげたのをご承知ですかな？」

フランセスは思わず身をひき、恐怖に目をみひらいた。

「まあ、そんなことが、ムッシュー・ポアロ、まさか？」

「たしかに亡くなられました。ポーター少佐は本質的には非常に誠実な方でした。ただ経済的に逼迫しておられたので、誘いの手がのべられたときにほかの多くの人同様、それにまけたのです。あるいは、嘘も方便というか、道徳的にいってもときには嘘もゆるされるといったことを考えたのか、自らそう思いこもうとしたのかもしれません。あの方は、友人のアンダーヘイと一緒になった婦人にたいして、早くから非常な偏見を持っていましたから。その結婚が友人にとって非常に不幸であったのも、みなあの婦人が原因だと見なしていたようです。そこへもってきて、その冷酷きわまる物欲のかたまりともいうべき女性が、百万長者と結婚したあげく、二度目の夫の財産を全部一人占めにして、親族には一文も渡らなかったという事態になったのですから。ここでなんとかその憎むべき女をつまずかしてやれるとなれば、あるいは心を誘われたかもしれません――ポーター少佐にしてみればそれが当然のむくいだと思われたのでしょうから。それに、ただ亡くなった人を鑑別するだけで、将来の生活が保証されるということになれば。クロード一族が相続権を獲得すれば、当然、少佐にも分け前が入るわけですから。たしかに、少佐にとっては大きな誘惑だったにちがいありません。ところが、ああいうタイプの人のれいに洩れず、ポーター少佐には自分の証言がどういう結果をひきおこすかというところまで見通す才能がなかったのです。あの検死審問で、少佐はじつに苦しそうでした。だれの目にもはっきりそれが判りました。やがて、宣誓の上で、もう一度その嘘を繰りかえさなければならない日が来る。それのみでなく、殺人の嫌疑で拘引された男が出た――その嫌疑の強力な原因が、少佐自身が証言した死体の名によっている、という結果がうまれたわけです。

家へ帰り、少佐はあらためて事態をまっこうから考えてみられたわけです。そして、もっとも良いと思われる解決をしたのですな」

「ピストル自殺をなさったのですね？」

「さよう」

「あの、少佐は、だれが——」フランセスは口ごもった。

ポアロはゆっくり頭をふり、

「少佐は自らの戒律を守りました。何者が偽証をしいたかという点にかんしては一言も言っていません」

ポアロはじっとフランセスをみつめた。激しい緊張のゆるみから来る安堵の表情がちらっと走ったような気がする。だが、たとえ当人でなくともそれは当然のことかもしれない。

彼女は立ちあがり、窓へと歩みよった。

「わたしたち、結局また前と同じところへ戻ったわけですわ」

フランセスの心に去来しているものはなんだろうとポアロは訝しんだ。

# 11

翌朝、スペンス警視は、フランセスと同じような趣きのことを言った。

「結局、またふりだしに戻りましたかな」と溜め息まじりに、「このイノック・アーデンなる人物が何者かをつきとめねばなりますまい」

「それはお教えできますよ、警視。彼の名は、チャールズ・トレントンです」ポアロは言った。

「チャールズ・トレントンですと！」警視は口笛をならした。「ははあ、トレントン一族のですか――彼女ですな、手をまわしたのは――ミセス・ジャーミイのことですが。だが、それをどうして証拠だてるか。チャールズ・トレントンですか？　なんだか憶えがあるような気がする――」

「さよう。前科者です」

「だろうと思いました。私の記憶にまちがいなければ、たしかホテルで籠抜けをやったんです。〈リッツ〉に現れて、外へ出るとロールス・ロイスを買うんですよ、午前中乗って試してみるとかなんとか言って金は払わないで。そしてそいつを贅沢な店ごとに乗りつけては品物を買いこむんですな――店の前にロールスを置いといて、買物をすませたら〈リッツ〉へ戻ると言えば、店の者は、そいつの出す小切手を調べやしませんからね。それにあの男は育ちがいいんで紳士ぶりも堂に入ってますし。一週間ばかり滞在して、尻が割れそうになると、あらかじめ、ひっかかりをつけといた相棒に安く品物を売り払って、そっと姿を消すんですよ。チャールズ・トレントンか、なるほど――」彼はポアロをみつめ、「いや、あなたのお手際は鮮やかなものですな」と言った。

「デイヴィッド・ハンターにかんする調べはどうなりましたか、有罪の証拠でもあがりましたか？」

「いや、あの男は釈放することになりますな。あの晩、たしかにアーデンの所に女がいたんです。あの老女傑のほかからも証言があったんです。ジミイ・ピアースという男が、〈ロード・オブ・ヘイ〉の酒場からほうりだされて家へ向っていたんです――一杯か二杯もひっかけると、すぐ喧嘩をふっかける男でしてね。その男が、〈スタグ〉から女が出てきて、郵便局の外にある、公衆電話に入っていくのを見ているんです。十時少しすぎだったそうです。見かけたことのない女だから、〈スタグ〉に泊ってでもいるのだろうと思ったと言っています。『ロンドンからやってきた淫売だ』と彼は言うんですがね」

「ごく近くで見たわけではないのですね？」

「ええ、道ごしに見たんですよ。いったい何者でしょう、その女は、ムッシュー・ポアロ？」

「どんな服装だったか、その男は憶えていましたか？」

「ツイードのコートで、頭にオレンジ色のスカーフをまいていたそうです。ズボンばきで、ひどく厚化粧だった、というんですが。れいのご老人の言うのとぴったりですよ」

「たしかにそうですな」ポアロは眉をしかめていた。

「いったい彼女は何者で、どこからやってきてどこへ行っちまったんでしょう？」スペンスは言う。

「ここの駅の時間表はご承知ですな。九時二十分がロンドン行きの最終です――下りは十時三分です。その女は一晩じゅうこのあたりにたむろしていて、朝の六時十八分の上りに乗ったんでしょうか？　それとも車を持ってでもいたのですかな？　あるいは通りかかった車を止めて、ヒッチ・ハイクとしゃれたんでしょうか？　われわれはこの辺一帯を虱つぶしに調べましたが、なんのことはない、ぜんぜん手がかりなしですよ」

「六時十八分の汽車はどうでした？」

「いつでもこんでましてね——だが、ほとんど男ばかりですよ。もし女が乗ったら、ことにああいったタイプの女だったらかならず人目をひいたと思うんですがね。たぶん、車で来て車で帰ったのだろうとは思いますが、ウォームズリィ・ヴェイルでは、最近、車で乗りつけたりすればいやでも人目に立つはずです。ここは本道からだいぶ入ってますからね」

「あの晩、自動車を見かけた人はないんですね？」

「ドクター・クロードの車だけですよ。患者をみに出てたんです——ミドリングハムのほうの。見なれぬ女が車で通ったりすれば、かならず人目に立つわけなんです」

「いや、かならずしも見なれぬ人とはかぎりませんな」ポアロはゆっくり口をひらいた。「ほろ酔い加減で、それも百メートルも距離をおいては、たとえ土地の人間でも、顔をよく知らなければ、見まちがうということもあり得ましょう。いつもとちがった格好でもしていたらなおのことですな」

スペンスは不審そうにポアロをみつめた。

「そのピアース青年は、たとえばリン・マーチモントなどは判ったでしょうか？　あの人はだいぶ長いことこの土地にいませんでしたね」

「リン・マーチモントは、そのころ、母親と一緒に〈ホワイト・ハウス〉にいましたよ」とスペンス。

「たしかですか？」

「ミセス・ライオネル・クロード——れいの少々いかれた人ですよ、医者の奥さんの。あの人が、十時十分すぎにリンに電話をしたと言ってます。ロザリーン・クロードはロンドンにいました。ジャーミイ・クロードの奥さんは——そうですね、彼女がスラックスをはいたのを見たこともないし、ほとんど化粧をしませんからね。ともかく、彼女はもう若いって年齢《とし》じゃないし」

ポアロは体をのりだした。「だが、モン・シェル、闇夜に、わずかばかりの街灯のあかりで、厚化粧した女が若いか、年寄りか判りますかな？」

「いったい何を言おうとしているんです、あなたは？」

ポアロは椅子にもたれ、目を半眼にとじた。

「スラックス、ツイードのコート、頭にはオレンジのスカーフ、厚化粧、落ちていた口紅。なかなか暗示的だ」

「デルフィ（ギリシャの古都。アポロの神殿のあった山の麓の町）の巫女でもきどるおつもりですか」警視はじりじりしはじめた。「とはいうものの、デルフィの巫女がなんだか、私は知りやしませんがね。

グレイヴス青年が、知ったかぶりでひけらかす種類の代物ですよ——何のたしにもなりもしないのに。警官にはそんな高尚なことは用がないですよ。まだほかに何かご託宣がありますかな、ムッシュー・ポアロ？」

「前にも言いましたが、この事件はまともな型をしていません。一例をあげれば、あの殺された男は、ぜんぜんまともでないと私は申しましたね。アンダーヘイという人物とはあまりにもちがいすぎていたのです。アンダーヘイという男は、風変りな騎士的精神に富んだ人間で、旧式で保守的な性格だったことがあきらかにされています。ところが、〈スタグ〉に現れた男は恐喝者であり、騎士的精神も持ち合わせず、旧式でも保守的でもなく、とくに風変りとも言えない人物でした。したがって、彼はアンダーヘイではなかった。アンダーヘイであり得るはずがないのです。人間はそう容易に変れるものではないのですから。そこで、ポーター少佐が、彼がアンダーヘイであると言ったことは、非常に私の興味をそそりました」

「で、ミセス・ジャーミイにあなたの目が向けられたというわけで？」

「いや、容貌の相似が、私の目をミセス・ジャーミイに向けたのです。非常に特徴のある顔だちです。トレントン・プロフィルとでも言いますか。言葉のあそびをさせてもらうと、チャールズ・トレントンはまともな型をしていたわけですよ。だが、まだそれだけで疑問が終ったわけではない。なぜデイヴィッド・ハンターのような男が、ああやすやすと恐喝に甘んじたか？　あの男は恐喝などされる性格だろうか？　この答えは、あきらかに〝ノー〟でしかない。したがって、彼もまた、彼らしからぬふるまいをしている。次は、ロザリーン・クロード。彼女の行動はすべて謎めいている。だが、中でも、一つだけ、どうしても腑に落ちないものがある。つまり、なぜ彼女は怖れているのだろうか？　いま、兄の庇護の手を離れたから、何かがかならず起こる、となぜ彼女は思うのだろう？　何者かが、いや何かが、その恐怖の根を植えつけたのだ。そしてロザリーンが怖れているのは、財産を失うということではないのだ――そんな程度のものではない。彼女の怖れは、命を失うかもしれないといった恐怖に根ざしている」

「これはまたなんということだ。ムッシュー・ポアロ、まさかあなた――」

「あなたがたったいま言われたように、私たちがまたふりだしに戻ったということを思い出していただきましょう。ということは、つまり、ゴードン一族は前と同じ状態にもどったわけです。ロバート・アンダーヘイはアフリカで死亡した。したがって、ロザリーン・クロードは、クロード一族とゴードンの金とのあいだに立ちはだかる壁になっているのです」

「だが、彼らの中のだれかが、実際に手をくだすと本気でお考えですか？」

「私はこう思います。ロザリーン・クロードはまだ二十六歳です。そして、たしかに精神状態はよくないにしても、体のほうは強健しごくです。したがって、七十までも、いやそれ以上も生きるにちがいありません。あと、約四十四年とみつもれましょう。ところで、警視、その四十四年という歳月は、待つ身になれば、たいした長さだとは思われませんか？」

# 12

警察署を出たポアロは、いくらも行かないうちにケイシイに話しかけられた。いくつもの買物袋を手にさげた彼女は、せかせかとさも用ありげにポアロの傍へ歩みよった。

「ポーター少佐は、ほんとにとんだことになりましたね。あの方の人生観があまり唯物的だったとしか考えられませんわ。軍人なんて、どうしたって視野が狭くなりますわね。ずいぶん長いことインドにいらしたようですが、霊界に目を向けるってことをなさらなかったんですね。プカだとかチョタ・ハズリだとかテイフィンだとかブタ狩だとか——そういった狭い軍人生活だけで終ってしまって。導師《グル》の足もとに跪いて教えを乞うことをなぜなさらなかったんでしょう。残念ですねえ、せっかくの機会をのがしたりして。そうお思いになりませんか、ムッシュー・ポアロ」

ケイシイは興奮のあまり、手にさげた袋を落してしまった。ぐんなりしたタラが一匹こぼれだし、溝にすべりおちた。ポアロがあわててそれを拾いあげているあいだに、どぎまぎしたケイシイはまたほかの袋を落し、その中からシロップの缶がとびだすと、ハイ・ストリートをいとも楽しげに転がりはじめた。

「ありがとうございました。ムッシュー・ポアロ」ケイシイがタラをつかむと、ポアロはシロップの缶を追いかけた。

「まあ、おそれいります――わたしってどうしてこうなんでしょう。なんですか、すっかり気持が混乱してしまっているもので。あの不幸な方のことでですわ――あら、いいんです、べたべたしますけど、あなたのきれいなハンカチをお汚しにならないで。ほんとにありがとうございました。いま、申しあげようとしてたとこなんですけど、わたしたち、生きているときに死の世界におり、死んでからは、また現世に還れるものらしいですわ。もうこの世を去ってしまわれたわたしの親しい方々が、霊体となって目の前に現れても、ちっとも不思議とは思いません。町の通りですれちがうってことだってあり得るんですわ。現に、ついこのあいだの晩も――」

「よろしいですか？」と断って、ポアロは買物袋の底にタラをつっこむと、「なんのお話でしたかな？」

「霊体ですわ。わたし半ペニイ貨ばかりしか持ってなかったので二ペンス貨を貸してもらいましたの。でも、そのとき、何か見おぼえのある顔だって気がしたんです――どうしても思い出せなかったんですけど。いまでも思い出せません――でも、これだけは絶対にたしかだと思うんです。この世を去られただれかだってことが――それもだいぶ前に。だからわたしの記憶があいまいなんです。必要なときに、霊界からそうしてわたしたちの前に送られて、仮の姿をあらわしてくださるなんて、ほんとにすばらしいことですわ――たとえ電話代のたった二ペンスのためにしろ。あらたいへん、〈ピーコック〉の前にすごく人がならんでますわ。きっとトライフルかスイスロールがあるんですわ。いまからならんで買えるかしら」

ライオネル・クロード夫人は大あわてで道を横ぎり、菓子屋の店先にならんだ憂鬱そうな顔つきの女性たちの列の一番あとについた。

ポアロはハイ・ストリートをくだっていった。〈スタグ〉には入らず、そのまま〈ホワイト・ハウス〉に向って足を運んだ。

彼はリン・マーチモントとぜひとも話をしたいと思っていたが、たぶんリン・マーチモントのほうでは彼と話をしたがらないのではないだろうかと案じていた。

その朝はすばらしい上天気だった。まるで初夏のような日射しの、それでいて、春の新鮮な輝きに溢れた朝なのだ。

ポアロは本道からそれ、〈ロング・ウィロウズ〉をすぎ〈ファロウ・バンク〉の建つ丘へとつづく小道を見あげた。チャールズ・トレントンは、彼の死に先立つ金曜の日に、駅からその道を辿ってきたのだ。丘をくだってくる途中、彼は下からのぼっていったロザリーン・クロードと出合ったのだ。トレントンはロザリーンが何者か判らずにやりすごしたのだが、それは彼がアンダーヘイではなかったのだから当然のことだった。ロザリーンも同じ理由でトレントンを何者とも見わけられなかったのだ。だが、死体を見せられたとき、彼女はそれが一度も見たことのない人物だと誓言した。身の安全をはかるためにそう言ったのだろうか？　それとも、その日、何かに心を奪われていたので、道ですれちがった男の顔などろくに見もしなかったのだろうか？　もしや、ローリイ・クロードのことでも考えていたのではないのだろうか？

ポアロは〈ホワイト・ハウス〉へとみちびく傍道へ折れた。〈ホワイト・ハウス〉の庭はじつに美しかった。ライラックだのラビューナムの植えこみはたわわに花をつけ、芝生の真中には枝ぶりのいいリンゴの古木が立っていた。その木の下に、デッキチェアーにねそべったリン・マーチモントの姿が見られた。

ポアロが丁重に挨拶の声をかけると、リンはぎょっとしたようにとびあがった。

「びっくりしましたわ、ムッシュー・ポアロ。ぜんぜん足音がきこえませんでしたもの。やはりまだここにいらしたのね――ウォームズリイ・ヴェイルに？」

「さよう、まだおります」

「なぜですの？」

ポアロは肩をすくめた。

「浮世を離れたような土地で、たいへん心が安まりますのでね。私もすっかり疲れがとれます」

「あなたがここにいらしてくださるので、わたし、安心ですわ」

「あなたはご一族のほかの方々のように、『いつロンドンへお帰りですか、ムッシュー・ポアロ？』と言ってむさぼるように私の返事をお待ちにはならんのですな」

「みんな、あなたがお帰りになるのを望んでますの？」

「そのようですな」

「わたしはちがいますわ」

「たしかに——わかっておりますよ。だが、なぜです、マドモアゼル？」

「あなたがお帰りにならないってことは、あなたがまだ納得のいかないことがあるって証拠ですもの。あの、つまり、デイヴィッド・ハンターが犯人だということを不審にお思いだからですわ」

「で、あなたは、それほどまで彼が——つまり無実であってほしいのですな？」

ポアロはリンの日やけした頬にかすかに血の色がのぼったのを目にとめた。

「無実の罪で人が絞首刑になるのをだまって見ていられないのは当然ですわ」

「当然とおっしゃいますか――なるほど」

「それに、警察は、あの人が楯ついたせいで、ひどく偏見を持っているんですもの。あれがデイヴィッドのわるい癖なんです――だれにでもさからうのが好きなんですもの」

「いや、警察はあなたが思っておられるほど片寄った見方はしていませんよ、ミス・マーチモント。ハンターに対する偏見は、陪審員の心にこそ根深く張っていたのです。だからこそ、彼らは検死官の提案を斥け、ハンターを有罪とする答申をしたのです。したがって、警察は否応なしに彼を拘引しなければならなかったのです。だが、こういうことだけは申しあげられます、警察はけっして彼を犯人だと決めこんでいるわけではないと」

リンはその言葉にすがりつくように言った。「では、放免するでしょうか？」

ポアロは肩をすくめてみせた。

「警察はだれを犯人だと思ってますの、ムッシュー・ポアロ？」

「あの晩、〈スタグ〉に現れた女性があったのです」

リンは思わず声をたかめた。「何が何だかわからなくなりましたわ。あの人がロバート・アンダーヘイだと思えたときには、何もかも辻褄があってましたのに。ポーター少佐は、承知の上で、アンダーヘイだとなぜ言ったのでしょう？ それになぜピストル自殺なんかする必要があったんでしょう……？ これで結局わたしたち、またふりだしにもどりましたのね」

「その言葉は、あなたで三人目ですよ」

「あら」リンはびっくりした。「ムッシュー・ポアロ、あなたはどんなことをしていらっしゃいますの？」

「いろいろな人と話をしているだけです。ただ話をするだけが仕事でしてね」

「でも、この事件のことについて、いろいろ質問をなさっているわけではありませんでしょ？」

「ええ。私はただ――なんと言いますかな、つまり噂話をききだすだけですよ」

「それが何かお役に立ちまして？」

「ときにはね。ここ二、三週間のうちに、このウォームズリイ・ヴェイルであったいろいろのことを私はほとんど知っているとさえ言えますな。だれがどこを歩き、だれに逢い、ときには何と言ったかまで知っています。たとえば、あのアーデンなる男が、駅からの徒歩道を辿り、〈ファロウ・バンク〉の横をくだってきて、ミスター・ローリイ・

トランクロードに道をたずねたことも、彼が肩にナップサックを背負っていただけで、トランク一つ持っていなかったということも知っています。ロザリーン・クロードがローリイ・クロードとともに一時間の余も農場ですごしたことも、いつもの彼女らしからず、たいそう幸福そうだったということも知っています」

「そうですわ。ローリイが話してくれました。あの人はまるで半日暇でももらった奉公人みたいだったと言ってました」

「ははあ、そう言いましたか」ポアロはふっと口をつぐんだが、すぐに、「さよう、私はいろいろのできごとを知っています。そして、いろいろなお宅の窮状も――たとえば、あなたやあなたの母上のも」

「わたしたち一族のことはだれだって知ってますわ。みんな、よってたかってロザリーンからお金をしぼってるんです。あなたのおっしゃるのは、そのことですわね？」

「いや、そうは申しません」

「とにかく、そのとおりなんです。それから、どうせ、わたしとローリイとデイヴィッドのこともお聞きなんでしょう？」

「しかし、あなたはローリイ・クロードと結婚なさるのでは？」

「でしょうか？　わたし、自分でもわからないんです。そのことで、わたし、はっきり気持を決めようと努力してたんです――あの日、デイヴィッドが林の中からいきなりとびだしてきたとき。わたしの頭の中は、大きなクェスチョン・マークでいっぱいだったんです。どうするのか？　どうするのか？　って。谷を通る汽車までが同じことを尋ねているみたいに思えました。煙が大きなクェスチョン・マークを空に描きました」

ポアロはさも不審げな表情をした。リンはそれをまちがって解釈した。あわてて声をたかめ、「わかっていただけないかしら、ムッシュー・ポアロ、何もかもわたしにとってはなかなか解決がつかないほどむつかしかったんです。デイヴィッドの問題じゃあないんです、ぜんぜん。わたし自身なんです、問題は。わたし、変ってしまったんです。三年、いいえ四年近くも家を離れていました。そのあげく、いまこうして帰ってみると、出ていったときとはぜんぜんちがう人間になってしまっていたんです。どこでもかしこでも同じ悲劇が起ってますわ。前とはちがう人間になって戻ってきて、もとの環境に無理やり自分をはめこもうとする。いったん家を出て変った生活をしてきながら、ぜんぜんもとのままでいられるものじゃないんですもの」

「いや、それはまちがってますな。人生の悲劇は、人間はぜんぜん変ることができないというところにあります」

リンは首を左右にふりながら、じっとポアロをみつめたが、ポアロは自説を曲げなかった。

「いや、絶対にそうです。第一、あなたはなぜこの土地を出ていかれたのです？」

「なぜって。わたし、従軍したんですもの。職務で出たんですわ」

「なるほど。が、ではだいたいなぜ部隊に入ったのですかな？　すでに婚約が整い結婚する身だったのでしょう。このウォームズリイ・ヴェイルで農村挺身隊に入ることも可能だったわけですな、そうでしょう」

「ええ、それはそうなんです。でも、わたし――」

「この土地を出ることの方に気が進んだ、ということですな。外地にわたり、世の中を見たかった。そして、あるいはローリイ・クロードから逃れたかったのではありませんか。そして、今、あなたは何となくおちつかず、やはりここを出ていきたい思いにせめられておいでだ。おわかりですな、マドモアゼル、人間は絶対に変りません」

「でも、わたし、あちらにいるときには、家が恋しくてたまりませんでしたわ」リンは弁解するように叫んだ。

「そうでしょうとも。はるかなるものこそ美しくみえるもので。たぶん、あなたはこれからも始終、現在身をおいているところにはあきたらないで、離れてきたものを恋う、といったことになりそうですね。あなたは一幅の絵を描く、リン・マーチモントが故郷へ帰ってゆく図を。だが、その絵のとおりには事がはこばない。つまり、あなたが描いたところのリン・マーチモントは、本物のリン・マーチモントではないからです。それは、あなたが、かくありたいと思っているリン・マーチモントでしかない」

リンはつっかかるように言った。「じゃあ、あなたのおっしゃるのは、わたしはどこでも満足できない女だっていうことですね？」

「そうは申しませんよ。ただ、これだけは言えます。あなたはここを出ていかれるときに、この婚約に何か不満を持っていた、そして、いま帰ってきてみて、やはり同じ不満を感じておられるとね」

リンは葉を一枚ちぎり、思い出したようにかみはじめた。

「憎らしいほど人の気持がおわかりになるんですわね、ムッシュー・ポアロ」

「それが私の仕事でしてな」ポアロは謙遜する。「あなたご自身は気がついておいでではないと思いますが、まだその先があるように思います」

「デイヴィッドのことなんでしょう？　わたしがデイヴィッドを愛しているとお思いなんですね？」

「それは、あなたのほうがよくご承知でしょう」ポアロは遠慮ぶかくつぶやいた。

「ところが、私、わからないんです。デイヴィッドには何かこわいようなところがあるんです――でも、ひどく心をひかれるようなところもあります」ふと黙りこんだが、やがて、「わたし、昨日デイヴィッドの旅団長と話をしましたの。デイヴィッドが拘引されたと聞いて、何か力になれないかと思ってわざわざ出ていらしたんですわ。あの人が並みすぐれて勇敢だったって話をいろいろなさいました。部下の中でもデイヴィッドほど大胆な勇気のある人間はなかったそうです。けれど、ムッシュー・ポアロ、そんなにほめちぎってはいても、あの方もデイヴィッドが犯人でないという確信は持っていないような気がしましたわ」

「では、あなたも確信は持っていないわけですな？」

リンは唇をゆがめ、悲しげな微笑をうかべた。

「ええ、あの、わたし、デイヴィッドはどうしても信用できないんです。信用できない人を愛せましょうか？」

「不幸にも、その答えは〝イエス〟ですな」

「わたし、いままでいつもデイヴィッドにたいして公平な見方ができなかったんです――彼を信用できなかったからですわ。この辺の人がしているいやな噂話を信じていました――デイヴィッドは本物のデイヴィッド・ハンターではなく、ロザリーンの男友達なのだという。あの旅団長にお逢いしてみて、あの方が、アイルランドで、デイヴィッドがまだ子供のころから知っていらしたと聞いて、わたし、本当に自分を恥じましたわ」

「それは逆だ《セ・テバタン》」ポアロはつぶやく。「みな本末を顚倒している！」

「何のことをおっしゃってますの？」

「字義どおりのことですよ。ときに、ミセス・クロードは――あのお医者さまの奥さんのほうですが、あの殺人のあった夜、あなたに電話をなさいましたか？」

「ケイシイ叔母ですか？　ええ」

「どんな用向きで？」

「何ですか会の会計のことでまちがいをしたとかって。およそばかげたことなんですの」

「ご自宅からのお電話でしたかな？」

「あら、ちがいますわ。電話が故障だったとかで公衆電話まで出かけていってかけてきましたの」

「十時十分すぎにですな」

「ええ、そのころですわ。家の時計はあまり正確じゃありませんから、はっきり申せませんけど」

「そのころですか」ポアロは考えこんだ。次に、相手の気持を傷つけないように注意しながらつづけた。「あの晩、そのほかにもあなたのところに電話がありましたね？」

「ええ」リンは短く答えた。

「デイヴィッド・ハンターがロンドンからかけてきたのでしたね？」

「そうですわ」リンは思いつめたように急に顔をあげ、「彼が言った言葉をお聞きになりたいんでしょう？」

「いや、そんな立ちいったことは――」

「ご遠慮はいりません。申しあげますわ。デイヴィッドは、遠くへ行ってしまう――わたしの前から消えてしまうと言いました。わたしにふさわしい人間ではないし、しみついた性根は叩きなおせないと――たとえわたしのためでも。そう言いましたわ」

「で、それがたぶん彼の本音だったので、あなたはいい気持がなさらなかった」

「わたし、あの人がここからいなくなってくれたらいいと思います――もちろん、放免されたらのことですけど。わたし、あの人たち二人ともアメリカなりどこなり、遠くへ行ってしまってほしいんです。そうしたら、たぶんわたしたちもあの人たちのことを考えないですむようになるのではないかと思います――人をあてにしないで、自分の足で立てるようになれると思うんです。そして、わたしたち、人を呪うような気持からとき放されるだろうと」

「呪いですと？」

「ええ。わたし、ケイシイ叔母の家で、ある晩、はっきりそれを感じました。パーティみたいなものがあったんです。わたしが外地から帰ってきたばかりで、多少神経がいらだっていたせいかもしれませんが、あたりの空気にたしかにその気配を感じたんです。ロザリーンに対する悪意、そして呪いを。わたしたち、あの人が死んでしまえばいいと思ってたんです、たしかに――わたしたち一人のこらず。怖しいことですわ、直接何もわるいことをしもしない人を死ねばいいなどと思ったりするなんて――」

「だが、彼女の死だけがあなた方を救うことはたしかですな」ポアロはテキパキした口調で言ってのけた。

「あなたは、経済的な意味でだけおっしゃるのでしょう？　わたしが言うのはそれだけではないんです。あの人がここにいるということが、いろんな意味でわたしたちをわるくするんですわ。人を羨んだり、憎んだり、だまかしたり――よくないことばかりです。そしてロザリーンは、いまたったひとりで〈ファロウ・バンク〉にいるんです。まるで幽霊みたいな顔をして――まるで、まるでいまにも気が狂うのではないかと思うような様子をしてますわ。だのに、あの人、わたしたちをよせつけないんです、みんな努力はしてますのに。母は家へきて一緒に暮すように言いましたし、フランセス叔母もやはり同じように申し出ましたわ。ケイシイ叔母までが出かけていって、しばらく〈ファロウ・バンク〉に泊ってあげようと言いましたのよ。でも、ロザリーンはけっしてわたしたちの厄介にはならないと言ってます。それも当然だろうと思いますわ。旅団長にも逢おうとしなかったんです。ロザリーンはきっと病気なんです――心配と怖れと心細さとに責められて神経を痛めてるんです。それなのに、わたしたち、あの人がよせつけないからといって、ただ手をつかねて見てるだけなんです」

「あなたも努力なさいましたか、あなたご自身も？」

「ええ。わたし、昨日行ってきました。何かわたしにできることでもって申しました。あの人はじっとわたしをみつめて――」ふっと黙りこむと体をおののかせ、「あの人、わたしを憎んでるんだと思います。だって、『あなたなんかの世話には絶対にならない』って言いましたもの。きっと、デイヴィッドが、あの人に〈ファロウ・バンク〉を離れるなって言いおいていったんだと思います。ロザリーンはデイヴィッドの言いつけはかならず守るんです。ローリイも〈ロング・ウィロウズ〉でとれたタマゴやバターを持っていきましたわ。わたしたちの中ではローリイだけが好かれてるようです。ロザリーンは喜んで受けとって、いつも親切にしてくれると言ったそうです。そりゃあ、ローリイは親切な人ですわ」

「世の中には非常に思いやりぶかく考えてあげなければいけない人々があります。背負いきれぬほどの重荷を負わされているような人々です。ロザリーン・クロードにたいしては、私は非常な憐みをおぼえています。できることなら、なんとかして助けてあげたいと思っています。いまからでもおそくはない、もしロザリーンのほうで私の言葉をきいれてくれるならば――」

突然決心をかため、ポアロは立ちあがった。

「さ、マドモアゼル、〈ファロウ・バンク〉にまいりましょう」

「わたしもご一緒に行ったほうがよろしいのでしょうか？」

「あなたが寛大な気持で、人の立場になってものを考えることがおできになるなら――」

リンは声をたかめた。「できますとも、わたし、もちろん」

# 13

〈ファロウ・バンク〉までは五分とない道のりだった。ドライブ・ウェイはよく手入れのとどいたシャクナゲの土手のあいだを縫ってのぼっていた。この〈ファロウ・バンク〉を豪壮な邸にするために、ゴードン・クロードは金に糸目をつけず思うぞんぶん手をかけていたのだ。

取りつぎに出た小間使いは、二人を目にすると驚いたような顔をして、女主人がお逢いできるかどうか判らないと言った。マダムはおやすみですので、と彼女は言う。だがともかく二人を客間に通すと、ポアロの言葉を取りつぎに二階へのぼっていった。

ポアロは部屋をみまわした。そしてこの部屋と、フランセス・クロードの、いかにもその人らしい雰囲気をもった親しみのこもった居間とを思いくらべていた。この〈ファロウ・バンク〉の客間は、ぜんぜん人間味がないのだ。金にあかせた高尚な趣味のかたまりでしかなかった。ゴードン・クロードはたしかに目が肥えていたとみえ、部屋の調度のことごとくが一流品であり芸術的香気にみちてはいた。が、それはけっして一本線の通った嗜好を示してはいず、個性的な好みには欠けていた。この部屋の持主である女主人ロザリーンを思わせるものは何ひとつないのだ。

彼女は、ちょうど外国からの客人が〈リッツ〉や〈サヴォイ〉に滞在するようなふうに、この〈ファロウ・バンク〉を仮の宿としているとでも言えるのだった。

ポアロは思う、「どうだろう、これが別の――」

リンがそのポアロの思考の鎖を断ちきった。いったい何を考え、なぜそんな難しい顔つきをしているのか、と尋ねかけて。

「マドモアゼル、罪の報いは死によってあがなわれると言われております。ところが、ときには、罪の報いが豪奢な暮らしである場合もあるようですな。だが、はたしてそのほうが良いかどうか。あるいは死にまさる苦痛であるかもしれません。その人らしい無理のない生活から遮二無二引き離され、ただとき折、二度と戻ってはいけない本来の自分の生活をちらとかいまみるという悲しみ、それは――」

ポアロは急に口をつぐんだ。小間使いが、さいぜんの権高《けんだか》な様子はどこへやら、ただの怯えあがった中年女むきだしに、部屋にかけこんできた。言葉もきれぎれにやっと言うのだ。

「どうしましょう、ミス・マーチモント、ああ、旦那さま、マダムが――二階で――。とてもお具合がわるそうです――ロもおききにならないし、お起こししようと思いましたら、氷のように冷たくなっておいでで――」

ポアロは立ちあがると、部屋からかけだした。リンと小間使いがそのあとにつづく。ポアロは二階へかけのぼる。小間使いは階段をのぼりつめた所の部屋の、あいたままのドアを指さした。

広い美しい寝室だった。ひらいた窓から日光がさんさんと流れこみ、淡色の美しいじゅうたんに溢れていた。

大きな彫刻で飾られた寝台にロザリーンは横たわっていた。まるでぐっすり眠ってでもいるように。長い黒いまつげが頰に影をおとし、枕にのせた頭はごくしぜんに傾いていた。片手にはハンカチを握りしめている。その姿は、泣き寝入りした子供のようなあどけない悲しさを訴えているようだった。

ポアロは彼女の手をとり脈をみた。だが、その氷のような冷たさは、彼がすでに予想していた事実を物語っていた。

彼はリンに向かいゆっくりと言った。「もうだいぶ前に息を引きとられたようです。眠ったまま逝かれたのです」

「まあ、どうしましょう――どうしたらよろしいでしょう、旦那さま」小間使いは泣きだした。

「かかりつけのお医者さんは？」

「ライオネル叔父ですわ」リンが答える。

ポアロが小間使いに向かい、「クロード医師《せんせい》にすぐ電話なさい」と言うと、すすりあげながら部屋を出ていった。ポアロは部屋の中をあちこち歩きまわりはじめる。ベッドの手元に置かれた白いボール紙の小箱には、〝就寝時、一包みずつ服用〟と記された紙がはってあった。ハンカチを使ってポアロはその箱の蓋をあげた。あと三包み、薬が残っている。次に彼はマントルピースに歩みよりその傍の文机の前に立った。椅子は横に押しやられ、吸取具《ブロッター》は出しっぱなしになっている。一枚の紙が机の上に載っていたが、稚拙な文字で次のようなことが走りがきされていた。

わたしはどうしていいのか判らない……このままつづけていくことはできない……わたしは本当にわるいことをしてきた。どうしてもだれかに話してしまってなんとか安らかな気持になりたい……だいたいはじめからわたしはこんなわるいことをするつもりはなかったのに。これから先どんなことになるかと思うとたまらない。わたしはどうしてもわたしの告白を——。

最後の字は長くのたくった線に終り、その線の終ったところにペンが置かれていた。

ポアロはこの言葉をみつめたまま一歩も動かず、リンはベッドの横に立ちつくし、亡くなった人を見おろしていた。

突然ドアが荒っぽく開き、デイヴィッド・ハンターが凄い勢いで部屋に入ってきた。

「デイヴィッド」リンは思わず歩みより、「放免されたの？　よかったわ——」と声をかけた。

が、ハンターはそんな言葉に耳もかさず、つきとばさんばかりにリンを押しやり、ベッドに歩みよると、蒼白い死の眠りについた姿に顔をよせた。

「ローザー、ロザリーン——」そっと手に触れてみると、くるっとふりかえり、怒りに燃えた顔をひたとリンにすえた。

彼の言葉は激しく畳みこむように続いた。

「とうとう殺したんだな、え？　ついにロザリーンを追いはらったってわけなんだな！　先に、うまく企んで、無実の罪で豚箱にほうりこんでおれを追っぱらっといた上で、きさまらよってたかってロザリーンを亡きものにしたんだ。みんなでやったのか、ひとりの仕事か、どっちだろうと同じことさ、おれにとっては。ともかく、きさまらが殺したんだ。れいの金ほしさにね。とうとうものにしたじゃないか。ロザリーンが死んだことできさまらの手に入ったんだ。やっとこれで金づまりとも縁切りだな。みなさんお金持ちにおなりだからね。へん、笑わせやがら、どいつもこいつも、人殺しの泥棒野郎だ！おれがいるあいだは、指一本出せなかったくせに。おれは妹を護ってやれたんだ――妹は自分ではそれができなかったんだ。それを承知の上で、あの子が一人になったところをねらって、さっそくやっつけたってわけだな」言葉を切ると、悲しみに堪えぬようによろめき、ひくくふるえた声で、「人殺しめ」と言った。

リンは叫びだした。「ちがうわ、デイヴィッド。あなたはかんちがいをしてるのよ。わたしたちじゃないわ。こんなこと、わたしたちにはできないわ」

「あんたたちのひとりが殺《や》ったんだよ、リン・マーチモント。絶対にそうだとも。あんただってとっくにご承知だろ？」

「絶対にわたしたちじゃないわ、デイヴィッド。誓って言うわ、いくらなんでも、こんなことはわたしたちいたしません」

彼の瞳の荒々しい色が少しやわらいだ。

「きみじゃあなかったろうよ、リン――」

「デイヴィッド、わたし、誓って言うわ——」

エルキュール・ポアロは一歩足をはこぶと咳ばらいをした。

デイヴィッドはくるっと向きなおった。

「あんたか。ここに何の用があるんだ？」

「あなたの仮説は、どうもあまりに劇的でありすぎるようです。なぜ、あなたの妹さんが殺されたという結論を、一足とびにされるのですかな？」

「殺されたんじゃないとでも言うのかい？　いったいこれが」とベッドの方を示し、「自然死と言えるかね？　ロザリーンは、たしかに神経衰弱気味だったさ、だが内臓はどこもわるくなかったんだぜ。心臓だって健康なもんだった」

「昨夜、床につかれる前に、ここで書きものをしておいでだったようですよ——」

デイヴィッドはポアロを押しのけるように文机に歩みよると、身をかがめた。

「手を触れてはなりません」ポアロは警告した。

デイヴィッドは出した手をひくと、紙に書きつけられた言葉を読み、じっと立ちすくんだ。

と、さっとふりむき、ポアロの顔を打診でもするようにまじまじとみつめた。

「自殺だとでも言うんですか？　だが、なんでまたロザリーンが自殺などする必要があるんだ？」

その問いに答えたのはポアロではなかった。スペンス警視のおちついたオーストシャーの人間らしい声が、ひらいた戸口から聞えた。

「先週の火曜の夜、ミセス・クロードがじつはロンドンにはおらず、ウォームズリイ・ヴェイルにいたとしたら？　そして恐喝をした男に逢いにゆき、ヒステリックな発作にかられ、彼を殺したと仮定してみたらどうだろうね？」

デイヴィッドはふりむきざま、怒りに燃えた目を警視にすえた。

「妹はたしかに火曜の晩はロンドンにいたんだ。おれが十一時にフラットに戻ったとき、そこにちゃんといたんだ」

「たしかに、きみはそう言ったよ。きみはいつまでもそれでつっぱるだろうさ。だが私がその話を信じようと信じまいと、こっちの勝手だからね。それに、いずれにしろ、もう手おくれだね」と彼はベッドの方を見やり、「この事件はもう法廷にはかけられないんだから」

# 14

「あの男はどうせ認めやしないだろうが、だが、彼女がやったことをやつはたしかに知ってますよ」警察の本部長室にすわりこんだスペンスは、テーブルごしにポアロをみつめた。「ばかみたいな話ですな、やつのアリバイばかり私たちは追いかけまわしてたんだから。ロザリーンのほうはほとんど問題にしてなかったなどとは。あの晩、彼女がロンドンのフラットにいたということについては、何ひとつ確証があったわけでもないのに。ハンターが証言しただけだったんですからね。はじめっから、アーデンを亡きものにする動機を持つのは、たった二人の人間だということを承知してながらね――デイヴィッド・ハンターとロザリーン・クロードという。ところが私は遮二無二にハンターばかり、追いかけて、ロザリーンのほうは見のがしてしまったんだから。結局、あの女は荒っぽいことなんかできそうもない、かよわい人間に思えたし、頭も少したりないんじゃないかという気がしてたんで。だがそこが問題だったんだなあ。つまり、それだからこそ、デイヴィッド・ハンターが、あわてて彼女をロンドンにやったんでしょうよ。ロザリーンがかっと逆上しやすいたちだってことをハンターは知ってたんだろうし、追いつめられると何をしでかすか判らない女だってことを承知してたにちがいないんです。ほかにも見のがしてたことがありますよ。私は、あの女がオレンジの麻服を着て歩いてるのをよくみたんです――好みの色だったんですよ。オレンジのスカーフ、オレンジの縞の服、オレンジのベレーといった具合に。だのに、老ミセス・リードベターが、オレンジのスカーフで頭を包んだ若い女ということを言ってくれたときに、まだ私は、それがロザリーン自身だということに考え及ばなかったんです。たいした手ぬかりですよ。だが、私はどうもあの女をそうまっこうから責める気になれないんですがね――つまり計画的にやったもんじゃないと思うんです。あなたがおっしゃった、ローマ・カトリック教会をうろついていたという件を思い合わせると、どうも、後悔と罪の意識に責めさいなまれ、すでに気がおかしくなっていたと考えられるので」

「さよう、たしかに罪の意識に責められていました」

「アーデンを殺したのも、自失状態でやったにちがいないと思います。アーデンのほうもあんなことになるとは夢にも思ってなかったでしょう。あんなかぼそい女が相手じゃあ、油断しきってたでしょうからね」しばらく黙りこんで考えていたが、やがて、「まだ一つだけはっきりしない点があるんですが。だれがポーターに渡りをつけたかってことなんです。あなたは、ミセス・ジャーミイではないって言われましたな? いまでもそう思っておられるんでしょうが」

「たしかに。ミセス・ジャーミイではありません。はっきりそう言われたし、私はそれを信じています。私がばかだったんですよ。とっくに判っていいはずだったんです。ポーター少佐自身、それを語ったんですから」

「彼が言ったと言われる?」

「もちろん間接的にですがね。少佐自身は気づかずに言ったのですから」

「で、いったいだれなんです?」

ポアロは小首をかしげた。

「お答えする前に、二つのことを質問してよろしいかな?」

警視はびっくりした。

「なんでも訊いてください」

「ロザリーン・クロードのベッドの傍にあった箱の中の睡眠剤ですが。なんでしたかな?」

警視はますますあきれた顔になった。

「ああ、あれですか。危険なものじゃあないですよ。ブロマイドです。鎮静剤ですな。毎晩一つずつのんでたようです。もちろん分析ずみです。不審な点はありません」

「だれが処方したのですか？」

「ドクター・クロードですよ」

「いつ調剤したのでしょう？」

「だいぶ前でしょうな」

「死に至らしめた毒は？」

「まだ報告書は出てませんがね、たぶんまちがいないと思います。モルヒネですよ、相当大量のね」

「ロザリーンは、ほかにもモルヒネを持っていたでしょうか、所有品の調べの結果は？」

スペンスは不審そうに相手をみつめた。

「いいえ。いったいなんでそんなことをお尋ねになるんです、ムッシュー・ポアロ？」

「では、次の質問に移ります」ポアロはうまくその問いを逃げた。「あの火曜の晩、デイヴィッド・ハンターは、十一時五分にリン・マーチモントにロンドンから電話をしています。それは〈シェパーズ・コート〉のフラットから外へかけた唯一の電話でしたね。

ところで、外からかかってきた電話があったでしょうか？」

「一つだけ。十時十五分に、やはりウォームズリイ・ヴェイルからです。公衆電話からのです」

「なるほど」ポアロはしばらく黙りこんだ。

「いったい何を考えておいでなんです、ムッシュー・ポアロ？」

「その電話の返事がありましたかな？　つまり、交換手はロンドンのその局番から応答を得ましたか？」

「ははあ、やっと判りました」スペンスはゆっくり言った。「フラットにだれかがいたわけですね。デイヴィッド・ハンターであるはずはない。彼は帰りの汽車の中ですから。とすると、ロザリーン・クロードがそこにいたということになるわけなのですな。もしそれが事実なら、ほんの二、三分前に〈スタグ〉にいるということはあり得ない。いったい何を言おうとしておられるのです、ムッシュー・ポアロ。オレンジのスカーフの女はロザリーンではないとおっしゃるのですか？　だとすると、アーデンを殺したのはロザリーン・クロードではないということになる。だが、それならなぜ彼女は自殺したりしたんです？」

「その答えは簡単です。ロザリーンは自殺したのではない。殺されたのです」

「えっ？」

「彼女は、計画的に冷酷きわまりない殺されかたをしたのです」

「だが、ではだれがアーデンを殺したんです？　デイヴィッドははずしたんですから——

——」

「デイヴィッドではありません」

「そして、あなたはロザリーンでもないと言われる。だが、何をどう考えてみたって、動機らしきものを持つのはこの二人だけですよ」

「さよう。その動機ですよ、問題は。それがわれわれを迷わせたのです。AがCを殺す動機を有し、BがDを殺す動機を有するという状況を設定したとします——ところで、そのAがDを殺し、BがCを殺すなどという仮定は考えられないではありませんか？」

スペンスは音をあげた。「ムッシュー・ポアロ、お手やわらかに願いますよ。そのAだとかBだとかCだとかというのが何なんだか私にはてんで見当もつきません」

「たしかに複雑です。非常にややこしい。なぜなら、いいですか、ここに二つの種類の殺人があるからです。したがって、かならずこれには二人の異種類の殺人者があるわけです。〝殺人者の一登場〟つづいて〝殺人者の二登場〟と」

「シェイクスピアなど持ちださないでくださいよ」スペンスは閉口しきっている。「エリザベス朝の芝居じゃあるまいし」

「いや、ところが、これはまったくエリザベス朝もどきですよ——ここにすべての人間感情がひしめいています——シェイクスピアをおおいに喜ばせるにたる——嫉妬、憎悪、激しい情熱につきうごかされた衝動的な行動。そして、また、成功を夢みる楽天主義までが。〝人間の動きにも潮時というものがある。満潮に乗りさえすれば運は展けるのだ〟（シェイクスピア『ジュリアス・シーザー』四幕三場、ブルータスの台詞）ある人物はそのとおり行動したのですよ、警視。機会をつかみ、すっかり自分の思いどおりに事をはこび、そしてじつに完璧にその仕あげまでやってのけたんです。それもあなたの鼻先で、と言ってもいいのです」

スペンスはあわてて鼻をこすった。あきらかにいらついている。

「判るように話してください、ムッシュー・ポアロ。頼むから、何を言っておられるのか話してくれませんか」

「じつに明瞭なことですよ。水晶のように透明です。ここに三つの死がありましたな？これには同意されるでしょう？　三人の人間が死にました」

スペンスは不審そうにポアロをみつめた。

「もちろんそうですとも。まさか、三人の中の一人が生きているなどと言いだされるんじゃあないでしょうな？」

「いや、いや」ポアロは微笑をうかべ、「三人とも死んでいます。だがどういう死に方をしたでしょう？　言いかえれば、その三つの死をどう分類されます？」

「いや、それについての私の考えはご承知のはずでしょう。他殺が一つ、自殺が二つと。だが、あなたに言わせると、最後のは自殺でないというのですな。他殺だと」

「私の考えでは、自殺が一つ、事故死が一つ、他殺が一つです」

「事故死ですと？　ロザリーンがあやまって毒をのんだとでも言われるのですか？　それとも、ポーター少佐はあやまってピストルで命を落としたとでも言うんですか？」

「いいや。事故死は、チャールズ・トレントン、もしくはイノック・アーデンです」

「あれが事故！」警視はついにどなりだした。「あの並みはずれて残酷な殺人、たてつづけに男の頭をなぐりつけて殺したあれを、事故だと言うんですか？」

たけりたつ警視を前に、ポアロは顔色もかえず冷静に答えた。「事故死と私が言うのは、殺人の意志がなかったという意味なのです」

「殺人の意志がないとは――相手の頭を叩き割っておいてですか。狂人にでも殺されたと言うんですか？」

「たしかにそれに近いでしょうな――だが、あなたの言われる意味とはちがう」

「ロザリーンは、この事件に関係した人物の中では唯一の精神異常的傾向のある人間です。ときどき、じつに妙なそぶりをしてましたからね。ミセス・ライオネル・クロードもちょいと変ですがね——だが乱暴はしませんよ。ミセス・ジャーミイのほうは人一倍しっかりものだし。ときに、ポーターを買収したのはミセス・ジャーミイではないんですな？」

「ちがいます。私にはだれだか判ってもいます。前にも言ったとおり、ポーター自身がつい口をすべらしたのです、ほんのちょっとした言葉だったが。まったく、そのとき、なぜ、私がそれを見のがしたかと思うと、この頭にげんこつをくらわしてやりたいくらいですよ」

「で、次にあなたのいわゆる名も知れぬＡＢＣの狂人のどれかがロザリーン・クロードを殺したんですか？」スペンスはますます懐疑的になった。

ポアロは激しく首をふった。

「とんでもない。ここで〝殺人者の一〟が退場し、〝殺人者の二〟が登場するんですよ。これは、第一のと比べ、まったく異質の犯罪です。熱も激情もない。つめたい計画的な殺人です。スペンス警視、私は、彼女を殺したこの冷酷な殺人者はかならず縛り首にしないではおきません」

話しながら立ちあがると、彼は戸口へ歩みかけた。

「ちょっと待ってください」スペンスは思わず声をあげた。「せめて名前くらい教えてくださいよ。このまんまで行ってしまわれては困りますよ」

「さよう、お話ししますとも、すぐに。だが、じつは待っているものがあるので——正確を期するために。海の向うからの手紙です」

「へたな占師みたいなことは言わないでくださいよ！　ちょっと——ポアロ」

だがポアロはするっと出ていってしまった。

彼はまっすぐ広場をつっきると、クロード医師宅のベルを押した。玄関に出てきたケイシイは、ポアロをみるとれいによってせかせかと息をついだ。が、ポアロは単刀直入に切りだした。

「マダム、ちょっとお話があるのですが」

「まあ、そうですの——どうぞお入りになって——掃除をする暇もなくて、でも——」

「あることをお尋ねしたいのですが。ご主人がモルヒネを常用されはじめたのはいつごろからですか？」

ケイシイは聞くが早いか涙にかきくれた。

「まあどうしましょう——わたし、だれにも気づかれないようにと祈ってましたのに——戦争中からですわ。ひどく過労だったので、そのために重い神経痛にかかったんです。

でも、何とかして量をへらそうと努力しました——本当なんです。けれど、そのせいで、ときどきひどくいらいらしますので——」

「そのためもあって、お金がおいりになったわけですな？」

「そうだろうと思います。どうしましょう、ムッシュー・ポアロ。主人は治療のために病院に行くって約束してますのよ——」

「気をお鎮めになってマダム、もう一つだけちょっとしたことに答えていただきたいのです。あの晩リン・マーチモントに電話をされたとき、あなたは郵便局の前の公衆電話に行かれたのでしたね？　そのとき、広場でだれかに逢いましたか？」

「いいえ、だれにも」

「だが、半ペニイ貨しか持ち合わせがなく、二ペンス貨を借りたと言われたと思いますが？」

「ええ、そうでしたわ。公衆電話のボックスから出てきた女の人に頼みました。二ペニイ貨をくれましたわ、その人、半ペニイ貨一枚しかとらないで——」

「どんな様子をしていました、その女は？」

「そうですね、何ですか舞台化粧をしているみたいでしたわ。頭にオレンジのスカーフをまいて。おかしなことに、わたし、どうしてもどっかで逢った人のような気がしたんです。よく知っているような顔でしたわ。だから、きっとだれか亡くなった人にちがいないと思うんですが、ところが、どうしてもどこでどうして知り合ったのか思い出せなかったんです」

「いや、ありがとうございました、ミセス・クロード」エルキュール・ポアロは言った。

# 15

家の玄関を出るとリンは空を見あげた。日はすでに落ち、夕映の紅は消えていたが、空にはつねならぬ光が残っていた。静かな夕暮だが、息づまるような雰囲気に包まれている。きっと、まもなく嵐になるんだわ、とリンは思った。

さて、ついに来るべき時が来たのだ。もうこれ以上のばすことはできない。どうしても〈ロング・ウィロウズ〉に出かけていって、ローリイに話さなければならない。すくなくともそのくらいの義理は果さなければ——自分の口からちゃんと話すのだ。手紙でごまかすなどということは赦されるべきではない。

リンの気持ははっきり決まっていた。たしかに決心はついているのだ、と自分に言いきかせながら、心のどこかに妙な抵抗を感じていた。あたりを見回したリンは、「何もかもとお別れだわ——わたしの世界とも——わたしの今までの生きかたとも」と思う。これから先の生活がリンにははっきり判っているのだ。あまい考え方はゆるされない。

デイヴィッドとともにする人生は博打なのだ――丁とでるか半とでるかに賭けた冒険なのだ。デイヴィッド自身、そう警告していたのだ。

あの殺人の夜、電話で。

そしていま、たった二時間ほど前にも、「ぼくはきみの前から姿を消すつもりだったんだ。だが、ぼくはばかだった――きみを離すことができるなんて思ったのは。ロンドンに出て、特別な手続きをとって結婚しよう。もちろんここでまごまごしてもらっては困る。ぐずぐずしてたらきみはこの土地から出られなくなるんだ。ここにはきみにまつわりつく根がいくつもあるんだから。ぼくは根こそぎきみをひっこ抜いていくよ」とデイヴィッドは言うと、「きみがミセス・デイヴィッド・ハンターになってしまってから、ローリイには宣告してやればいいんだ。そうするのが彼のためにだって一番いいのさ」と言いたした。

だが、その場ですぐ反対はしなかったが、それだけはリンは不承知だった。ローリイには自分の口から絶対に話すべきだと思ったのだ。

そしていま、そのローリイの所へ行くのだ。

〈ロング・ウィロウズ〉の戸口をノックしたとき、すでに嵐の前兆の激しい風が吹きはじめていた。ドアをあけたローリイはリンを目にすると驚いたような顔をした。

「いらっしゃい。来るんなら電話してくれればよかったのに。留守にしてたかもしれないじゃないか」

「お話があるのよ、ローリイ」

彼はリンを通すと、そのあとに続いて大きな台所へ入っていった。テーブルには夕食のたべ残りがそのままになっていた。

「ここに〝アガ〟か〝イスィー〟（共に炊事用のストーブ）を入れる計画なんだ、きみが仕事に楽なように。流し台も新しくする——ステンレスのに——」

リンはあとを言わせなかった。

「先のこと計画するのはやめて、ローリイ」

「あの気の毒な子の埋葬もすんでないのにって言うのかい？ たしかに思いやりがなさすぎるかもしれない。だが、彼女は生きていたってあまり幸福そうでもなかったよ。半病人だったもの。あの空襲のショックから、どうしても脱けきれなかったようだな。ともかく、もうすんだことだ。きみ、みまかりて墓に眠る、わが人生は色を変えはてた、さ。わが、じゃなく、われわれの、かな？」

リンは息をつめ、一気に言ってのけた。

「ちがうわ、ローリイ。もう〝わたしたち〟って言葉は存在しないの。それを、わたし、言いに来たの」

ローリイは目をすえた。リンは、内心自分を憎みながらも、静かに、たじろがず、言うべきことを言った。「わたし、デイヴィッド・ハンターと結婚します、ローリイ」

リンはこの宣言がどういう形で受けとられるか考えてみていたわけではなかったが、すくなくとも抗議の言葉か、激しい怒りを予想していたのに、ローリイの態度はあまりにも思いがけないものだった。

彼は一、二分じっとリンをみつめていたが、部屋を横ぎると、ストーブをつつきまわしたあげく、やっとのことで、まるで茫然自失の態でふりかえった。

「はっきり聞かせてくれ。きみはデイヴィッド・ハンターと結婚すると言ったね。理由を聞こう？」

「愛してるからだわ」

「きみが愛してるのはぼくだぜ」

「ちがうわ。前には愛してました——ここを出ていったときは。でも、四年も前だわ、それは。わたしは変ったんです。わたしたち二人とも変ったわ」

「きみはまちがっている」ローリイの声はしずかだった。「ぼくは変っていない」

「そうね、あなたのほうは、わたしほどではないでしょうけど」

「ぼくはぜんぜん変ってはいない。変るチャンスがなかった。ここで土をほじくり返してただけなんだから。パラシュートで降下したことも、深夜、崖をよじのぼったりしたこともない。闇にまぎれて敵の首をしめつけ刺し殺したことも——」

「ローリイ——」

「ぼくは戦線に出ていないんだ。実戦に加わったこともない。戦争がどんなものかもしらないんだ。この農場でしごく安穏に暮してたのさ。幸運なるローリイさ！　だが、きみはこんなぼくを夫にするのは恥辱だっていうんだね」

「ちがうわ、ローリイ！　そんなことが原因じゃないのよ」

「そうだとも、それにきまってる！」彼はにじりよってきた。のど首まで怒りの血が燃えあがり、額には血の筋が太くなっている。その怖しい瞳、それはいつか畑地で目にした猛々しい雄牛のそれと同じ色だった。頭をふりたて、足をふみならし、大角伏せて睨みあげ、鈍重な狂暴さを、狂気じみた怒りをじりじり燃えあがらせていたあの雄牛の——

——。

「リン、黙ってぼくの言うことを聞くんだ、今度は。ぼくはいままで何もかもを奪われてきたんだ。祖国のためにたたかうチャンスも逃した。親しい友は戦線に出ていき、戦死した。恋人が制服に身固めして、外地に出ていくのも見送らされた。ぼくは置いてきぼりをくらった男にすぎなかったんだ。ぼくの生活は地獄だった――判らないのかい、リン、文字どおり地獄だったんだ。そして、やっときみが帰ってきたと思えば――前以上の地獄沙汰だった。ケイシイ叔母の家のパーティで、きみがデイヴィッド・ハンターをじっと見ているのに気がついてからというもの、どれほどぼくが苦しんだか。だが、けっしてやつにはきみを渡さないぞ、いいかい、リン？　きみをぼくのものにできないんなら、だれにも渡すもんか。ぼくをなんだと思ってるんだ！」

「ローリイ――」

リンはすでに立ちあがっていたが思わずあとずさった。恐怖に体がすくんでくる。ローリイはもはや人間ではなく、兇暴な野獣と化している。

「ぼくはもう二人も人間を殺してるんだ」ローリイ・クロードは言った。「三人目を殺すのにしりごみでもすると思うのか？」

「ローリイ――」

彼はリンに襲いかかり、その首に手をまわしている――。

「これ以上我慢はできないぞ、リン――」

首にかかった手はすごい勢いでしめつけてくる。部屋はまわりだし、あたりが真っ暗になってきた――くるくるまわる暗闇、息がつまってきた――何もかもがかすんで闇に消えてゆく――。

そのときだった。突然、咳ばらいが聞えた。はっきりした、わざとらしい咳ばらいが。ローリイは手をゆるめ、リンを離した。リンはくたくたっと床に倒れ伏した。

ドアの前に、エルキュール・ポアロが控え目な咳ばらいをつづけて立っていた。

「お邪魔でしたかな？　ノックはしたんですが。たしかにいたしましたが、お返事がなかったもので。おとりこみちゅうでしたかな？」

一瞬、部屋の空気はピンと張りつめ、火花が散らんばかりだった。ローリイはポアロをじっとみつめた。今にもとびかからんばかりに見えたが、ついに彼は顔をそむけた。

気のぬけたような声がその唇をもれた。「危機一髪だった――あなたの現れるのがもう少しおそかったら」

# 16

修羅場の余韻のまださりやらぬ雰囲気に、エルキュール・ポアロはわざと芝居がかった様子で立ち向った。

「お湯がわいておりますかな？」

ローリイは放心したように、「ええ、わいてます」と機械的に答えた。

「では、コーヒーでもいれていただきますかな？　ご面倒なら紅茶でもけっこう」

人造人間のようにローリイはその命令にしたがった。

エルキュール・ポアロはポケットから洗いたての大きなハンカチを出す。水に浸してよくしぼると、リンの傍へもどった。

「さあ、マドモアゼル、これをのどにおまきなさい——そうそう。安全ピンもあります。さあ、それで痛みがとれますよ」

かすれた声をふりしぼって、リンは礼を言う。〈ロング・ウィロウズ〉の台所、いそがしく世話をやいてくれるポアロ――そのすべてがリンにとっては悪夢としか思えなかった。吐き気がしていたし、のどには激しい痛みが残っている。やっとのことで立ちあがると、ポアロはやさしく手をかし、椅子にすわらせた。

「さ、それでいい」と言うとうしろをふりむき、「コーヒーはまだですかな？」と催促した。

「できました」ローリイは言う。

彼が盆を持ってくると、ポアロはカップにつぎ、リンのところへ持っていってやった。

「ムッシュー・ポアロ、あなたはなぜそんな平気な顔をしていられるんです。ぼくはリンを絞め殺そうとしたんですよ」ローリイはたまりかねて言った。

「やれやれ」ポアロは腹だたしげに声をあげた。ローリイのやりきれない悪趣味に辟易しているようだった。

「ぼくはすでに二人の人間を殺したも同様なんだ。リンが三人目だったんだ――あなたが現れてくれなかったら」

「まあコーヒーでもいただきましょう。人殺しの話はやめにして。マドモアゼル・リンに毒ですからな」

「あんたっていう人は」ローリイはまじまじとポアロをみつめた。

リンはやっと少しばかりコーヒーをすすった。熱く濃いコーヒーだった。すぐにのどの痛みは楽になり、やっと人心地がついてきた。

「どうです、少し楽になりましたかな？」ポアロは言う。

リンはうなずいてみせた。

「さて話をはじめますか。私がこう宣言するときは、本気で、根こそぎしゃべります。そのおつもりで」

「どの程度、あなたは知ってるんです？」ローリイの声はもたついた。「あなたは、ぼくがチャールズ・トレントンを殺したのを知ってるんですか？」

「知っております。だいぶ前から」

急に戸口がひらいた。現れたのはデイヴィッド・ハンター。

「リン、きみはぼくにだまって――」

言いさしたまま、不審げな顔つきになり、一人一人の顔に目を走らせた。

「きみ、のどをどうしたんだ？」

「カップをもう一つどうぞ」とポアロ。ローリイは棚からそれをとった。ポアロは受けとり、コーヒーを注ぎ、デイヴィッドに渡す。またもやポアロがこの場の采配をふるった。

「まあおかけなさい」とデイヴィッドに声をかける。「こうして席をともにし、コーヒーをのみながら、このエルキュール・ポアロが犯罪にかんする一場の講演をするのを、あなたがた三人に聞いていただきましょう」

彼はぐるっと三人の顔をみまわし、ひとりうなずいた。

リンは思う。「まるでとっぴょうしもない悪い夢をみているようだわ。とても本当とは思えない」

三人が三人とも、この大仰な口ひげを生やした小男にぴたりと押えられてでもいるようだった。殺人者ローリイ、被害者リン、彼女を恋する男デイヴィッドが手に手にコーヒー・カップを持ち、従順に身じろぎもせず、彼らを何か判らない力で引きずっていくこの小男の言葉に耳を傾けている。

「何が人に犯罪をおかさしめるのか？」エルキュール・ポアロはまずこう問題をかかげた。「これは一言には語りつくせぬ問題です。罪をおかすに、どのようなものが刺激となり得るか？　いかなる先天的素質がこれに関係があるか？　だれでもが犯罪者たり得るか——ことにある種の犯罪者に？　私がこの事件のはじめからいくどか考えてみたのは、激しい生存競争にさらされる厳しい実生活から逃れ、温床の夢をむさぼっていた人々が、突然その温床からつめたい世間へ投げだされた場合、いったいどういう事態が起るだろうか、ということだった。

もちろん、私はクロード一族のことを言っているのです。ここには一人しかクロード姓を名のられる方がおられないので、私は気楽にしゃべらせてもらえます。ともかく、はじめからこの問題が私の心を捉えて離さなかった。ここに、かつて自分自身の足で立つことをしないですんでいたという結構な身分の一族がある。たしかに、各自生計の道は立派に立てていたし、職業も持ってはいた。が、それはつねに恵まれた庇護の翼のもとでのことだった。彼らはつねにのんびりと日なたの生活を楽しみ、人生の黒い影に怯えたためしがなかった。確実に保証された生活をつづけていたのだ。だがこの保証は、人為的な不自然なものだった。ゴードン・クロードがつねに彼らのうしろ楯となっていたからです。

ここで私の言いたいのは、人間は試練のときにこそはじめてその本質をあらわすということです。たいていの場合、その試練は若いうちに通り越してしまう。人生に巣立つか巣立たぬうちに、人間が自分の足で立つことを余儀なくされ、危険にも困難にも立ち向い、いかにしてそれを処理するかを自分なりに身につけるものだ。堂々と表門から向かう人も、裏口からという手段を弄するものもあるだろうが——が、いずれの場合にも、若いうちに自分というものをはっきり認識し、その線で世渡りをしていくのだ。

ところが、クロード一族は、彼らが突然うしろ楯を失い、冷たい風の中にほうりだされるまで、彼ら自身の弱点を知る機会がなかったため、何の心準備もなくこの人生の難事と立ち向かわされたのだ。一つのもの、ただ一つのものが、彼らとかつての安穏な生活とのあいだに立ちはだかっていた。ロザリーン・クロードの命です。私は、クロード一族の一人のこらずが、一度は〝ロザリーンさえ死ねば――〟と思ったにちがいないとかたく信じています」

リンは身ぶるいした。ポアロはしばらく黙ったまま、その言葉が相手の心にしみこむのを待ち、先をつづけた。

「彼女の死を願う思いは、だれもの心にうかんだ――それは私は確信しています。では、それより一歩すすんで、彼女を亡きものにしようという考えもやはり心にうかんだろうか？　そしてその考えが、ある特殊な機会に、行動に移されただろうか？」

声の調子を変え、彼はローリイに向って、

「あなたは彼女を亡きものにしようと考えられたことがありますかな？」

「ええ、ロザリーンが農場にやってきたときでした。ほかにはだれもいませんでした。そのとき、これなら楽に殺せるなと思ったんです。彼女は妙に心に訴えてくる哀しさを漂わせてました――そしてじつにかわいらしかったんです――ぼくが市場へ売りにいった仔牛みたいに。仔牛ってのは妙に哀れっぽい美しさを持ってます——だが、結局、屠畜場にやられてしまうんですからね。彼女がぜんぜん警戒してない様子をしていたので不思議でした。ぼくが何を考えてるかを感づいたら震えあがるにきまってたんですから。たしかにぼくは考えたんです。ロザリーンの手からライターを取ってタバコの火をつけてやったときに」

「そのままライターを忘れていったのですね。で、あなたの手に入ったわけですな」

ローリイはうなずいた。

「なぜあのとき殺さなかったのだろう」ローリイは不審げだ。「たしかに考えたんだ。事故だとでもなんとでもごまかせないこともなかったのに」

「あなたのおかす罪とは別のタイプのものだったからですよ。そうでしょう。あなたがあの男を殺したのは、憤りのあまりの行動だったのでしょう——それも殺す気ではなかった、ちがいますか？」

「そうですとも。顎に一発くらわせてやっただけです。あいつはそれでひっくりかえって、あの大理石の化粧縁で頭を打ったんです。息が絶えていると知ったとき、ぼくは信じられなかったくらいです」

と、突然、ローリイはびっくりした顔になり、ポアロをみつめた。

「どうして判りました？」

「あの晩のあなたの行動はほとんどまちがいなく言いあてられるつもりです。まちがっていたら言ってください。あなたは〈スタグ〉に行き、ビアトリス・リピンコットから彼女が立ち聞きしたという話を聞かされた。その結果、あなたの言われたとおり、こうした事態に対する叔父上の意見を訊くつもりでジャーミイ・クロード宅へ行った。ところで、そこであることが起った。彼と相談することをあなたに止めさせた何かが。私はそれがなんだか判っているつもりです。写真を見たのでしたね――」

ローリイはうなずいた。

「そうなんです。デスクの上にあったんです。じつによく似ていたので気がついたんです。なぜあの男の顔がどこかで見たような気がしたかも判りました。すぐにからくりに気がつきました。ジャーミイとフランセスが、フランセスの身寄りの男に一芝居うたせて、ロザリーンから金を捲きあげようとしているんだと。ぼくはとぶようにして〈スタグ〉に戻り、五号室にあがっていくと、あいつを大強請《かたり》だと言ってどなりつけてやりました。あいつは笑いだし、それを認め、デイヴィッド・ハンターがその晩ちゃんと金を持ってやってくることになっているとぬけぬけと言ったんです。ぼくは、ぼくの身内の者がなれ合いでこのぼくを裏切っていると知ってカッとなったんです。ろくでなし、と罵倒すると、殴りつけてやりました。その先はさっきのとおりの仕儀です」

彼は黙ってしまった。ポアロは、「で？」と促す。

「あのライターなんです、ポケットから落ちたのが。どこかで逢ったらロザリーンに返そうと思って持ちまわっていました。それが死体の上に落ちたんです。D・Hとイニシャルが入っていました。デイヴィッドの持ち物で、ロザリーンのではなかったのです。ケイシイ叔母の家であったパーティ以来、ぼくは——まあ、そんなことはどうでもいいです。ときどき、ぼくは気が変になるんじゃないかって気がしました——たぶんすでに少しおかしかったんでしょう。まず第一にジョニーをとられ——それにこの戦争——ぼくは口下手です、だがときには目もくらむほどの怒りに身を焼かれるのです——そして今度がリン——そしてこの男。ぼくは死体を部屋の真中に引っぱっていき、うつぶせにしました。それから、あの重い鋼鉄の火挟みをとり——これ以上はかんべんしてください。それから指紋を拭いて、大理石の化粧縁を掃除してから、腕時計の針を九時十分すぎにまわし、叩き割ったんです。それから、配給通帳だの書類だのをみんな抜きとりました——身元がわからなくなるように。そして外へ出ました。ビアトリスが聞いたという話が明るみに出れば、デイヴィッドに嫌疑がかかるのはまちがいないと思ったんです」

「ありがとう」とデイヴィッド。

「それから」とポアロがあとを引きとり、「あなたは私のところへこられた。ちょいとした喜劇でしたな、あれは。あなたもたいした役者だ。私に、アンダーヘイと近づきのある男を探してくれと依頼したんですからな。私は、ジャーミイ・クロードがれいのポーター少佐の物語をすでに家人に話していたと察していました。すでに二年近くものあいだ、あの二人はアンダーヘイがいつか忽然と現れるかもしれないという秘めたる望みを心にあたためていたのです。その望みが、ミセス・ライオネル・クロードのこっくり占いに現れたのですな——無意識にではあったでしょうが、なかなか暗示的なものを含んでいました。

ところで《エ・ビァン》、私は私の〝大手品〟を打ってみせます。そして、あなたの讃嘆を買ったと得意になっていたのですが、だまされたのはほかでもないこの私だったのです。ポーター少佐は、あのとき、何と言いました？　私にタバコをすすめたあと、あなたに向って、〝あなたはあがられませんね〟と彼は現に言ったんです。どうして少佐があなたがタバコを吸わないのを知っていたのです？　あのときが初対面のはずだったではないですか。まったくなんというまぬけ加減でしょう、この私は。あのとき、すでに判っていいはずだったのです——あなたとポーター少佐とがすでに取引きをすませていたということを。あの朝、彼がそわそわしていたのも当然です。まったくたいしたまぬけでしたよ、私は。うまうまとポーター少佐を死体鑑別にひっぱっていかされたんですから。だが、私はいつまでもまぬけでは終りませんよ。どうです、いまではもう、まぬけとはおっしゃれますまい？」

憤然として三人を見まわすと、言葉をついだ。

「だが、ポーター少佐は取引きを遂行しきれなかった。殺人事件の公判で、宣誓のもとに証人として立つことに堪えられなくなったのです。それも、被害者の身元が、デイヴィッド・ハンターの嫌疑の白黒を決するという状況のもとに。そこでついにポーター少佐は身を引いたのです」

「少佐は、とてもやりおおせないという意味の手紙をよこしたんです」ローリイは苦々しげに言った。「まったくばかですよ。すでに手おくれだってことが判らなかったんですかね。ぼくは元気をつけてやろうと思って出かけていきました。だがすでにおそかったんです。殺人事件の証人として偽証をするよりはピストル自殺を選ぶ、と手紙にも書いてきていました。

ぼくがどんな気持がしたか、口では言えません。まるでまたもや人殺しをしたも同然だったんですから。もうしばらく待ってくれさえしたら――ぼくと話をするまで我慢してくれたら」

「書き置きがあったんですな、それをあなたは持ち去った？」

「ええ――どうせ足をつっこんだことです。とことんまでやるより仕方なかったんです。書置きは検死官あてでした。ただ、検死審問で偽証をしたとだけ書いてありました。殺された男はロバート・アンダーヘイではないと。ぼくはその書き置きを持ち帰って燃やしてしまったんです」

ローリイは拳をかため、テーブルを叩いた。「何もかもわるい夢のようでした――怖しい夢魔だった！　いったん足をつっこんでしまったら最後、ずるずると引きずられていくばかりでした。ぼくはリンを得るために金が欲しかったんだ――そしてハンターを死刑にしてやりたかった。ところが――どういうわけか、彼の嫌疑は晴れてしまった。女がいたとか――ずっとおそくなってからアーデンのところに女がいたとかいう話だった。ぼくはわけがわからなかった、いまだって不思議でたまりませんよ。女が、あの部屋でアーデンの死体と話していたなんてことがあり得るんですか？」

「いや、女などはいなかったのです」

「でも、ムッシュー・ポアロ」リンがかれがれの声で口をいれた。「あのお年寄りの婦人がいますわ。あの方はその女を見た上、話し声まで聞いていますもの」

「なるほど。だが、あの人は何を見、何を聞いたのでしょう？　スラックスをはいて、淡色のツイードのコートを着た人間を見たのですよ。ターバンのようにオレンジのスカーフで頭をすっぽりつつみ、厚化粧をして真紅に口紅をひいた顔を見たのですよ。おまけにうす暗がりで。そして何を聞いたというのです？　あの婦人は、その〝あばずれ女〟が五号室に引っこんだのを見、部屋の中で、男の声が、『さっさと帰れよ』というのを聞いただけです。エ・ビアン、あの老婦人の見たのは男だったのです、その声と同様に。まったく、たいした思いつきでしたな、ミスター・ハンター」冷然とデイヴィッドに向かい、ポアロは言いそえた。

「何を言うんです？」デイヴィッドはきっとなった。

「さて、これから先は、あなたのことを話しましょうかな。あなたは、九時ごろ〈スタグ〉にやってきた。人殺しのためではなく、金を渡しに。ところで、あなたが見たものはなんでした？　あなたを恐喝していた男がひどく残酷な殺されかたをして床にのびているのを見ましたね。ミスター・ハンター、あなたの頭はまわりが早い、したがって、非常に危い立場におかれたことをたちまち悟った。〈スタグ〉に入ってくるところを、だれにも見られてはいなかったとあなたは信じていたので、まず頭に来たのは、一刻も早く姿を消すことだった。九時二十分のロンドン行きに乗り、ウォームズリイ・ヴェイル近辺にはいなかったと言ってがんばり抜こうと思った。が、汽車にまにあうためには、森や林をつっきって近道をするよりほかなかった。その途中、思いがけなく、ミス・マーチモントと出合い、同時に、すでに汽車には乗りおくれたのを知った。谷をすぎていく汽車の煙を見たからだ。ミス・マーチモントのほうも、あなたは知らなかったろうが、その煙を目にしていた。だが、その煙があなたが汽車にまにあわないことを示していることまでは意識して見ていなかった。で、あなたが、九時十五分だと時間を教えると、何の疑いも持たずその言葉を信じた。

たしかにあなたが汽車にまにあったとミス・マーチモントに思わせるために、あなたはまたまた天才的な方法を発明した。それはあとにまわすとして、あなたは、いまや、あなたにふりかかってくる嫌疑をそらすために、ぜんぜん新手の方法を考えなければならなかった。

まず、あなたの鍵を使って、そっと〈ファロウ・バンク〉にしのびこみ、妹さんのスカーフを借り、口紅を一本ぬきとり、次に舞台化粧そこのけに顔をつくる。

適当な時間に〈スタグ〉にもどると、〈滞在客専用室〉にいた老婦人にまず顔をみせておく。その婦人は〈スタグ〉でも評判のやかまし屋だった。それから、あなたは五号室に入っていく。老婦人が寝に来たのを聞きつけると、あなたは廊下でそれを待ちうけ、あわてて部屋へひっこむと、大声で、『さっさと帰れよ』と言う」

ポアロは息をついた。

「なかなかたいした演技でしたな」彼はあらためて言った。

「いまのお話、本当、デイヴィッド？」リンが声をあげた。「本当なの？」

デイヴィッドはにやにや笑う。

「ぼくは女形としちゃあ一流ってわけだ。あの〝ゴルゴン〟（ギリシャ神話の怪物）の顔をみせたかった」

「でも、十時にここにいて、十一時にロンドンから私に電話ができるわけないわ」リンは狐につままれたような顔になった。

デイヴィッド・ハンターはポアロに向い、頭をさげた。

「すべてを見通しの人物、エルキュール・ポアロに解説をねがいましょう。ぼくはどうしてそれをやってのけました？」

「非常に簡単なことです。あなたは公衆電話からフラットの妹さんに電話して、的確なる指示を与える。十一時四分きっかりに、彼女はウォームズリイ・ヴェイル三十四番に長距離電話をかける。ミス・マーチモントが受話器をとると、交換手は番号をたしかめ、〝ロンドンからです〟とか〝ロンドンどうぞ〟とかいったふうのことを言ったはずですね?」

リンはうなずいた。

「ロザリーン・クロードはそこで受話器をかけてしまう。そこであなたが」とデイヴィッドに顔を向け、「慎重に時間をはかって待ちかまえていた上、三十四番にダイヤルし、つながると、Aボタンを押し(電話料を入れてからAボタンを押すと通話できる)『ロンドンからです』と作り声で言い、そして話をはじめたのです。一、二分のずれは、このごろの電話には珍しいことではないのですから、ミス・マーチモントは、一度きれてまたつながったとしか思わなかったわけです」

リンは静かに、「じゃ、わたしに電話をしたのはそのためだったのね、デイヴィッド?」と言った。

その口調は静かだったが、デイヴィッドをはっとさせるものがあったとみえ、彼は鋭くリンをみつめた。

彼はポアロに向うと、降参の身ぶりをしてみせた。

「たいしたもんです。たしかに何事もあなたにかかってはお見通しだ。正直言って、ぼくはすっかりガタが来てたんですよ。何か抜け道を考えなけりゃならなかった。リンに電話をしてしまうと、ダスルビイまで五キロ以上の道を歩いて、始発の牛乳列車でロンドンに戻ったんです。なんとか寝てた格好がつくようにベッドにもぐりこみ、それからロザリーンと朝食をたべたんです。警察がロザリーンを疑うとは夢にも思ってませんでした。

そして、ぼくはもちろんのこと、だれがあの男を殺したのか見当もつきはしなかった。あの男を亡きものにしようと思う人間があろうとは思えなかった。ぼくの知るかぎりでは、このぼくとロザリーン以外に、その動機を持つ人間はないはずだったんだ」

「さよう。それがこの事件をこんがらからせたのです。動機ですな。あなたとあなたの妹さんは、アーデンを亡きものにする動機を持っていた。クロード一族の各員が、ロザリーンを亡きものにする動機を持っていた」

デイヴィッドは鋭く、「では、妹は殺されたんですね？　自殺ではなかったんですね？」

「そうです。じつによく計算された、ながいこと心にあたためられていた犯罪です。モルヒネが、睡眠薬に使われていたブロマイド包みとすりかえられていたのです——それも箱の底のほうのと」

「睡眠剤とですか？」デイヴィッドは眉をよせた。「まさか——まさかライオネル・クロードが？」

「いや、ちがう。クロード一族のだれもがじつはモルヒネをしのびこませる機会はあったわけです。ミセス・ライオネルは薬局にあの薬があるうちに、すりかえることもできたのです。ここにおいでのローリイは、ロザリーンのためにバターやタマゴを持って〈ファロウ・バンク〉を訪れています。ミセス・マーチモントも、ミセス・ジャーミイ・クロードも出かけています。リン・マーチモントさえも。そしてそれが一人のこらず動機を持っていたわけですからな」

「リンは持っていなかった」デイヴィッドは叫んだ。

「わたしたち一族のみんなが動機を持っていたってことをおっしゃってるんですわね？」とリン。

「さよう。そのことがこの事件を難しくしたのです。デイヴィッド・ハンターとロザリーン・クロードはアーデンを亡きものにする動機を持っていた——が、二人とも彼を殺さなかった。あなた方クロード一族はみなロザリーン・クロードを亡きものにする動機を持ってはいたが、ロザリーンを殺したのはそのだれでもなかった。この事件は、はじめからそうだが、ぜんぜん辻褄があっていなかったのだ。ロザリーン・クロードを殺したのは、彼女の死によって一番損をする人間だった」ポアロは小首をかたむけ、「ミスター・ハンター、あなたですね、ロザリーンを殺したのは」

「ぼくが自分の妹をですか、冗談じゃない」デイヴィッドは大声になった。

「いや、あなたの妹でなかったから殺したのです。ロザリーン・クロードは、二年近く前に、ロンドンで爆死しています。あなたが殺したのは、アイリーン・コリガンというアイルランド人の小間使いだった娘です。今日、アイルランドからその写真を私は入手しました」

ポアロはポケットから問題の写真をとりだした。電光石火のすばやさでその写真をひったくると、デイヴィッドは一足とびに戸口からとびだし、叩きつけるようにドアをしめると姿を消した。怒声をあげてローリイが凄い勢いでそのあとを追った。

ポアロとリンだけがあとに残った。

リンは叫びだした。「嘘ですわ。そんなこと、嘘ですわ」

「いや、まぎれもない真実です。あなたは、デイヴィッド・ハンターがロザリーンの兄ではないかもしれぬと言われたとき、すでに真相のなかばを知られていたのです。それを逆に考えてごらんなさい。すべて辻褄があってきます。贋物のロザリーンはカトリック信者でした。アンダーヘイの妻はカトリックではありませんでしたが——で、罪の意識と、デイヴィッドへの愛情との板ばさみになっていたのです。あの爆撃の夜の彼の心理状態を考えてみましょう。妹は死に、ゴードン・クロードは瀕死の状態だった——やっとありついた金にも安楽な生活にもこれでお別れかというとき、彼はあの娘を見たのです。年ごろもたいしてちがわず、彼をのぞいてはただひとりの生残りのその娘は、衝撃で意識を失っていたのです。すでにその娘と情を通じていたにちがいない彼にとって、自分の意のままに彼女を操るのは容易なことだったのです。

あの男は妙に女性を魅きつけるものを持っていますからね」ポアロは、頬をそめるリンを見ないようにして、ぽつりと言った。

「彼は便乗主義者ですよ、機を見るにじつに敏です。その娘を妹だと言いくるめ、ベッドにつきそって、娘の意識の戻るのを待ったのです。そして、甘言を弄して娘を説き伏せ、芝居の役割を引きうけさせたのです。

あの脅迫状を手にしたときの二人の動転ぶりは察してあまりあります。私は心にこの疑問を追いつづけていました。〝ハンターは、唯々諾々と恐喝にあまんじるようなタイプの男だろうか？〟と。それに、あきらかに、彼は、その男がアンダーヘイであるかどうかという点で迷っているようでした。だが、なぜ彼はたしかめないままにしておいたのでしょう？　ロザリーン・クロードは、その男がかつての夫であるかないかを瞬時に確認できたはずなのです。それを、ただの一目もその男の顔を見る暇もないうちに、なぜあわててロンドンにやってしまったのでしょう？　その答えはただひとつです——デイヴィッドは、その男にロザリーンの姿をちらとでも見せる危険を怖れていたからなのです。もし彼がアンダーヘイであったら、あのロザリーン・クロードが、本物のロザリーンでないことをたちまち見破るにきまっていたからです。したがって、唯一の道は、あの恐喝者の口を封じるにたりるだけの金を黙ってだし、その上で、アメリカへでも高とびをすることだったのです。

ところが、まったく思いがけぬことながら、その何者ともしれぬ恐喝者が殺された——そしてポーター少佐が、その男をアンダーヘイだと証言した。デイヴィッド・ハンターは抜きさしならぬはめに追いこまれた。彼の今までの生涯でもはじめてと言っていいほどの怖しい窮地に。そこへ輪をかけるように、娘は娘で崩壊寸前の状態になっていた。良心の呵責にせめたてられ、すでに神経障害を起しかけていた。彼女がすべてを告白し、それによって彼の罪が発覚し、刑を言いわたされる結果に至るのもすでに時間の問題だった。それに、彼は娘にまとわりつかれるのがうるさくなりはじめてもいた。つまり、あなたを恋していたからです。そこで、彼は最後の決心をした。アイリーンを亡きものにすることを。どうせ失うに決まっているものを、いち早く放りだしたわけです。損をして得を見るというわけです。彼は、ドクター・クロードの処方の睡眠剤の一包みをモルヒネとすりかえ、毎晩かならずそれをのむようにすすめ、同時にクロード一族がいかに怖しいかをアイリーンにふきこんだ。妹の死は、その金がクロード一族に戻ることを意味するからには、デイヴィッド・ハンターは絶対に疑われないと計算していたのです。それが彼の切札でした——動機がないと言うことが。前にも言いましたとおり、この事件はつねに辻褄があっていなかったのです」

ドアが開き、スペンス警視が入ってきた。

ポアロは鋭く、「うまくいきましたか？」と訊いた。

警視は、「ええ。逮捕しました」と答える。

リンは声を落し、「あの人、何か言いましたかしら？」

「思いのこすところはないって言いましたよ——」

「まったくおかしい」と警視は言いつぐ、「やつらは言わないでいいときにかぎってしゃべるんでね。もちろん注意はしました。が、やつは、『おためごかしはやめとけよ。おれは博打うちさ——だが最後の目がどう出たかは知っている』と言いましてね」

ポアロは呟いた。

「〝人間の動きにも潮時というものがある。満潮に乗りさえすれば運は展けるのだ……〟

たしかに、潮は満ちます、が、それはいつか引くときもあるのです……容赦なく人を引きずりこみ、海の藻屑と消えさせる」

# 17

日曜の朝だった。戸口のノックに応えたローリイ・クロードは、そこに待っているのがリンなのを知った。

彼は思わずあとずさった。

「リン！」

「入ってもいい、ローリイ？」

彼は一歩さがり、リンはその前を通りさっさと台所へ入っていった。礼拝に行った帰りなので帽子をかぶっている。儀式のしぐさでもあるようにゆっくり手をあげると、帽子を脱ぎ、それを窓縁に置いた。

「ただいま、ローリイ」

「いったい何を言ってるんだい？」

「言葉どおりのことよ。家へ帰ってきたのよ。これがわたしの家だわ——あなたと二人の。早く気がつかなくて、ほんとにわたしばかだった——旅が終ったってことを、とっくに悟るべきだったんだわ。わからないの、ローリイ、わたし、ただいまって言ってるのよ」

「きみ、正気かい、リン？　ぼくは、ぼくはきみを殺しかけたんだぜ」

「もういいわよ」リンは眉をしかめてみせ、いたわるようにのどに手をやった。「じつを言うと、わたし、あなたに殺されると思ったとき、はじめて、それまでのわたしがとてつもない大ばかだったってことが判ったのよ」

「何を言ってるんだかぼくにはわからない」

「あら、そんなわけないわ。わたし、いつだってあなたと結婚することを望んでた。ところが、わたしはいつのまにかあなたを見失ってたのね——あなたは、わたしには、おとなしすぎ、臆病すぎるように思えてきたの——あなたとの生活は、安全すぎて、息がつまるほど退屈だって気がしてたの。わたしがデイヴィッドに魅かれたのは、彼が危険な人間だし、なんとなくぐんぐん引っぱるものを持ってたからなのよ。それに正直言って、彼は女ってものをじつによく知っていたわ。でも、その何もかもが本物ではなかったのね。あなたがわたしののどをしめて、あなたのものにできないのならだれにも渡さないって言ったとき、あのときなの、わたし、あなたのものなんだってことを本当に知ったのは。でも、もうすでにおそすぎた——もうまにあわないとわたしは観念したのよ。ありがたいことに、エルキュール・ポアロが現れて、そうならないですんだ。ローリイ、わたしはあなたのものよ、わかったでしょ」

ローリイは首をふった。

「だめだよ、リン。ぼくは二人も人を殺してる——人殺しなんだよ、ぼくは」

「ばかなこと言わないで」リンは声をあげた。「芝居がかりなたわごとはやめてよ。大きな図体の男と喧嘩になって殴りつけたら、その男がひっくりかえって炉縁で頭を打ったんでしょ——それは人殺しじゃないわ。法律的に言ったって殺人とは言われないわ」

「過失致死だぜ。だが、監獄行きさ、やはり」

「そうなるかもしれないわね。でも、それならそれで、わたし、あなたが出てくるとき、ちゃんと出口の段で迎えてあげるわ」

「それに、まだポーターのことがある。手をくださないまでも、ぼくが殺したも同然なんだ」

「ちがうわ。あの人は、立派な大人で自分で自分の責任を負うべき人だわ。あなたが持ちかけた話を断ろうと思えばそうできたはずよ。ちゃんと承知の上で決心したことを人のせいにはできないわ。あなたがよからぬことをすすめ、彼はそれを引きうけ、そのあげく後悔のあまり、手近な方法を選んだにすぎないわ。つまり、彼が弱い人間だったってことでしょ」

ローリイはまだ頑強に首をふりつづける。「よしたほうがいいよ、リン。前科者なんかを夫にするのは」

「あなたは刑は受けないと思うわ、わたし。もしそういうことになるのなら、とっくに警察が来ているはずですもの」

ローリイは目をむいた。

「何を言ってるんだい。傷害致死罪のぼく、ポーターを買収したぼくが――」

「警察がそうしたことを知っている、これから知るかもしれないなんて、どうして思うの？」

「あのポアロって男が知ってるじゃないか」

「あの人は警察の人間じゃないわ。警察がどう考えているか言ってみましょうか。デイヴィッド・ハンターが、ロザリーン同様、アーデンも殺したと思っているのよ。あの晩ウォームズリイ・ヴェイルにいたことが、いまでは判ってるんですもの。でも、その罪で起訴はしないでしょう、必要ないから――それに、たしか、同じ嫌疑で二度拘引することはできないんじゃなかったかしら。でも、デイヴィッドが殺したんだと警察で思ってるかぎりは、ほかを探したりはしないわ」

「だが、あのポアロって男が――」

「あの人は、事故死だって警視に言ったのよ。警視は一笑に付したらしいの。ポアロはこのまま口をつぐんでいると、わたしは思っているわ。あの人、いい人だわ――」

「いけないよ、リン。ぼくはやっぱりきみに冒険をさせたくない。ほかのことはともかくとして――その、つまり、ぼくは自分で自分が信用できないんだ。つまり、きみにたいしてぼくは安全を保証できないんだ」

「そうかもしれないわ――でも、ローリイ、わたし、あなたを愛しているわ――あなたは長いこと苦しい日を送ってたんですもの――それに、わたし、前からそうだけど、安全すぎる生活にはあんまり魅力がないのよ」

# 解説

クラシックジャーナル編集長
中川右介

この本を手にしている方は、かなり重症のクリスティー・ファンだろう。

ミステリ史上に残る『アクロイド殺し』『オリエント急行の殺人』『ABC殺人事件』、あるいは『そして誰もいなくなった』等の超有名作品に比べると、この『満潮に乗って』の知名度は、残念ながら低い。おそらく、この本が「最初に読んだクリスティー作品だ」という人は、少ないと思う。

僕自身、この作品は「四十数冊目ぐらいのクリスティー作品」だったと思う。そう、三十年ほど前の中学生時代に、僕はかなり重度のクリスティー・ファンだった。だから、この作品までたどりついたのだ。

同世代の多くのミステリファン同様に、僕はホームズやルパンは小学生で卒業し、中学に入ると、文庫本で、クリスティー、クイーン、ヴァン・ダイン、カーなどを夢中になって読んだ。そして、「クリスティーは多作だが、駄作がひとつもない」と何かの本の解説に書いてあったのを、純真な中学生だった僕は信じ、「よし、クリスティーを全部読もう」と決意してしまったのだ。

それから、クリスティー三昧の日々が続いた。小遣いの許す限り、僕はクリスティーの本を買い求め、片っ端から読んでいった。そのうちに、「確かに、駄作はないかもしれないが、全てが同じ水準というわけでもない」ことに気づいた。「超名作」と「普通の名作」と「普通の作」くらいには分けられる、と。

本書に出会ったのは、そんな頃だった。この作品は、最初にあげた、いわゆる定番の「クリスティーの代表作」リストには入っていないので、正直なところ、あまり期待しないで読み始めた。すると、(他のクリスティー作品同様に)「読みやすい」お話として、どんどん進んでいき、あっという間に読み終わった。

どちらかというと、事件も犯人も地味だし、軽く読めてしまうので、読み終わってすぐの時点では、「名作」だと感じない。ところが、よく考えてみると、ミステリの主要トリックがいくつも含まれている。読み終わってから、どういったトリックが登場したか、考えていただきたい。素顔は傑作なのに、外見は「普通の作」の装いをしているので、傑作であることに、なかなか気づかないのだ。

クイーンやカーは、どうでもいいことを大袈裟に描くところがすごいのだけど、クリスティーはその逆に、とんでもないことをさりげなくやってしまう。

クリスティーやクイーンにはじまる本格ミステリを百作くらい読むと、こんな疑問を抱くようになるだろう。いったい誰が、人を殺す際にわざわざ密室を作るだろうか、一人を殺したいときに関係のない人まで三人も四人も殺すだろうか、何重にも考えられたアリバイ工作を本当にするだろうか……。あるいは、なぜわざわざ童謡の歌詞に合わせて連続殺人をしなければならないのか……。

こうした疑問への回答のひとつが、チャンドラーやロス・マクドナルドのハードボイルドだが、それとは別の回答が、クリスティーの中期以降の「ドラマ重視型」作品で、本書はその代表といっていい。

「ドラマ重視型」とは、単純にいえば、なかなか殺人事件が起きないミステリだ。

人生にとって、「殺人事件」はかなりの大ドラマだ。ところが、本格ミステリにおいては、被害者はいきなり死体として登場するので、被害者自身のドラマは小説中では描かれない。一方の犯人も、最後まで犯人だとは分からないわけだから、殺人者のドラマも描かれない。本来のドラマにおいては第三者にすぎない「探偵」が主役になり、なぜ殺人に至ったかの経緯を解説するだけで、事件に至るドラマが描かれることはない。

このように、人間ドラマが停止した状態で展開するのが、本格ミステリと呼ばれる小説ジャンルだった。

クリスティーは、いうまでもなく、このような本格ミステリの名手だった。ところが、中期にはそれを逆転させ、「ある人物が殺されるまで」もしっかり描くようになった。様々な人物が登場してドラマが展開していくうちに、殺人事件が起きる、というプロットが増えてくる。

こうした「ドラマ重視型」の代表が、映画にもなった『ナイルに死す』だ。あの作品はクリスティーのミステリの中で最も長い作品なのだが、殺人事件が起きるのは、三分の一を過ぎてからだ(だから、映画に向いていた)。本書も前半は、ある一族の人間模様が描かれるだけで、半分近くになってようやく事件が発生する。

『ナイルに死す』では、「この人が殺されるな」と読者が思う人物が予想通り殺され、本書にも、たしかに「この人が殺されそうだ」と思われる人は登場するのだが……。ここでは「さすがはクリスティー、同じ手を二度は使わない」とだけ書いておこう。そう、クリスティーの「ドラマ重視型」作品は、「誰が殺したか」の前に、「誰が殺されるのか」という点が興味の対象になる。つまり、「意外な犯人」の以前に「意外な被害者」が登場するものもあり、二重に楽しめるのだ。

並の作家なら、このようなドラマ重視路線をとれば、トリックがお留守になってしまうのに、前述のように、トリックも忘れないところに、クリスティーの偉大さがある。また、本来、「ドラマ重視型」には「名探偵」の存在は邪魔なのだが、本書においては、「名探偵という存在」そのものがトリックにもなっている。

このように、分析すればするほど、傑作度が増していく作品だ。

そしてさらに、最後の一行のおかげで、本書は、恋愛小説としても超弩級の名作になっている。この点は、中学時代に読んだときには気づかなかった。つまり、本書は「大人の小説」だったのだ。

訳者略歴　1917年生，1938年東京女子大学英文科卒，英米文学翻訳家　訳書『ジェゼベルの死』ブランド，『杉の柩』クリスティー（以上早川書房刊）他多数

Agatha Christie

# 満潮《まんちょう》に乗《の》って

〈クリスティー文庫 23〉


二〇〇四年六月十五日　発行
二〇二五年二月十五日　七刷
（定価はカバーに表示してあります）

著　者　アガサ・クリスティー
訳　者　恩《おん》地《ち》三《み》保《ほ》子《こ》
発行者　早川　浩
発行所　株式会社　早川書房

郵便番号一〇一 - 〇〇四六
東京都千代田区神田多町二ノ二
電話　〇三 - 三二五二 - 三一一一
振替　〇〇一六〇 - 三 - 四七七九九
https://www.hayakawa-online.co.jp

乱丁・落丁本は小社制作部宛お送り下さい。
送料小社負担にてお取りかえいたします。

印刷・星野精版印刷株式会社　製本・株式会社明光社
Printed and bound in Japan
ISBN978-4-15-130023-3 C0197




本書は活字が大きく読みやすい〈トールサイズ〉です。